첫사랑 위원회

DcDc
강지영
김성희
김이환
박애진
전건우
정명섭
주원규

지음

르네상스

들어가며

이 단편집에 대한 소개 글을 부탁받았을 때 처음 들었던 생각은 '개난감'이었습니다. 별 거 아닌 것 같지만 막상 해 보면 부담감이 어마어마하다는 걸 알기 때문이죠. 설마 소개 글을 보고 책을 사는 독자 분들은 없겠지라고 생각하지만 여러 작가들을 대표해서 뭔가 말을 해야 한다는 건 어쨌든 부담스러운 일이긴 합니다. 그럼에도 이렇게 글을 쓰게 된 것은 이 단편집을 기획하고 진행하는 것을 가장 가까이에서 지켜봤기 때문입니다.

단편의 경우 최근 들어 발표할 지면이 줄어드는 상황이라서 많이 쓰지 않는 추세이기도 하지만, 사실 작가 입장에서 단편을 쓰는 것과 장편을 쓰는 것에 별다른 차이가 없다고 느껴서 단편을 잘 쓰지 않기도 합니다. 단편이라고 해도 기승전결과 때에 따라 반전이 포함되어 있어야 하는데 짧은 분량 안에 모든 것을 풀어내야 해서 오히려 장편보다 더 어려울 때가 있습니다. 저도 첫 단편을 썼을 때 장편 못지않게 무지막지하게 고생했던 기억이 아직 선명하게 남아 있습니다.

그럼에도 저를 포함한 여덟 명의 작가들이 이 책에 들어갈 단편들을 썼습니다. 여러 가지 이유가 있겠지만 저는 가장 큰 이유를 '도전'이라고 생각합니다. 작가라는 종족들은 몹시 해괴한 성격의 소유자들이라 매일 글쓰기 힘들다고 입을 삐죽 내밀고 투덜거리면서도 항상 어떤 이야기를 쓸까 고민합니다. 그리고 어떤 이야기들은 기나긴 장편보다는 짧은 단편이 더 잘 어울릴 때도 있거든요. 아울러 다양한 모습으로 독자들과 만나고 싶다는 욕심도 한몫합니다. 작가라는 타이틀을 달고 책을 한 권 두 권 펴내다 보면 편집자와 독자들의 기대감이라는 걸 어렴풋하게 느낄 때가 있습니다. 그런 걸 눈치채지 못할 정도로 둔한 작가라고 해도 매번 새로운 걸 써내야 한다는 것 정도는 잘 압니다. 작가 입장에서 단편은 그런 기대감을 충족시킬 수 있는, 장편에서는 엄두도 못 낼 새로운 시도와 색다른 모습을 선보일 수 있는 시험 무대이자 기회입니다. 독자 입장에서는 작가의 글 솜씨를 짧은 순간에 파악할 수 있다는 장점이 있지요. 또한 단편집의 장점은 여러 작품들을 씹고 뜯고 맛볼 수 있다는 점입니다. 장담하지만 여기 실린 단편들은 독자 여러분의 마음에 쏙 드실 겁니다.

왠지 할인을 많이 해줄 것 같은 DcDc 작가의 「비인가 하교 자문위원 선홍지의 청춘개론」은 김꽃비를 좋아하는 정오손이 비인가 하교 자문위원인 선홍지를 찾아가서 도움을 요청하면서 시작됩니다. 김꽃비가 나오는 신작 영화의 시사회와 관객과의 만남에 참석하기 위해서는 지옥 같은 윤돈고등학교를 탈출해야만 하기 때문이죠. 어른들은 늘 그렇습니다. 아이들에게도 중요한 일정과 스케줄이 있다는 걸 인정하려고 들지 않는단 말이죠.

강지영 작가의 「각시」는 멍청하지만 부지런한 석삼이 어느 날 길거리에서 만난 여인을 각시로 맞이하면서 생기는 괴이한 이야기들을 다루고 있습니다. 각시는 석삼에게 이상한 일들을 시키고, 그때마다 마을에서는 끔찍한 일들이 벌어집니다. 과연 각시의 정체는 뭘까요?

김성희 작가의 「첫사랑 위원회」는 명문인 마리아중학교에 혜성처럼 나타난 훈남 강연희와 그로 인해 뒤로 밀려나야만 했던 예은이 주인공입니다. 모든 것이 완벽한 연희에게 자괴감을 느끼고 있던 예은은 우연찮게 그의 약점 아닌 약점을 알게 됩니다. 그렇다면 첫사랑 위원회는 어떤 역할을 하게 될까요? 직접 읽어 보시면 배꼽 빠지실 겁니다.

김이환 작가의 「유니콘은 내 거」는 어느 날 머그 컵 상자에 들어갈 정도로 작은 유니콘을 얻게 된 초등학교 6학년 선동의 이야기입니다. 신비로운 유니콘과 마법국, 마법 수업 등 판타지적인 요소들과 함께 유니콘을 지켜내려고 하는 선동의 이야기가 흥미롭게 펼쳐집니다.

박애진 작가의 「우리 반에 늑대인간이 있다」는 유사인간법이 통과

되면서 늑대인간도 인간과 동등한 권리를 지니고 있는 시대를 다루고 있습니다. 하지만 법은 법이고 감정은 감정이죠. 고등학교에 새로 입학한 아이들은 자기 반에 늑대인간이 다닌다는 사실을 알고는 어떻게든 찾아내려고 합니다. 과연 늑대인간은 정체를 감출 수 있을지 모르겠네요. 늑대인간 파이팅!

전건우 작가의 「커닝 왕」은 매년 중원중학교에서 천하제일 부정자를 뽑는 시험을 무대로 하고 있습니다. 적발되면 처벌하겠다는 한문 선생의 선전포고와 그에 맞서 기상천외한 방법으로 커닝을 시도하는 학생들의 대결이 펼쳐집니다.

주원규 작가의 「역사는 그 방 옆에서 자란다」는 변종 색출을 열심히 해서 정규직이 되는 것이 꿈인 '나'가 등장합니다. 공업고등학교 학생이 일으킨 혁명이 성공하면서 남북한이 통일되고 핵무장을 하면서 동북아의 강국이 되었지만 나는 여전히 작은 원룸에 사는 비정규직일 뿐입니다. 그는 과연 정규직으로 승진할 수 있을까요?

마지막으로 제가 쓴 「조선 소년 탐정단—사역원 피습 사건」은 조선시대 통역관을 양성하는 사역원에서 벌어진 끔찍한 사건을 다루고 있습니다. 아버지를 따라 조선에 온 아랍 소년 아람은 장영실과 친구들의 도움으로 사건을 해결해 나갑니다.

차 례

비인가 하교 자문위원 선홍지의 청춘개론

DCDC

너 그렇게 공부 싫어하다 대학 못 가면
어쩌려고 그러니?가 아니라 너 그렇게
공부 좋아하다 대학원 가면 어쩌려고 그
러니?의 시대에 대한 정리. 아르바이트
하다 집에 가고 싶어서 썼다.

0.

화장실 문을 열자, 그곳은 행정 사무실이었다.

1.

윤돈고등학교 2학년 3반 17번 정오손은 눈을 비비고는 문을 닫고 문패를 확인했다. '비인가 하교 자문위원실.' 친구 서동후한테 들었던 이름 그대로다.

지금은 쓰지 않는 윤돈고등학교의 B동 2층 남자 화장실 2번 칸과 1번 칸을 찾아가려던 영문 모를 조언을 반쯤 의심하며 따라왔지만 이런 상황은 예상하지 못했다.

'미쳤나 보다.'

오손은 극심한 스트레스가 환각 작용을 일으켰으리라 단정하고 다시 문을 열었다. 하지만 현실인지 환각인지 모를 이 풍경은 조금

전과 다른 곳 하나 없었다.

일반적으로 B동 2층 남자 화장실 2번 칸과 1번 칸이라는 설명은 2번 칸 아니면 1번 칸이라는 의미일 텐데 그렇지가 않다. 분명히 칸마다 양변기가 하나씩 있고 칸막이 하나로 공간이 분리되어 서로의 볼일을 서로가 볼 일이 없어야 할 곳인데 그 칸막이가 없었다. 두 개의 방과 방 사이의 벽을 허물어 큰 방 하나를 만든 불법 개조 가건물처럼 문은 두 개지만 그 안은 넓게 하나였다.

양변기는 있었다. 단 그 변기와 그 주변 시설은 A380 항공기의 퍼스트 클래스를 방불케 하는 호화 사양이었다.

온열 기능이 부착된 비데에 일을 보지 않더라도 편히 앉을 수 있도록 그 뚜껑 위에 폭신폭신한 방석을 얹었으며 기대기도 좋게 등받이도 달았다. 바닥은 미끄럽지 않도록 뽀송뽀송한 면 소재의 러그를 깔아 놓았으며 원래 칸막이가 있어야 할 곳에는 전기난로가 놓여 습하고 냉해지기 쉬운 화장실의 공기를 부드럽게 녹이고 있었다.

'미쳤나 보다.'

오손은 숨을 들이켜 보았다. 역시. 꽃향기다. 싸구려 방향제에서 나는 냄새가 아니다. 약간 서툰 솜씨더라도 정성 들여 만든 수제 포푸리의 은은한 꽃향기. 형광등도 학교에서 마련한 싸구려 불빛이 아니다. 혹시나 싶어 폰을 꺼내 보니 와이파이도 잡힌다.

"어서 오세요."

칸이 두 개니 변기도 두 개. 오손은 고개를 돌려 1번 칸 변기 위에 앉아 있는 소녀를 바라보았다. 추파춥스를 입에 문 학생. 이 사람이 미친 사람인가 보다. 변기 옆에 간이식 책상을 설치해 네다섯 권의 책과 문제집 그리고 노트북을 올려놓은 모습을 보면 이 화장실의 주인은 이 사람이 분명하다.

아주 짧은 숏컷. 깡마른 몸매에 쏘아붙이는 듯 날카로운 눈매 그리고 매부리코의 콧날 덕에 강한 인상. 정오손에게 인사를 건넨 그 목소리도 친절하기는 하지만 냉랭한 표정은 지울 수 없었다.

"언제나 고객 만족이 최우선, 학교라는 지옥에서의 빠른 탈출을 위해서라면 수단과 방법을 적당히만 가려 가며 윤돈고등학교 교칙의 위법과 합법 사이의 경계에서 보조하는 비인가 하교 자문위 대표 선홍지입니다. 무슨 일을 도와드릴까요?"

2.

"어…… 나 같은 반의 정오손인데. 동후가 와보라고 해서 왔거든."

"아하. 화학부의 동후? 그래, 반가워."

홍지는 사탕을 입에서 꺼내고는 웃으며 악수를 청했다. 악수라니. 어른과 만난 것도 아닌 상황에 동년배끼리 이런 인사를 할 일이 없던 오손이지만 홍지의 기세에 말려 얼떨결에 손을 잡고 흔들고 말았다.

"옵치 대회는 아쉽게 되었네. 앞에 앉겠어? 아니면 밖에서 이야기할까?"

오손은 놀란 눈으로 홍지를 보았다. 같은 반이지만 잘 모르는 사이다. 개학한 지 이제 겨우 며칠 안 지난 3월 첫 주, 얼굴을 익히지도 못한 시기다. 1학년 시절에도 만난 적이 없었고. 그런데도 이 아이는 내가 며칠 전에 온라인 게임 오버워치의 대회 예선에 참가했다는 것을 무슨 수로 알았을까? 여러 가지 의문 속에 오손은 홍지의 권유대로 변기 뚜껑 위에 놓인 포근한 방석 위에 앉아 그 안락한 촉감에 다시 한 번 놀라며 질문을 던졌다.

"나를 알아?"

"아니. 전혀. 일단 본론으로 들어가자. 네, 무슨 용무로 찾아오셨죠?"

말을 돌리고는 기계적으로 웃어 보이는 홍지. 오손은 떨떠름한 표정이 되어서 윤돈고등학교 B동 2층 남자 화장실 2번 칸과 1번 칸 '비인가 하교 자문위원실'에 찾아오게 된 사연을 설명하기 시작했다.

"어…… 그게, 어떻게 된 일이냐면."

3.

"아닥은?"

"아닥하래."

하루 전 일이다. 그때 오손의 한숨 섞인 대답에 동후는 쓰게 웃었다. 교무실 앞까지 쫓아온 보람이 없었던 탓이다. 오손과 달리 기대도 하지 않았던 동후지만 그렇다고 기분이 좋을 리도 없었다.

"이번에는 뭐라면서 막든?"

"신학기라서 곧 실력 테스트 볼 거니까 공부나 하고 있으래."

"역시나. 내가 뭐랬냐. 아닥은 말로만 만날 청춘, 청춘 그러지. 지네 반 애들 조퇴 같은 거 시켜준 적 한 번도 없다니까."

여기서 아닥은 윤돈고등학교 2학년 3반의 담임, 나순태를 말한다.

'러프(Rough). 거친, 미완성의, 평평하지 않은 길…… 등등. 여러 가지 의미가 있다. 러프 데생이라는 말도 있지. 아무리 멋진 그림도 터프한 스케치부터 시작한다. 너희들은 아직 스케치 단계다. 이제부터 몇 번이고 선을 그리며 스케치를 하다 그 속에서 자신만의 선을 찾아내야 한다!'

학기마다. 아니, 조회 시간마다 토씨 하나 틀리지 않고 아다치 미츠루의 청춘 만화에 나오는 이 명대사를 읊어서 붙은 별명이다. 나순태의 반에 배정이 되거나 수업을 듣게 된 학생들은 이 촌스러운 젊은 교사의 낡디낡은 취향을 강요받을 운명이다.

'학교? 수업? 성적? 이런 것들이 뭐가 중요하지? 말만 해라! 너희들이 청춘을 위해 온 정신, 온 마음을 다 쏟아부을 각오만 있다면 말이다. 아다치 미츠루처럼 언제라도 너희들을 이 답답한 새장에서 내보내 줄 테니까. 모든 재량을 다해서 조퇴든 뭐든 시켜줄 테니까. 청춘이니까!'

아닥은 언제나 이런 레퍼토리로 청춘 찬가를 읊지만 정작 조퇴를 허가받은 학생은 이제껏 단 한 명도 없었다. 조퇴를 신청한 학생들 모두 열정이 부족했다는 것이 그 평계였다.

"너도 다른 놈들이랑 마찬가지였나 보지. 열정 함량 미달. 너의 김꽃비를 향한 사랑도 고작 그뿐이었다는 이야기 아니냐?"

동후는 이죽거리면서 오손의 속을 긁었다.

"아니거든."

"아니기는 그 배우를 보러 가는 일이 별것도 아닌 거지. 고작 그 배우가 나오는 신작 영화가 개봉하고 관객과의 대화 이벤트가 있다는 사유 정도로 아닥이 야자를 빼 줄 리 없잖아. 그러면 네가 아닥 앞에서 너의 김꽃비를 향한 사랑을 증명해야 했는데, 아이고? 실패했네?"

"아닥이 말귀를 못 알아먹는 거지. 김꽃비 보는 거 완전 별거라고 나는 설명 잘 했어."

아닌 게 아니라 오손은 평생 이리도 간절히 누군가에게 빌어 본 적이 없었다.

'김꽃비요? 진짜 예쁘거든요! 아니, 그냥 예쁜 게 아녜요. 웃을 때마다 보는 제가 혈압이 올라요. 제 심박수가 280BPM으로 점프하거든요! 아주 인간 제세동기라니까요? 제가 물에 빠졌다가 기절했을 때에는 심폐 소생술 같은 거 할 필요 없이 이 배우 목소리만 들려주면 된다고요!

이 배우 신작이에요. 꼭 보러 가야 해요. 그것도 그냥 보러 가는 게 아니라 관객과의 만남 이벤트에 가야 한다고요. 네, 맞죠. 배우나 감독이 이런 GV 이벤트를 열면 꼭 이상한 애들만 모여서 괴상한 질문만 하는 거 맞아요. 그런데 그런 게 중요한 게 아니라니까요? 김꽃비예요! 김꽃비라고요! 지구상에 개만도 못한 인간이 70억 명이 있어도 70억하고도 한 명째가 김꽃비면 다 견딜 수 있는 거예요!

제가 영화랑 관객과의 만남 둘 다 보겠다고는 하지 않을게요. 욕심이 많죠. 영화가 여섯 시 시작이거든요. 영화관까지 가려면 6교시도 빠져야 하니까 좀 그렇죠. 6교시는 또 선생님 수업이잖아요. 야자만 빠질게요. 잽싸게 GV만 보러 갈 테니까.'

하지만 오손의 이런 필사적인 설득은 아닥 앞에서는 일체 통하지 않았으니. 아닥은 오손이 자신의 별명처럼 행하기를 요구했다.

"아…… 조금만 더…….'

"됐고. 이미 끝난 일을 어쩌겠냐?"

동후는 한숨을 쉬는 오손을 못 봐주겠다는 듯이 고개를 젓고는 지갑에서 종이 쪼가리 한 장을 꺼냈다.

"권하고 싶지는 않았는데……. 나중에 원망하지 마라?"

"뭘?"

오손은 동후에게 건네받은 명함을 자세히 살펴보았다. 그 위에는 간단한 약도와 함께 '비인가 하교 자문위원회. B동 2층 남자 화장실 2번 칸과 1번 칸'이라는 문구가 적혀 있었다.

"여기로 가봐. 알았지?"

"B동? 여기를 왜?"

"야자나 수업을 째고 싶어 하는 사람들을 위한 상담소야. 그러고 보니 너 3반이던가? 여기, 아마 너네 반 애가 운영하는 곳일걸?"

4.

"이렇게 된 건데…… 진짜야? 해 줄 수 있어?"

다시 현재로 돌아와, 화장실 안. 오손은 떨리는 목소리로 홍지에게 물었다.

처음에 오손은 동후 애가 도대체 무슨 헛소리를 하나 싶었다. 땡땡이를 치고 싶어 하는 학생을 위한 해결사라니. 그것도 화장실에서 살고 있는. 도무지 신뢰가 가지 않는 이야기였지만 이 화장실에 마련된 사무실을 보고 나니 없던 믿음도 생겨났다. 이렇게까지 학교를 개똥으로 아는 애라면 뭐라도 할 애다.

"하필이면 아닥이란 말이지…… 쉽지는 않겠네."

전문가다운 표정으로 고민하는 홍지. 고민이 길어질 것 같은지 방금 입에서 꺼냈던 추파춥스를 다시 물었다. 오손은 그런 홍지의 입술이 어떻게 움직일지 주시하면서 의사의 진단을 기다리는 환자처럼 안절부절못했다. 홍지도 진단서를 작성하는 의사처럼 노트북의 파일을 이것저것 건드리고는 운을 뗐다.

"정오손. 윤돈고등학교 2학년 3반 17번. 남자. 이과반. 부활동은 수학부. 우리 학교 수학부면 태권도부나 미술부랑 달리 대회 참석할 일도 없이 그냥 부활 시간에 자습하는 곳이고. 학원도 다니지 않음. 별다른 특기도 없음. 오. 조퇴 사유로 삼을 게 참 없으시네요."

"그러게나 말이지…… 아니, 나에 대해서 어떻게 그렇게 잘 알아?"

"이번 주에 학교 전산망에서 자료를 백업했거든. 부모님은?"

"건강하시고 맞벌이신데 그게 문제가 아니라, 자료 백업이라니?!"

"기업 비밀입니다. 형제자매는?"

"없어."

"결혼할 연령대의 사촌도?"

"먼 동네에서 살고, 다들 나보다 어려."

"병결로 하겠습니다. 지병이나 사고 경험이 있으십니까?"

"아니, 지나치게 건강해."

"하나 적당히 만들어 드릴게요. 원하시는 병명을 말씀해 주세요."

"진짜로 아프면 영화를 보러 가지 못 하잖아……."

"꾀병을 부리시면 됩니다."

"연기할 자신이 없어."

"후유증이 남지 않는 약물 복용과 간단한 메이크업으로 누구나 가능합니다."

"우리 집이 병원인데."

"이런! 그러면 힘들겠군요. '닥터' 오손."

홍지는 골 아프다는 듯 미간을 찌푸렸다. 오손도 할 말이 없었다. 너무나도 평범하게 살아온 자신이 이제 와서 땡땡이라니.

"하지만."

"하지만?"

"네가 비인가 하교를 하려는 이유가 마음에 든다. 비인가 하교 자문위는 언제나 팬질과 덕질을 응원하지. 좋아요. 좀 과격한 방법을 쓰긴 해야겠지만 의뢰를 수리하겠습니다. 그래, 김꽃비와 관객과의 대화는 언제야?"

홍지는 예의 그 기계적인 미소를 지으며 오손을 안심시켰다. 오손 역시 홍지의 프로페셔널하고 자신 넘치는 태도를 보고 목소리가 밝아졌다.

"영화 개봉은 목요일, 관객과의 대화 이벤트는 금요일이야!"

"시간은?"

"목요일은 8시 영화. 금요일은 6시 영화고 GV는 7시 반."

홍지는 혀를 굴려 추파춥스를 이리저리 굴렸다. 사탕에 달린 막대가 상하좌우로 움직이는 것으로 그 안의 움직임을 상상할 수 있었다.

"목요일은 야자만 빼면 되는데 금요일은 6교시도 빼야 하네. GV만 봐도 돼?"

"응. 영화는 주말에 보러 가면 되니까."

"오늘은 화요일…… 좋아. 앞으로 3일 안에 너는 비인가 하교의 달인이 될 거야."

5.

"이 햄버거의 패티는 비둘기 고기로 만든다는 도시 전설이 있었다더라."

"비둘기를 사냥하려면 돈이 엄청 들 것 같은데, 왜 그런 소문이 돌았을까?"

"도무지 닭고기 맛이 나지 않아서겠지. 이 정도로 맛없는 고기를 소스로 얼버무려서 미각을 마비시키는 맛을 내는 건 연금술의 영역이라니까."

다음 날, 학교 매점. 테이블에 앉아 한창 불평을 하는 홍지였지만 매점 햄버거를 입에 넣기를 멈추지는 않았다. 어찌 됐든 가장 맛있는 밥은 남이 사 주는 밥이니까. 오손은 햄버거로 꽉 찬 홍지의 양 볼을 보니 웃음이 나왔다.

"이거면 돼? 음료수도 사 줘?"

"아니, 이건 필요 경비야. 대금은 나중에 청구할 거니까."

오손이 홍지에게 비인가 하교 의뢰를 하고 홍지는 오손에게 다음 날 점심시간 매점으로 나오라고만 말했을 뿐 별다른 조언은 주지 않았다. 그리고 약속한 시간이 되자 자연스레 이렇게 햄버거를 얻어먹고 있는 것이었다.

호리호리하고 길쭉한 홍지는 햄버거에 샌드위치 그리고 후식으로 초콜릿 과자까지 즐겼지만 짜리몽땅하고 앳된 오손은 등굣길에 사 온 삼각김밥 두 개로 간단히 식사를 때웠다.

"하지만 과자 상자는 돌려줄게. 요즘 시계 이벤트잖아."

홍지는 아무런 표정의 변화도 없이 다 먹은 과자 상자를 곱게 접어서 오손의 손에 쥐어 주었다. 과연 상자 뒤편에는 바코드 밑에 옵치 관련 사은품을 응모할 수 있는 추첨 번호가 적혀 있었다. 옵치는 오손이 좋아하는 게임 오버워치의 약칭이다. 오손과 동후는 오버워치의 지역 피시방 대회 예선 3차전까지 진출할 정도로 푹 빠져 있었다.

"그래, 전에도 물어보고 싶었어. 내가 오버워치를 좋아하는 건 어떻게 알았어? 동후가 전에 내 이야기를 해 줬어? 둘이 많이 친한 사이야?"

"아니. 하지만 어떻게 그걸 모르겠니."

홍지는 두 눈을 동그랗게 뜨고는 예의 그 속사포 같은 말투로 설명을 시작했다.

"고객이 들어왔다. 모범생 스타일. 눈빛을 보니 조퇴가 간절. 오른손에는 굳은살. 위치나 생김새를 보아 FPS 게임을 자주 한 탓. 최근에 열린, 조퇴를 할 수 있을 만한 규모의 FPS 게임 대회? 오버워치. 굳은살이 생긴 지는 오래되지 않았으니 부랴부랴 준비. 대회보다는 대회 출전을 사유로 조퇴를 할 속셈. 나를 만나러 왔으니 예선을 통과하지는 못했음. 게임 폐인에 실력자로 유명한 서동후에게 나를 소개받을 정도로 친한 사이. 아마 본인 실력도 나쁘지 않다. 아쉬운 석패였을 것. 맞아?"

"맞아…… 너 정말 대단하다."

"알아."

고개를 끄덕이는 홍지. 고개를 숙이는 오손.

"고객님. 이번 작전에는 두 가지의 난점이 있어요."

"난점?"

홍지는 다 먹고 남은 쓰레기를 깔끔하게 정리해서 버린 뒤 테이블로 돌아와 강의를 펼쳤다.

"하나는 작전 결행일이 학기 초 실력 테스트를 보기 직전이라는 것. 차라리 중간이나 기말이면 선생들이 시험 문제를 만드느라 바쁘기도 하고 공부를 열심히 하는 애들은 야자 빠져도 집에 가서 공부할 것을 아니까 크게 참견을 하지 않는데 말이야. 지금은 새 학년이 되었고 군기 잡는다면서 깐깐하게 굴 타이밍이야."

"그렇구나…… 다른 하나는?"

"우리 반 담임이 아닥이라는 것. 흥, 386네 꼬붕들 꼰대질 아주 진상이라고."

고개를 설레설레 저어가며 짜증을 감추지 않는 홍지. 오손은 이런 이야기를 들으면 들을수록 금요일의 비인가 하교가 비현실적으로만 다가왔다.

"그러니 음료수는 나가서 사 줘."

"……뭐?!"

"놀라기는. 어차피 금요일에 야자도 째고 영화배우 보러 갈 예정인데 점심시간에 잠깐 나갔다 오는 게 뭐 어떠냐? 배짱 키워 놔야 해. 작전 실행일에 대비해 담 좀 넘어보는 것으로 담 좀 키워 놓을 필요가 있는 거지."

'재미없어……'

홍지는 오손이 웃든 말든 상관도 하지 않고 자기가 내뱉은 농담에 어깨를 으쓱 한 뒤 이내 정색하고는 평소의 그 프로페셔널한 표정으로 돌아와 강의를 재개했다.

"고객님한테 모자란 것은 정당하게 조퇴를 얻어낼 방법만이 아니세요. 목표를 위해서, 김꽃비를 위해서라면 어떤 거짓말도 불사하고 선생들을 속여 넘길 수 있을 각오와 이를 수행할 자신감이 모자라시거든요. 작전 시행일까지는 어떻게든 감을 키우셔야 해요. 아시겠어요?"

"아시겠어요……"

"아셨습니다. 그러면 오늘의 디저트는 맥도날드 밀크셰이크가 되시겠네요!"

"어, 이것도 필요 경비야?"

"응, 이것도 필요 경비야."

6.

윤돈고등학교 정문 앞. 홍지는 멍하니 서 있기만 하는 반면 오손은 어찌 해야 할 바를 몰라 우왕좌왕하며 가만히 있지를 못한다.

"어허, 착하지. 진정해."

"정문? 정문으로 나가?"

"담 키우게 담 넘자고는 했지만, 정문으로 나가는 게 더 담이 커지잖아."

오손은 농담인지 아닌지 확인하기 위해 홍지의 표정을 몇 번이고 살폈다. 하지만 그 얼굴은 어느 때보다도 더욱더 기계적이다 못해 심드렁하다. 정말일까. 얘가 지금 나를 아예 학생부로 보내 버리려고 이러는 것은 아닐까. 의심만 커진다.

"어떻게 나가는데? 조퇴증이라도 받아야 하는 거 아냐?"

"얘는. 점심에 잠깐 맥도날드 좀 갔다 오는데 무슨 조퇴증까지 받니."

"경비 아저씨가 잡지 않아?"

"그러니까 당당히 걸어. 우물쭈물하면 괜히 의심만 산다."

홍지의 조언에도 불구하고 오손의 눈동자는 여전히 떨린다. 정문 앞에는 나이 많은 경비가 의자에 앉아 라디오를 들으며 반쯤 졸고 있다. 아르고 호의 원정에서 영웅들은 잠들지 않는 용을 약으로 재워 그사이 황금양털을 가져와야 했는데. 아마 그네들도 지금 문 밖을 향하는 오손의 심정과 같지 않았을까.

"김꽃비를 생각해. 네가 금요일 날 보러 갈 어여쁜 영화배우의 미소를 생각하라고."

얼어붙어 움직이지 못하는 오손의 귓가에 홍지는 용기를 불어넣는 한마디를 건넨다. 김꽃비. 만년 모범생 오손이 학교를 빠질 각오를 다지고 홍지를 찾아올 정도로 좋아하는 영화배우의 이름을 말이다.

살금살금, 장난감 공에 온 정신이 팔렸음에도 전혀 그런 척을 하지 않는 아기 고양이처럼 걷는 오손에 비해 성큼성큼, 홍지는 산보 나가는 대형견처럼 아예 뛰어다니기 직전이다.

꾸벅꾸벅. 고개를 계속해서 흔드는 경비. 홍지와 오손은 이제 정문을 나섰다. 쿵쾅쿵쾅. 심장은 터질 것만 같은데. 난생 처음으로 하는 점심시간 외출. 너무나도 따분하게 시키는 대로만 살아왔던 오손에게, 이 순간은 홍지의 의도대로 감격이 터지고 담이 커지는 계기가 되었다. 아, 김꽃비는 이렇게 보러 가면 되는 것이구나!

"어…… 야, 너네."

때마침 경비가 끄덕이던 고개를 들고 잠에서 깨어나 홍지와 오손의 등 뒤로 말을 걸면서 바로 사라진 감격과 쪼그라든 담이었지만. 일순간이나마 그랬다는 얘기다.

홍지와 오손은 조심스레 뒤를 돌아보았다. 경비는 아직 졸음을 다 떨치지 못했는지 한번 기지개를 켜고는 둘을 그저 바라만 보았다. 오손은 얼어붙어 아무 말도 하지 못했고.

홍지는 춤을 췄다.

우아하게.

'어떻게, 내가, 움직일 수 없게, 날 Ooh Ahh Ooh Ahh 하게 만

들어 줘.'

너무나도 유려하게 움직이는 홍지의 몸놀림은 오손과 경비의 머릿속에서 자동으로 음악이 재생되게 만들 정도였다. 도대체 이 무슨 난장판이란 말인가.

"학생, 뭐 하나?"

"아저씨가 말이 없으시니까 저라도 뭘 해야 할 것 같아서요."

경비는 당돌한 홍지의 대꾸에 그만 피식하고 웃은 뒤 다시 질문을 던졌다.

"너네 지금 뭐 하러 나가는데?"

"땡땡이치려고요."

"……진짜?"

오손은 봄볕 속에서 한겨울의 냉기를 느꼈다. 등줄기를 시원히 얼려 주는 에어컨 같은 친구, 홍지. 경비의 표정도 일순 굳는다.

"그리고 나순태 선생님이 식사하시면 속이 안 좋다고 하셔서 소화제도 사 올 거예요. 아저씨도 심부름 시키실 거 있으면 돌아오는 길에 편의점에서 뭐 하나 사다 드릴게요."

"음…… 여기 5천 원 줄 테니까 컵라면 좀 사와라. 뚜껑 큰 거."

"넹."

홍지는 잽싸게 경비의 손에서 지폐 한 장을 낚아채고는 신이 나서 쪼르르 문 밖으로 달려 나갔다. 그리고 그 뒷모습을 지켜보던 오손도 덩달아 홍지의 뒤를 쫓았다.

"홍지야, 아닥한테 언제 그런 부탁을 받았어?"

"아니!"

"거짓말 한 거야?"

"아니!"

정색을 하는 홍지.

"나는 부탁받았다고 한 적이 없지. 그냥 아닥은 밥 먹으면 속이 안 좋다고 투덜거린다고만 했지. 실제로 아닥은 맨날 그러잖아."

뻔뻔한 홍지의 대답에 오손은 대꾸할 말을 잃었다. 틀린 말은 아니다. 하지만 궤변이다. 방금 이야기에서 누구나 홍지와 오손이 심부름으로 교문 밖을 나간다고 생각했을 테니까. 땡땡이를 치러 간다고 솔직하게 대답한 것 역시 마찬가지다. 앞선 기괴한 춤도 그렇고 그 당당한 땡땡이 선언은 농담으로 들릴 수밖에 없었다. 덤으로 경비의 시선을 얼어붙은 오손이 아닌 우아한 홍지에게 돌릴 수도 있었고.

"오손. 성공적인 비인가 하교를 위한 수칙 그 첫 번째가 뭔지 알아?"

"……뭔데?"

"거짓말쟁이의 가장 큰 무기는 바로 진실이라는 것이지."

크으…… 명대사를 말했다는 듯이 뿌듯한 표정이 되는 홍지. 여기까지 이야기를 들은 오손은 어떤 사실에까지 생각이 미쳤고 이내 그 표정마저 딱딱하게 굳었다. 아주 잠깐의 정적이 지나고서야 오손은 조심스레 자신의 의심을 밝힐 수 있었다.

"홍지야, 그런데 혹시……."

"혹시?"

"어, 밀크셰이크에다 소화제까지 필요 경비에 들어가?"

"응, 밀크셰이크에다 소화제까지 필요 경비에 들어가."

홍지는 기특하다는 듯이 어처구니에 반영구적인 손실을 입은 오손의 머리를 토닥여 주었다.

"배우는 게 무척이나 빠른데, 오손?"

7.

뽀로록. 뽀로로록. 물이 끓으며 거품이 이는 소리가 화장실 안을, 비인가 학교 자문위원실 안을 메운다. 오손은 변기와 변기 사이에 놓인 테이블 위 전기 포트의 부리에서 뿌연 증기가 올라오는 모습을 보며 그날 점심시간의 자그마한 탈출을 계속해서 복기하고 있었다.

오늘 수업은 다 끝이 났지만 아직 야간 자율 학습이 남았다. 학원이나 과외가 있는 학생들은 슬슬 교문 밖으로 빠져 나가고 그렇지 않은 학생들은 약 30분 사이의 빈 시간 동안 반강제의 야자 시간을 견디기 위해 매점에 들르거나 운동장을 뛰어다니며 원기를 모을 시간이다.

그리고 여기, 홍지와 오손은 B동 2층 남자 화장실 2번 칸과 1번 칸 안에 오붓이 앉아 방과 후 티타임 준비를 하며 점심시간의 여운을 되새기는 중이다.

"좋은 찻잎은 아니라 미안하지만 일단은 주는 대로 마셔. 아무래도 화장실이라 습기가 차서 괜찮은 잎은 갖고 오기가 싫더라고. 아직은 날이 차서 전기난로를 쓰고 있지만 날씨 풀리면 제습기를 갖다 놓을까 봐."

홍지는 조심스레 찻잔에 뜨거운 물을 붓고 티백 하나를 얹어 오손에게 건넸다. 정말이지 학교 알기를 개똥으로 안다.

"홍지야."

"응?"

"너 실은 머리가 좋지?"

"보고도 몰라?"

홍지는 어처구니없다는 표정과 하찮다는 눈으로 오손을 바라보았다. 오손은 자신의 질문이 무례했음을 인정하고 질문을 고쳐 말했다.

"미안. 너 공부 원래 잘하지 않느냐고 묻고 싶었던 거였어. 이렇게나 똑 부러진데 너 반 등수는 낮잖아."

"아하, 그거? 공부는 뭐고 수업은 무슨. 당연히 못 따라가지. 무리야, 무리."

홍지는 웃음도 없이 차에 어울릴 만한 과자를 고른다. 다과회 준비로 바쁘다. 그래도 오손이 납득이 가지 않는다는 듯 머뭇거리자 홍지는 마지못해 화제를 이어나갔다.

"나는 인간의 뇌가 텅 빈 다락방과 같다고 생각해. 예쁘고 유용한 것들을 넣기에도 비좁지. 온갖 잡동사니를 닥치는 대로 쓸어 넣는 사람은 바보야. 정작 쓸모 있는 것을 넣을 공간이 사라지거나 다른 것들에 뒤섞여 필요할 때 꺼내지 못하게 된다고. 그러니 학교 수업같이 멍청한 이야기를 내 머릿속에 집어넣을 리가 없잖아?"

"하지만 시험은? 수능은?"

오손은 따지고 들었다.

"오손, 하루가 고작 24시간인데 그중에 열여섯 시간을 놀아도 모자라지 않아?"

홍지는 찻잔을 들어 향을 맡았다. 아무리 B동 화장실이 사용되지 않은 지 몇 년 되었다고는 해도 이 불량 학생이 얼마나 청소와 관리를 철저히 했는지 찻잎의 잔향 한 톨도 놓치지 않을 정도다.

"공부는 일부러 대충하는 것도 있지. 잘하면 쓸데없는 기대들을 하니까. 하지만 그와 별개로 공부는 내 취미도 관심사도 아니야. 읽어야 할 책들이 얼마나 많은데 언제 교과서를 읽어?"

"장래를 생각하면 조금이라도 참아야……."

"하, 장래 말이지. 좋아. 웃겼어."

홍지는 삐죽 웃는다. 그리고 차로 입을 축이고는 목 깊숙이 짙은 향이 타고 내려가는 순간을 즐긴 뒤 말을 이어나갔다.

"유감이지만 학교의 수명은 예전에 끝났어. 학벌로 계급을 올릴 수 있는 시대는 지난 지 오래라고. 자본의 장악으로 노동의 가치는 추락했고 대학원 박사를 따든 중학교 중퇴를 하든 직장인이 버는 급여의 차이가 별로 다를 바 없게 된 세상이라니까. 하지만 어른들은 필사적으로 이런 병폐를 감추고 싶고 구조를 고칠 용기가 나지 않아 화살을 아이들한테 돌리지. 시험을 봐라, 노력하면 대가를 얻는다, 성공을 할 수 있다. 지랄. 애초에 계급의 차이가 개인의 성과가 아니라 부모가 누구냐에서 결정되고 있다고. 자본주의 사회에서 자본에 대한 이해가 이렇게 덜 떨어지는데 어떻게들 살지?

문제는 학교가 이미 죽은 곳이라는 것을 학교만 모른다는 거야.

예전의 부잣집 아이들은 열심히 공부해야 했어. 계급을 유지하기 위해서 좋은 직장과 지성을 갖춰야 했다고. 돈은 되지만 머리는 없는 집에서 자식을 유학 보내는 유행이 있었지? 허례허식이나마 머리 위에 학사모를 씌워 줘야 했다고. 하지만 이제는 그렇지도 않아. 부자들은 아는 거지. 귀찮은 과정이 하나 사라졌다고. 하지만 학교만 몰라.

성공적인 비인가 하교를 위한 수칙 그 첫 번째 기억해? 거짓말쟁이의 가장 큰 무기는 진실이라는 거. 두 번째 수칙을 가르쳐 줄게. 거짓말쟁이의 가장 큰 약점은 거짓이야. 자기가 말한 거짓말에 스스로조차 속아 버릴 때 그 거짓말은 최악이 되는 거야. 요즘 선생들이 딱 그 짝이라고. 자기가 이미 죽었다는 것조차 눈치채지 못하고 기어다니는 좀비라고. 청춘과 추억을 모조리 임용 시험에 꼴아박느라 제대로 된 것은 무엇 하나 배우지 못한 채 늙어 죽은 좀비. 학교는 지옥이야. 좀비들만 활보하는. 하지만 밖으로 나가는 문은 항상 열려 있는 지옥이지."

홍지의 기나긴 연설이 진행되는 동안 오손은 조용히 그 이야기를 듣기만 했다. 차는 조금 식었다. 반론을 하고 싶었지만 딱히 논지가 떠오르지 않았다. 오손이야 어머니를 따라 의사가 되고 싶었기에 열심히 공부를 하고는 있었으나 이 길이 병원을 물려받으리라는 계산 없이는 쉽사리 선택하지 못했을 길임도 알고 있다.

"홍지야. 그러면 너는 학교가 죽었다고 생각하면서도 왜 학교를 다니는 거야?"

"취미 생활이지. 좀비 생태 보고서를 쓰는 학자의 심정으로."

반론이 아닌 질문에 홍지는 선선히 대꾸했다. 하기사, 홍지는 학교에 적응하지 못한 아이가 아니다. 오히려 이 아이에게 학교가 적응했다고 하는 편이 옳다. 어쨌든 자기 자신에게는 거짓말을 하지 않으니까. 집에 가고 싶으면 가고 학교에 있고 싶으면 있으니까.

"이렇게 말해도 될진 모르겠지만…… 홍지, 넌 대단하긴 대단하다. 너 같은 아이는 이 세상 어디에도 없을 거야. 세계 유일이야."

어쨌든 오손은 홍지에게 감탄했다. 감탄한 본인부터가 이게 좋은 의미로 대단해서 감탄을 한 것인지 나쁜 의미로 대단해서 감탄을 한 것인지 명확히 구분할 수가 없는 미묘한 경계에 서 있었지만 어쨌든 감탄은 감탄이었다.

"괜찮아. 사양할 거 없어."

"응?"

"더 칭찬해도 돼."

홍지의 그 기계적인 표정이 한순간이지만 무너지고 입꼬리가 올라간다. 아. 이럴 때는 기뻐하는구나. 오손이 감탄하는 사이.

"그래, 기분이다. 상냥한 손님이시니 서비스 하나 해 드릴게요."

"서비스?"

"목요일 영화 개봉일이고 8시 상영. 금요일은 김꽃비와 관객과의 대화 이벤트가 6시 영화 끝나고 7시 반부터라고 하셨죠?"

"응."

"영화도 보고 싶으시죠?"

"응……."

"좋아. 금요일날 영화까지 보기에는 시간이 촉박하지만 목요일

날 미리 영화를 보면 관객과의 대화 이벤트에는 천천히 가도 되겠지. 목요일도 하루 빠질 수 있게 해 드리겠습니다."

세계 유일의 비인가 하교 자문위원 선홍지는 붕어빵 2천 원어치에 덤으로 한 마리 더 끼워 주기라도 하는 것처럼 선심 쓰듯이 고객 정오손에게 이틀 연속의 비인가 하교를 약조했다.

"한 번 더 칭찬해도 돼."

8.

꾸벅. 꾸벅꾸벅. 오손은 존다. 정확히 말하자면 졸고 있는 척이다. 목요일. 야자 시간. 예정에는 없던 비인가 하교 작전의 결행일이다. 봄이라지만 초봄. 3월의 첫 주를 봄으로 분류하는 건 봄에게 염치없는 일이다. 아직 쌀쌀한 날씨에 비교적 따뜻한 교실 안은 졸기도 좋고 조는 척을 하기도 좋다.

학원에 간 아이들이 제법 많아 교실 안에서 야자를 하는 학생들은 전체의 1/3 정도. 이가 빠진 모양처럼 자리가 비어 있어서 사각사각 샤프나 볼펜이 종이를 긁는 소리가 여느 때보다 크게 들린다. 그리고 이 교실의 교단 위에는 고전 영화에 나오는 노예선 속 간수장처럼 노 대신 펜을 젓고 있는 아이들을 통솔하는 담임 선생, 아닥이 감시를 하고 있다.

정말로, 정말에 정말로 이런 말도 되지 않는 작전이 성공할까? 가득한 긴장 속에서 졸음을 연기하기가 쉽지만은 않다. 오손은 홍지의 계획, 아니 예언이 언제 이루어질지 조마조마한 마음으로 기다린다.

"웨이껍! 인나! 오손이, 이 녀석아. 이렇게 당당히 조는 건 또 뭐냐?"

찰싹. 찰싹찰싹. 찰진 타격음. 아닥이다. 아닥이 오손의 등을 탬 버린 삼아 흥겨운 삼바 리듬을 연주하면서 나는 소리다.

"덥나? 덥지! 녀석들. 시원하게 바람 좀 쐬자! 환기도 하고! 뭐? 추워? 춥기는. 너네는 젊잖아. 청춘이라고. 뜨거운 혈기로 몸을 데워!"

아무래도 두꺼운 등산 점퍼를 입고 있는 사람이 이런 이야기를 하니 곱게 볼 수가 없었다. 교실에서 야자를 하던 아이들 중 절반 은 아닥을 노려보고 남은 반은 오손을 노려본다. 부당한 일이다.

아닥은 교탁으로 돌아갔다. 추위에 떠는 아이들의 모습을 바라 보면서. 미소까지 지으면서. 조잡한 권력욕을 채우는 따분한 취미 생활이다. 자기 손으로 누군가를 괴롭힐 수 있다는 사실을 확인하 지 않으면 안 되는 유아적인 발상.

하지만 이러한 폭거에도 분연히 일어나 정의를 실천하는 자 있 었으니.

"선홍지, 뭐 하지?"

"선홍지, 창문 닫지요."

바로 우리의 비인가 하교 자문위원, 선홍지였다.

"감기 기운이 있어서요."

쿵. 붉게 상기된 양 볼에 살짝 멍한 눈빛에다 땀방울 하나둘 맺 힌 콧방울. 영락없는 감기 환자의 모습 그대로다. 아닥 역시 평소 라면 자신이 연 창문을 감히 닫아 버린 학생에게 불같이 화를 내고 폭발적으로 삐졌겠지만 아픈 학생에게 뭐라고 하기는 영 그렇다.

홍지의 저항은 이걸로 끝이 아니었다. 자리로 돌아간 다음 보온병을 꺼내 따스한 차를 종이컵에 따라서 오손에게 건네는 모습은 전쟁에 앞서 훈련병들을 닦달하는 하트먼 중사 앞에 맞서는 백의의 나이팅게일 같았다.

"마셔."

"어…… 이게 뭔데?"

"차. 잠 깨는 차."

교실의 정적을 무시하는 둘의 대화는 용건만 전달된 뒤 간단히 끝이 나고 말았다. 덕분에 아닥으로서는 이도 저도 못할 상황이 되어 몹시 빈정이 상할 노릇이었다. 평범한 사람이라면 고작 반의 학생들이 자기가 있다는 것은 신경도 쓰지 않은 채 음료수를 한 잔 나눠 마신 것만으로 굴욕감을 느끼지 않겠지만 선생 중에는 언제나 이상한 사람이 있기 마련이다.

그리고 선홍지는 이런 이상한 사람을 다루는 전문가였다.

"선생님도 한 잔 드세요."

무어라 훈계라도 하려던 아닥은 다시 한 번 홍지에게 선수를 빼앗겼다. 어, 그래, 응. 몇 번인가 고개를 끄덕이고는 교탁 옆의 의자에 앉아 조용히 홍지가 서빙하는 차를 기다릴 뿐. 주도권은 어디까지나 평소에는 전혀 말이 없지만 아파서 조금 긴장이 풀린 이 소녀에게 있었다.

"결명자차예요."

소믈리에르에게 와인을 소개받는 손님처럼 아닥은 말없이 홍지의 설명을 들었다.

"졸음이 올 때 마시면 좋아요. 공부하느라 피곤해진 눈에도 좋고요. 선생님이나 저희처럼 책을 많이 읽는 사람들에게 딱 맞는 차예요."

아닥은 얌전히 차를 받아 마셨다. 쓰면서도 살짝 단, 처음 마셔보는 차였지만 마음에 드는 맛이다. 잠 깨기 좋은 결명자차가 아니라 불면증에 좋은 카모마일에 홍지 특유의 블렌딩(오손: 약이야? 홍지: 아닐걸?)이 더해진 차였지만 아닥에게 이를 구별할 재주가 있을 리 없다.

"휴우."

"입에 맞으세요?"

"그래, 괜찮네."

"원래 되게 맛없는 건데. 피곤해서 입에 맞으시나 보다. 평소에도 자주 미간을 찡그리시던데. 혹시 눈도 많이 안 좋으신 거 아녜요?"

홍지는 자연스레 아닥의 손을 잡는다. 꾹. 꾹꾹. 꾹꾹꾹. 엄지를 세워 아닥의 손 곳곳을 찌르다시피 누른다. 아닥의 낯빛을 살피던 홍지는 그 표정의 변화를 놓치지 않았다.

"맞네. 눈이 안 좋으시네."

"그걸 어떻게 알아?"

"여기 누르니까 아프시죠? 여기. 여기. 손 경혈에서 눈에 해당하는 부분이거든요."

낮은 목소리. 부드러운 손놀림. 은근한 눈빛. 아닥은 최면에 걸린 사람처럼 홍지의 진단에 귀를 기울인다. 홍지는 타이밍에 맞춰 주머니에서 비장의 무기를 꺼낸다.

"뭐니, 이건?"

"온열 안대예요. 따끈따끈해서 눈 주변의 근육 긴장을 풀어주고 아로마 향도 나거든요. 눈 피로에는 그만이죠. 한 번 해 보세요."

"어…… 그럴까?"

아닥은 아예 마사지 숍 손님이 된 기분이다. 온열 안대를 차고서는 은은한 온기에 몸이 녹아내린다. 거기에 어느새인가 뒤에 선 홍지가 어깨를 마사지하기 시작한다. 탄력 있는 손가락이 경직된 근육을 감싸듯이 연주하며 긴장을 풀어낸다. 서정적인 멜로디를 연주하다가 순간적으로 폭발하는 듯이 악센트를 주는 홍지의 손놀림은 세계적인 피아노 연주자 같은 기품마저 담고 있었다.

포근한 교실 안. 안락한 의자 위. 청량한 카모마일. 따스한 온열 안대. 상냥한 안마. 아닥은 10분 만에 잠시 한국을 떠나 꿈나라로의 짧은 여행을 시작했다.

'갔다 올게.'

'갔다 오렴.'

감시꾼이 완전히 곯아떨어졌다는 것을 확인한 오손은 홍지에게 손을 흔들며 인사를 건넨 후 교실 밖으로 빠져나갔다.

9.

〔대단해! 대단해, 대단해!〕

"그렇지?"

오손의 전화다. 홍지는 싱긋 웃으면서 들뜬 오손의 목소리를 즐긴다. 9시 반. 영화가 끝나고 신이 난 오손이 홍지에게 작전 성공을 보고한다.

〔김꽃비는 진짜 대단해!〕

"아."

오손의 목소리가 어찌나 큰지 폰에서 귀를 떼도 쩌렁쩌렁 소리가 들릴 정도다. 평소에는 절대로 이런 모습을 보이지 않던 애가 어쩜 이리 신이 났을꼬.

"영화가 재밌었나 보네. 다행이다."

〔웅! 정말 재밌어! 김꽃비는 완전 예쁘고! 실은 내가 김꽃비라는 배우를 좋아하긴 하지만 이 배우가 이제까지 맡았던 역들은 대부분 사회적으로 성공하지 못하거나 불우한 경우가 많았거든? 그래도 이 배우가 연기를 워낙 잘하고 또 좋은 시나리오였으니까 다 좋았는데 그래도 예쁘게 꾸미고 나올 수 없는 역이었던 적이 너무 많았단 말이야. 뭐 본판이 예쁘니까 상관없는 문제라고 생각했는데 근데 이번 영화에서는 진짜 와. 와와와. 완전 예쁘게 꾸미고 나온 거야! 원래도 예쁜데! 더 예! 쁘게!〕

미리 연설문이라도 작성한 것은 아닐까? 어쩌면 이리도 청산유수로 말을 쏟아낸담? 오손은 너무나도 신이 난 나머지 그만 몇 가지 중요한 사실들을 잊어버리고 말았다.

〔이번에는 말이야, 김꽃비가 바이크를 타고 서울 시내를 질주하는 장면이 나오거든. 스턴트도 쓰지 않은 것 같아! 원래부터 바이크를 타는 게 취미라더니 진짜 잘 타더라. 아주 시원하게 도로를 가로질러 달리는 모습을 보니까 이야. 정말 멋있어. 한국판 매드맥스야. 한국판 퓨리오사야!〕

"오손, 나한테 해 줄 말은 없고?"

〔아! 그래! 맞아! 홍지야. 너도 꼭 이 영화를 보면 좋겠다. 너는 언제라도 마음만 먹으면 학교에서 빠져나올 수 있잖아. 너도 분명히 이 영화를, 또 김꽃비를 좋아하게 될 거야. 너도 나랑 같이 봤으면 진짜 좋았을 텐데.〕

"……그래? 도대체 얼마나 좋았길래 네가 이러는지 모르겠다."

〔최고야! 최고야, 최고. 21세기 한국에서 나온 최고 걸작 영화가 될 거야. 김꽃비가 나온 것만으로도 최고인데 영화마저도 재밌고 바이크마저도 나와!〕

"흐음, 그렇단 말이지."

〔응! 또 이 영화에서 좋았던 점이 뭐가 있었냐면 말이지! 김꽃비가 하는 대사 중에 이런 게 있는데 말이야……〕

오손의 일장연설은 그칠 줄을 모른다. 김꽃비의 미소에서 김꽃비의 눈물에서 김꽃비의 폭소까지 영화의 일분일초를 놓치지 않고 그대로 중계하는 그 집중력은 여간 놀라운 수준이 아니었다. 하지만 그렇게 찬사와 찬양으로 신이 난 오손은 통화 음질과 주변 환경 그리고 본인의 흥분이라는 여러 가지 방해 요소가 뒤섞인 나머지 그만 중요한 한마디를 놓치고 말았다.

"질투 나는걸."

10.

등굣길. 오손은 어느 날보다 신이 난 걸음걸이로 학교로 향했다.

오늘은 김꽃비를 보러 가는 날이니까. 김꽃비와 관객과의 대화가 있는 날이니까. 어제는 이렇게 신이 나진 않았다. 김꽃비의 신작 영화를 보러 가는 날임에도 홍지의 비인가 하교 작전이 성공할지 의문이 들었기 때문이다.

하지만 오늘은 다르다. 비인가 하교 자문위원 선홍지는 어제 야자 시간에 윤돈고등학교 2학년 3반 담임 선생 아닥을 완전히 잠재우는 것으로 자신의 실력을 입증했다. 의심할 여지가 없다. 오늘 야자 시간에도 홍지는 아닥에게 수면안대와 따스한 차 그리고 부드러운 안마를 제공함으로써 아닥을 마치 비공에 찔린 하트처럼 잠재울 것이 분명했다.

'세상에나. 김꽃비를 실제로 보는 건 처음이네. 거기다 원래 기대하지도 못했던 영화도 봤고. 이건 다 홍지 덕이야. 어떻게 하면 이 은혜를 갚을 수 있을까? 점심시간이 되면 매점에 가자고 해야 겠다. 먹고 싶다는 건 다 사 줘야지. 저번처럼 밖에 나가서 밀크세이크도 사다 줘야지.'

자신감과 기쁨으로 가득 찬 오손은 평생 불러본 적 없던 콧노래도 억지로 흥얼거리며 고양된 감정을 즐겼다. 계단을 걷는 발걸음마저 가볍다. 문을 활짝 열고서는 성큼성큼 발을 내디뎌 교실 안으로 들어간다. 오늘은 김꽃비를 보러 가는 날. 그 무엇이 두려울까?

"오손…… 어제 대놓고 땡땡이를 쳐놓고서는 뭐가 그리 좋아서 웃냐?"

그러니까. 어제의 비인가 하교를 알아차린 담임 선생 아닥 같은 사람만 빼고서는.

"선생님……?"

오손은 교탁 앞에 찌푸린 얼굴을 하고 서 있는 아닥을 바라보며 도대체 어떻게 된 영문인지 헤아리려 애를 썼다. 그 의문은 의외로 오래지 않아 풀렸다. 아닥의 등 뒤로 보이는 푸른 칠판에 올라온 '목요일 땡땡이를 친 학생들'이라는 공지. 그리고 그 명단에는 오로지 정오손, 단 한 사람의 이름만이 파란색 분필로 적혀 있었다.

"홍지가 말을 해 주지 않았으면 완전 범죄였을 텐데. 아주 배짱도 좋다?"

아닥의 옥타브가 올라간다. 오손은 당황한 나머지 손이 덜덜 떨린다. 고개를 돌려 홍지를 찾는다. 오손이 가장 믿는 사람. 가장 의지하는 사람. 이 모든 일들을 계획하고 준비한 사람. 그리고 오손을 배신한 사람.

선홍지는 언제나처럼 감정 없는 기계와 같은 얼굴로 창문 너머를 바라보고 있을 뿐이었다.

11.

"홍지야, 안에 있니?"

똑똑. 똑똑똑똑. 오손은 간절한 마음으로 화장실 문을 두드린다. 평소라면 배변과 관련된 이유로 이렇게나 간절히 두드렸을 문인데 오늘만은 다르다. 윤돈고등학교의 B동 2층 남자 화장실 2번 칸과 1번 칸은 그런 마음으로 두드리기 애매한 곳이다. 이곳은 선홍지가 운영하는 비인가 하교 자문위원실이니까.

오손은 쉬는 시간마다 홍지에게 다가가 자초지종을 물어보려 했지만 수업을 마치는 종이 울리자마자 홍지는 어디론가 사라져버렸다. 점심시간이 되어서도 홍지가 재빨리 모습을 감추자 혹시나 하는 마음에 비인가 하교 자문위원실까지 찾아왔지만 역시나 화장실 문 뒤에서는 아무런 대꾸도 들리지가 않는다.

아침 조회는 살벌한 분위기 속에 진행되었다. 작지는 않은 사달이 났다. 아무튼 모범생 중의 모범생으로 분류되었던 오손이, 감히 담임 선생이 피곤한 나머지 잠깐 휴식을 취하는 사이 야자 시간에 몰래 빠져나갔다니. 아닥은 자신이 무시당했다는 생각에 불쾌한 표정을 감추지 않았다.

써야 할 반성문은 몇 장이 되고 학부모와의 면담에서는 어떤 난리가 날지. 어쨌든 좋은 대학에 갈 것이 분명하다고 주목을 받는 학생의 아주 자그마한 일탈은 아닥에게 있어 자신이 얼마나 냉철하고 엄격한 사람인지 어필할 수 있는 기회였다. 미친 듯이 화를 내고는 미친 사람 취급을 받는 것은 아닥 같은 선생의 가장 중요한 업무다.

오손으로서는 큰일이다. 담임 선생에게는 찍혔고 김꽃비를 보러 갈 기회마저 놓치고 말았다. 오늘이 아니면 도대체 언제 또 보리오. 하지만 지금 그 무엇보다도 이해가 가지 않고 궁금한 것은 도대체 왜 홍지가 자신을 배신했느냐는 것이다.

어제 아닥이 곯아떨어지고 땡땡이를 친 사람은 오손 하나만이 아니었다. 아이들이 이 좋은 기회를 놓칠 리가 없다. 다른 친구들에게 일일이 물어봐서 간단히 어제의 비인가 하교생 리스트를 정리할 수 있었다.

그렇다면 도대체 왜 홍지는 그토록 성실히 비인가 하교를 지원해 왔으면서도 어제만큼은 고자질을 해 버렸단 말인가? 더욱이 왜 이리도 많은 탈주 닌자들 사이에 유일한 클라이언트였던 자신만을 고자질의 대상으로 올려 놓았단 말인가?

"잠깐 실례할게……."

안에서는 아무런 인기척도 나지 않는다. 오손이 조심스레 문고리를 잡아당기자 그 안에는 그저 변기 하나만이 덩그러니 놓여 있을 뿐이었다.

"어라……? 어?"

화장실 문을 열자, 그곳은 화장실이었다. 아무런 특징도 없는 그냥 보통의 화장실이었다. 깨끗하다. 마치 누가 보아도 이 변기는 단 한 번도 사용하지 않은 신품이라는 것을 알 수 있을 만큼 어떠한 자취도 남지 않은 깨끗한 화장실이었다.

어제까지만 해도 이곳은 온갖 생활용품으로 가득 차 있었다. 노트북에 와이파이 그리고 온갖 책들까지 하나의 작은 우주가 변기 옆에 펼쳐져 있었다. 하지만 그 흔적은 어디에서도 찾을 수 없다. 포스트 아포칼립스 영화의 한 장면을 방불케 하던 비밀기지가 온데간데없이 사라진 것이다.

오손은 낙원에서 추방된 태초의 인간처럼 홀로 화장실에 남았다.

12.

마지막 쉬는 시간. 오손은 이번에도 교실 앞에서 서성이며 홍지를 기다린다. 홍지는 쉬는 시간이 되면 어디론가 자취를 감추었다가 수업종이 울리면 교무실에서 담당 교사와 함께 올라와 오손과의 대화를 피했다.

오손은 홍지와의 관계를 이렇게 찜찜하게 끝내고 싶지 않았다. 자신이 잘못한 것이 있다면 솔직히 사과하고 화해를 하고 싶었다. 하지만 무엇보다도 마음에 걸리는 일은 홍지가 비인가 하교 자문위원실을 비운 것이었다.

학교라는 지옥에 남겨진 유토피아. 화장실에 지어진 비밀기지. 비인가 하교 지망생들을 지도하는 사령탑. 윤돈고등학교 B동 2층 남자 화장실 2번 칸과 1번 칸을 그렇게 비우고 만 것은, 너무나도 큰 상실로 다가왔다.

시계를 보니 57분. 아직까지도 홍지는 보이지 않는다. 지난 쉬는 시간에는 교내의 구석구석을 뒤졌는데도 찾지 못했다. 하기야 학교에 자기만의 다실마저 마련한 홍지인데, 학교 안에서 숨바꼭질을 해서 찾아낼 수 있는 상대가 아니다.

"오손."

상대측에서 모습을 직접 드러낸 경우가 아니라면 말이다.

오손은 놀란 눈으로 홍지를 바라보았다. 어느새 바로 자신의 옆까지 다가와 말을 걸다니. 이번에는 도대체 무슨 바람이 불었기에 제 발로 찾아왔는지. 오손의 머리로는 도무지 홍지가 무슨 생각을 하고 있는지 알 수가 없었다.

"들어간다."

"홍지야!"

오손은 자신을 지나쳐서 교실 안으로 들어가려던 홍지를 불러 세웠다. 찬찬히 홍지의 얼굴을 살펴보았지만 어떠한 감정의 미동도 찾을 수 없었다. 그저 약간 낮게 깔린 목소리에서 불편한 기색만을 느낄 수 있었을 뿐이었다.

"홍지야, 왜 그랬어? 그리고 위원실은 어떻게 된 건데?"

"네가 상관할 일이 아니야."

"내가 상관할 일이 아니면 도대체 누가 상관할 일인데?"

"그러게."

성의 없는 홍지의 대답. 그사이 아이들의 시선이 교실 문 앞에 서 있는 오손과 홍지 둘에게 쏠린다. 오손은 답답한 마음에 그만 큰 목소리를 냈다는 사실에 얼굴이 빨개졌다.

"이따 이야기하자. 수업 끝나고 잠깐만 말해."

"내가 왜 너랑 말을 해야 하는데?"

"홍지야, 너 도대체 왜 이러는데……!"

홍지의 눈시울은 천천히 촉촉하게 젖어들었다. 그리고 그 물기는 이내 목까지 잠겨 홍지의 금속 같은 목소리도 녹이 슬고 말았다.

"너야말로 도대체 왜 나한테 이러는데?!"

숫제 비명과도 같은 외침. 교실의 창문이 떨릴 정도로 큰 소리였다. 방금까지는 무슨 일인가 의아해하던 아이들의 시선에 곧장 호기심과 긴장이 더해졌다.

"너는 정말 내가 너한테 왜 이러는지를 몰라?"

'응. 몰라.'라고 대답하면 진짜로 큰일이 날 것이라는 것만은 예감했다. 오손은 홍지의 날카롭고 차가운 태도에 아마 자신이 무언가를 단단히 잘못했나 보다고 여겼다.

"내가 너한테 해 준 게 얼만데, 너는 맨날 김꽃비, 김꽃비. 듣는 내 기분은 생각도 안 해? 네가 그럴 때마다 내가 얼마나 찌그러진 깡통 같은 기분이 되는지 모르겠어? 분리수거도 안 될 정도로 더럽고 망가진 쓰레기가 되는 기분이라는 걸 정말 몰라?"

"홍지야……?"

"네가 어제도 그 여자 보러 가서 그 여자 자랑을 하는데 네가 그럴 때마다 내 기분이 얼마나 잡치는지 모르겠어?!"

수업종이 울리지만 홍지의 속사포 같은 공격은 멈출 줄을 모른다. 아니, 오히려 더 신이 나는지 비난의 포화망은 점점 더 촘촘하고 굳세게 오손의 사지를 묶는다.

"나, 그제 미용실도 들렀어. 너한테 뭐라고 한마디라도 들을 수 있을까 봐. 하지만 너는 그런 것도 못 알아봤지? 나한테 신경은 전혀 쓰지도 않았지? 칭찬이라도 한마디 해 주면 어디 덧나? 네가 그 여자 예쁘다고 한 이야기의 백분의, 천분의 일이라도 나한테 칭찬을 해 본 적 있어?"

"어……어울린다."

오손은 홍지가 머리카락을 잘랐다는 것을 알지 못했다. 더욱이 김꽃비를 칭찬하면 칭찬한 거지 왜 덩달아 홍지마저 칭찬을 해야 하는 것인가. 도대체 알 게 뭐라지, 라는 생각마저 들었지만 이 상황에서 그렇게 말을 하면 정말 대단한 광경을 보리라는 직감이 겨우 오손의 혀끝을 붙잡았다.

"고작 그거? 고작 그게 전부야? 내가 이렇게 사정사정을 해도 해 주는 말이 고작 그거냐고!"

이제는 눈물 한줄기가 주르륵 뺨을 타고 흘러내린다. 홍지의 울음에 오손은 도대체 자기가 무슨 잘못을 했기에 이런 곤경에 빠지게 되었나 답답한 나머지 홍지와 같이 울고 싶은 심정이었다.

"너네, 안 들어가고 뭐하나……."

화들짝. 오손이 깜짝 놀라 뒤를 돌아보자 그 자리에는 아닥이 병찐 눈을 하고 서 있었다. 이 난장판을 언제부터 보고 있었는지는 모르겠지만 그 놀란 표정을 보니 얼추 감은 잡을 만한 부분부터 보고 있었던 듯하다.

"어, 네, 죄송합니다. 홍지, 홍지야. 일단 들어가자……?"

오손이 타이르듯 홍지의 어깨를 붙잡고는 교실 안에 들어가려 한 순간,

쿵, 쿵, 쿵.

복부와 명치 그리고 턱 끝의 정중선 급소 세 군데에 홍지의 벼락과 같은 정권지르기 3연타가 먹혔다. 터무니없이 묵직한 주먹에 오손은 그 자리에서 주저앉아 버렸다.

"허윽……."

간신히 멈췄던 숨을 토해 냈지만 끝나지 않는 격통에 감히 다시 일어설 생각은 들지 않았다.

"몰라!"

탁, 탁, 탁.

바닥에 고개를 박고 있느라 보지는 못했지만 아마 홍지가 복도 반대편으로 달려가는 소리 같았다. 반 아이들은 반 아이들대로 황당해서, 아닥은 아닥대로 감동해서, 오손은 오손대로 너무 아파서 뛰쳐나가는 홍지를 붙잡아야 한다는 생각을 떠올리지 못했다.

"정오손……?"

"어…… 으, 네, 선생님."

아닥은 쓰러진 오손의 손을 붙잡아 일으켜 세워 주고는 흐뭇한 미소와 함께 자신의 가장 모범적인 제자를 바라보았다. 오손은 담임 선생이 왜 자기가 아파죽겠는 이 순간에 이리도 감동적인 표정으로 자신을 바라보는지 의아하다가, 순간.

이해했다.

"괜찮다."

뭐가 괜찮다는 것인지 아무 말도 하지 않았지만 모두가 뭐가 괜찮은 것인지 알았다. 아닥이 알았고 반 아이들이 알았고 오손이 알았으며 하다못해 시끄러운 소리에 구경을 나온 옆 반 학생들도 알았다.

오손은 얼떨떨한 표정을 하고는 아닥을 향해 고개를 끄덕였다. 아닥도 그에 화답하듯 고개를 끄덕인다.

아다치 미츠루의 팬. 청춘 만화 애독자. 담임 선생의 인가가 내려진 것이다.

오손은 반 아이들의 환호성과 박수 속에 뒤도 돌아보지 않고 학교 복도를 내달려 홍지를 쫓았다. 어떤 하나의 가능성을, 아마도 정답이 분명할 하나의 가능성을 떠올리면서.

13.

"아이고, 죽겠, 죽겠다……."

오손은 내장이 뒤집어지는 것을 느꼈다. 교실에서 교문까지 전력질주를 한 탓이다. 폐가 찢어지고 심장이 터질 것만 같았다. 마지막에는 후들거리는 다리를 억지로 부여잡고는 달려야 했다. 그리고 그렇게 미친 듯이 뛰어서 도착한 정문에는 당연히.

비인가 하교 자문위원 선홍지가 예의 그 아무렇지도 않다는 표정으로 기다리고 있었다.

"……홍지야……."

오손은 폭증한 심박수 때문인지 아니면 무표정한 홍지 때문인지 머리에 피가 쏠리고 현기증에 쓰러질 것만 같았다. 하지만 홍지는 그런 오손의 심정을 아는 것인지 모르는 것인지.

"계산보다 빨리 왔네?"

손목의 시계를 체크하고는 태평하게 인사를 건넬 뿐.

"잘했어."

얄미워 죽겠어서, 뭐라고 대꾸를 해야 할 것 같은데. 한가득 차오른 숨에 입에서는 그저 헉헉거리는 소리만 나오다가.

"작전이지?"

"작전이지."

오손이 헐떡이는 숨을 겨우 진정시키고는 쥐어짜낸 질문에 홍지는 너무나도 태연스레 대답했다. 하기야 이런 상황이라면 아닥은 당연히 홍지와 오손을 보내줄 것이었다. 그 어떤 평계에도 조퇴를 허용하지 않는 아닥이었지만 이런 상황이라면 다르다. 아닥이 가장 좋아하는 청춘 만화의 한 장면을, 다른 모든 학생들 앞에서 펼쳐보였는데, 어찌 이 둘을 붙잡을까.

"이제 몇 년 동안 아닥은 자신이 맡은 학생들에게 이번 일에 대해서 자랑하듯이 이야기를 들려주겠지. 예전에 드라마틱한 사건이 있었다면서. 자기가 통 크게 조퇴를 인정해 줬다면서."

이 모든 것이 홍지의 책략이 아닐 리가 없다. 언제나 고객 만족이 최우선, 학교라는 지옥에서의 빠른 탈출을 위해서라면 수단과 방법을 적당히만 가려 가며 윤돈고등학교 교칙의 위법과 합법 사이의 경계에서 보조하는 비인가 하교 자문위원 선홍지라면 이 정도의 책략은 당연한 것이다.

"우리가 연구한 이 청춘개론의 주역 자리는 아닥 본인에게 돌아가겠지만, 뭐. 워낙 JYP 같은 사람이니까. 어쩔 수 없는 노릇이지. 비인가 하교의 대가로 이 정도는 나쁘지 않지?"

"세상에나……."

오손은 기가 찬 나머지 그 자리에 주저앉아 교실에서 교문까지 달려왔던 5분 동안 못다 쉰 공기를 들이마셨다. 그런 오손에게 홍지가 허리를 숙여 고객의 등을 도닥이고는 살짝 웃어 보였다.

그리고 홍지의 이 상큼한 청량음료 같은 미소를 본 오손의 머릿속에는, 도대체 어디부터가 진짜고 어디까지가 가짜인지 따지려 했던 궁금증은 온데간데없이 사라지고, 어째서였을까. 성공적인 비인가 하교를 위한 수칙 그 첫 번째만이 떠오를 뿐이었다.

"서두르면 6시 영화에는 늦지 않겠다."

각시

강지영

파주의 소도시, 내 고향마을이 이랬다. 유난히 무당이 많이 살아 당골이라 불리던 오목한 산골짝은 이제 아파트 단지가 들어섰고 커피 체인점과 마트가 즐비한 여느 도시다. 당신이 살고 있는 곳, 그곳에도 한때 말할 수 없는 전설 하나쯤은 있지 않을까?

증조할머니의 팔을 매만졌다. 링거 바늘 자국마다 푸르스름한 멍이 저승꽃처럼 번져 있었다. 아흔여덟, 얇고 주름 많은 눈꺼풀이 느릿하게 올라갔다. 증조할아버지는 전쟁통에 돌아가셨고, 할아버지와 할머니도 내가 태어나기 전에 세상을 떠났다. 시장 한 귀퉁이에서 한복집을 하며 손자를 키워 낸 증조할머니는 동네의 터줏대감이었다. 그렇게 정정하던 증조할머니가 노환으로 거동을 못하게 된 건 일주일 전이었다. 그사이 한 차례 심장마비가 왔고, 뇌경색도 진행 중이었다. 가족들 모두 할머니가 곧 떠나리라는 걸 의심하지 않았다.

"어여 집에 가거라. 내일 학교 가야지."

옅은 회색빛을 띤 증조할머니의 눈동자가 부드럽게 내 얼굴을 훑었다.

"내일 토요일이라니까. 금방 얘기했는데 그새 잊은 거야?"

애잔한 마음과 달리 부루퉁한 대답이 튀어나왔다. 나만 남겨 놓고 먼 길을 떠나려 하는 증조할머니가 내심 밉기도 했다.

각시 57

"냉장고에 두유 있어. 꺼내 먹어."

증조할머니가 기신기신 손가락을 들어 발치에 놓인 미니 냉장고를 가리켰다.

"됐어, 배 안 고파. 나 졸린단 말야."

태어나면서부터 줄곧 증조할머니와 한 방을 썼다. 함께 방을 쓰던 형은 중학교에 들어가자마자 거실로 잠자리를 옮겼지만, 나는 증조할머니 곁을 지켰다. 귀에 익은 코골이 소리, 조금 배릿하면서 포근한 노인의 살 냄새, 새벽 기도 소리는 내게 자장가나 다름없었다. 증조할머니가 입원한 지난 일주일 간, 나는 새벽녘이 다 돼서야 잠이 들었고 학교에서는 내내 비몽사몽이었다.

"옛날 얘기해 줄까? 거기 누워서 좀 잘 테야?"

옆 침대에서 틀어 놓은 뉴스 채널이 귀에 거슬렸지만, 증조할머니의 목소리를 더 듣고 싶었다. 불면으로 보낸 일주일의 피로가 한 번에 밀어닥쳤다. 나는 교복 재킷을 벗어 옷걸이에 걸고 보호자 침대에 누워 다리를 뻗었다. 어느새 아버지보다 훌쩍 자란 몸은 보호자 침대에 아주 빠듯하게 들어맞았다. 증조할머니가 빨대 컵에 입을 대고 보리차를 천천히 마셨다.

"여름밤엔 무서운 이야기가 제격이지. 오줌 마렵걸랑 어서 화장실 다녀오너라."

증조할머니가 거적처럼 늘어진 눈꺼풀을 천천히 감았다 떴다.

"왕할머니, 나 이제 중 3이거든. 옛날 같으면 장가도 가는 나이라고 할 땐 언제고."

볼멘소리를 하면서도 담요를 턱 밑까지 끌어당겼다.

"그래, 우리 아버지도 열여섯에 사모관대를 썼지. 서른 살이 다 된 작은아버지보다 먼저 상투를 튼다고 다들 수군거렸다더구나. 근데 이듬해에 삼촌도 장가를 들긴 들었단다."

증조할머니의 작은할아버지 석삼은 바보라고 하기엔 더하기 빼기 정도는 할 줄 알고, 정상이라고 하기엔 곱하기 나누기는 할 줄 모르는 조금 어수룩한 사람이었다고 한다. 그러다 보니 혼기가 차도 시집을 오겠다는 처녀는 없고, 떠꺼머리로 늙자니 혼자 밥 끓여 먹을 주변머리가 없었다. 그나마 힘은 장사라 간혹 도시로 나가 몇 달씩 막노동을 해서 돈을 벌기도 했지만, 투전을 좋아해 돈이 고일 새가 없었다. 그땐 모두가 어려웠으니 가난이 그리 큰 흠은 아니었다.

어느 해인가, 가뭄이 심한 초여름이었다. 석삼은 도시에서 석 달 동안 등짐을 져 나르고 전대를 두둑이 채워 마을로 돌아왔다. 신던 고무신이 닳으면 개골창에 던져 버리고 땀을 닦던 수건이 찌들면 나뭇가지에 걸쳐 두고, 거푼거푼 산책하듯 집으로 돌아오던 석삼은 마을 어귀 당산나무 아래에서 걸음을 멈췄다. 두 아름은 족히 넘던 이백 년 된 느티나무가 둥치만 덩그러니 남은 채 사라져 있었다. 그 아래엔 이맘때면 늘 지내던 당산제 제상이 펼쳐져 있었다. 석삼이 멈춰 선 건 사라진 당산나무나 제상 때문이 아니었다. 그 옆에 쪼그려 앉아 볼이 미어지게 떡과 과일, 산적과 쌀밥을 집어먹는 처녀 탓이었다.

자주 이 마을을 찾는 거지패가 있었지만, 아무리 배가 고파도 젯밥을 건드리는 일은 없었다. 그런 고약한 짓을 했다간 온몸에 옴이 오르거나 엉덩이에 종창이 나 죽을 고생을 한다는 소문이 떠돌았기 때문이었다. 그런데 고작해야 스무 살이 되었을까 말까 한 어린 처녀가 겁도 없이 제상에 올라간 음식을 집어먹는 것이 조금 모자란 석삼의 눈에도 불경스럽게 비쳐졌다.

"야, 너 무어하는 애냐?"

석삼이 배를 긁으며 처녀에게 다가가 부러 우렁우렁한 목소리로 물었다. 놀라 자빠져 속곳 구경이라도 할 줄 알았던 석삼의 예상과 달리, 처녀는 잘 익은 사과 한 알을 앞니로 깨물며 물끄러미 그를 바라보았다.

"무어하는 아이길래 어른 말씀에 대답이 없냔 말이다."

석삼이 다시 물었다.

"댕기머리가 어른은 무슨! 동가숙서가식 하는 떠돌이요, 됐소?"

처녀가 바닥에 내려놓은 보따리를 끌어안으며 대답했다. 그 맹랑한 대답에 석삼이 껄껄 웃음을 터트렸다. 그러고 보니 처녀는 제법 인물이 반듯했다. 가느다란 눈썹에 크고 빛나는 눈, 작고 야무진 입술이며, 갸름한 턱까지 미운 구석이 없었다. 찬찬히 처녀의 얼굴을 뜯어 본 석삼은 엉큼한 생각이 들었다. 사정이야 어찌 되었든 주인이 없는 계집임에 틀림이 없으니 먼저 만난 놈이 임자가 아닌가 싶었던 것이다.

"그럼 잘 됐다. 너 나랑 우리 집 가자. 내가 밥도 먹여 주고 철마다 옷도 사 주마."

조카도 상투를 튼 마당에 근본까지 따져 가며 계집을 고를 처지가 아니었다.

"지금 나한테 아저씨 각시를 하란 말이오?"

처녀가 손에 든 사과를 내려놓고 석삼에게 다가왔다. 꽃내인지 분내인지 알 수 없는 향기가 석삼의 벌름한 코를 파고들었다.

"그래, 내 각시 하자. 밥은 조카며느리가 하고, 밭일은 우리 엄마랑 형수가 한다. 너는 방아나 잘 찧으면 배 안 곯아."

어디서 그런 용기가 솟아났는지, 석삼이 처녀의 손목을 덥석 잡아 제 허리춤에 묶어 놓은 전대로 가져갔다.

"에구머니나!"

처녀가 기함을 하며 발을 굴렀다.

"여기 든 돈도 이제 다 니 꺼다."

석삼은 처녀를 번쩍 들어 어깨에 짊어졌다. 처녀는 의외로 얌전히 석삼의 어깨에 몸을 맡겼다. 어찌 된 처녀가 모시 적삼보다 가뿐할까, 싱글벙글 웃으며 석삼은 마을로 향했다. 보무도 당당히 돌아온 석삼을 동네 사람들은 어리둥절한 표정으로 바라보았다. 시커멓고 번들거리는 얼굴에 한 뭉텅이로 떡이 진 머리야 늘 보아 왔던 몰골이지만, 그 널찍한 어깨에 분내 나는 처녀가 매달려 있는 꼴은 그야말로 꿈에도 본 적이 없는 진풍경이었다.

가문 고추밭 고랑에 서서 쪽박으로 물을 주던 석삼의 어머니가 멀거니 서서 그 광경을 지켜보다 머릿수건을 벗고 저린 다리를 절름거리며 아들에게 걸어왔다.

"야, 이 팔푼이 같은 놈아, 돈 벌어온다고 까질러 나가더니만 어디서 계집을 훔쳐 왔어? 감옥소 가고 싶어 환장을 했냐?"

어머니의 지청구에도 석삼의 얼굴엔 웃음이 만연했다.

"훔치긴 누가 훔쳤다고 이래. 엄니 아들 이석삼이가 도적놈이야?"

"그럼 이런 사지 육신 멀쩡하고 반반한 계집을 네놈이 어디서 구해 와? 바른 대로 말하라니까!"

석삼의 어머니가 아들 앞을 가로막고 호미를 번쩍 치켜들었다.

"오다 주웠어. 내가 각시 삼는다니까 군말 없이 업힌 거야. 엄니는 알지도 못하면서!"

석삼이 버럭 화를 내며 걸음을 멈췄다. 다 늙은 어머니의 불호령 탓이 아니었다. 석삼의 주위로 동네 개들이 전부 몰려들어 꼬리를 흔드는 통에 도통 걸음을 옮길 수가 없었다. 어느 집 백구는 목줄이 박힌 말뚝까지 뽑아 질질 끌고 달려와 다리 사이를 들락거렸다.

"퉤!"

그때 석삼의 등에 거꾸로 처박힌 처녀가 무언가를 뱉어 냈다. 형체가 온전한 돈저냐가 그녀의 입에서 툭 튀어나와 검정색 발바리 앞에 떨어졌다.

"퉤!"

이번엔 북어포 한 조각이 튀어나와 누렁이 앞에 떨어졌다. 그걸 주워 먹느라 아우성이 난 개들을 바라보며, 처녀가 킥킥 웃음을 터트렸다.

"이게 무슨 조화래."

할 말을 잃은 석삼의 어머니가 개들을 발길질로 쫓아냈다. 그사이를 틈 타 석삼이 집으로 뛰어 들어가 마당에 처녀를 내려놓았다. 돌절구로 보리방아를 찧던 조카며느리는 놀란 입을 다물지 못했고, 마루에 앉아 다림질을 하던 형수도 무명 저고리가 타는 줄을 몰랐다.

"너 이름이 뭐냐?"

그제야 석삼은 제가 주워 온 각시의 이름조차 모른다는 사실을 깨달았다.

"각시면 각시지 이름은 알아 뭐하오?"

처녀가 옷매무시를 고치며 대답했다.

"그건 그렇다. 삼월이면 어떻고 유월이면 어떠냐. 형수, 이 아이가 오늘부터 내 각시라오. 질부, 어린 숙모라고 내가 안 볼 때 골부림 내면 소죽에 양잿물 퍼부을 테니 그리 알아."

석삼이 다시 각시를 어깨에 둘러메고 문간방으로 들어갔다. 뒤늦게 따라 들어온 석삼의 어머니도 저고리를 다 태워 먹은 형수도, 절굿공이를 떨어뜨린 조카며느리도 눈앞에 벌어진 진풍경을 믿지 못했다.

석삼의 어머니는 길에서 주운 근본 없는 계집일망정 인물도 곱상하고 붙임성도 좋은 각시가 내심 마음에 들었다. 그래서 며느리의 눈을 피해 장에 나가 옷도 한 벌 지어 주고 고무신도 새로 사 쥐어 주었다. 그러나 어찌 된 일인지 각시는 처음 온 날 입은 흰 저고리에 검정 치마를 벗지 않았다. 부인네들이야 여전히 치마저고리를 입는 댁이 아직 많았지만, 새색시나 처녀들은 치마를 댕강 잘라 길이를 줄이고 읍내에 나갈 때면 장옷 대신 양산을 쓰거나 굽이 있는 구두를 신는 차림새가 유행이었다. 노인네들이 이맛살을 찌푸리거나 말거나, 열다섯 살 먹은 손자며느리도 제 서방을 구슬려 양산 하나를 얻어 가진 참이었다.

"나는 저런 난한 옷 못 입소, 형님. 허연 무종아리가 다 드러나는 게 무어 좋단 말이오. 남사스럽게."

마침 마당 앞으로 이웃 처녀 용선이 지나가고 있었다. 각시가 키질을 하는 제 동서 옆에 앉아 고개를 절레절레 저었다.

"그래도 용선이가 이 동네에선 제일 잘났지. 어려서부터 야물딱지고 똑똑해서 면사무소에 취직도 하고, 인물도 모난 데 없이 동글납작하잖아. 궁둥이 살랑거리고 걷는 거 봐라. 총각들 혼이 쏙 빠지겠네."

호미를 들고 나서는 시어머니의 말에 각시 눈이 반짝 빛났다. 그리고는 냉큼 자리를 털고 일어나 용선이 지나간 방향으로 뛰어갔다.

"어이구, 붙어 앉아서 키질 좀 배우라고 했더니만 그새를 못 참고 내빼네. 엄니, 저는 쟤가 동서인지 시누이인지 당최 모르겠네요. 계집이 밥을 먹으면 지 밥그릇은 지가 부셔야지, 숟가락만 내려놓으면 뽀르르 튀어 나가니 상전이 따로 없소."

큰며느리의 말은 한 마디도 틀린 데가 없었다. 하지만 혼례도 없이 들어앉힌 각시가 밤봇짐이라도 싸면 어쩌나 싶은 석삼의 어머니였다.

"동서라고 해도 니 자식뻘이니라. 아무리 고까워도 윗사람이 세 번은 접어 줘야지. 네가 감히 시에미도 안 시키는 시집살이를 시킬

참이야?"

석삼의 어머니는 각시가 딸이든 아들이든 튼실한 자식이라도 하나 낳아 놓아야 마음이 놓일 것 같았다. 그런데 정작 신혼 재미에 푹 빠져 있어야 할 석삼은 해거름이면 집을 나갔다 새벽녘이 되어서야 돌아왔다. 또 노름을 하나 싶어 뒤를 밟아 보았지만 이웃 마을 산신각 앞에 벌렁 드러누워 쿨쿨 잠만 잘 뿐이었다. 수상하기 짝이 없는 행동이었지만, 미련한 석삼을 쑤석거려 봐야 분란만 일어날 것 같아 그만두었다.

석삼은 동이 트기 직전에 집으로 돌아왔다. 그러고는 각시가 기다리는 건넌방으로 잽싸게 뛰어 들어가 허리춤에 매달아 놓은 자루를 풀어 놓았다.

"내가 시킨 대로 했소?"

각시가 무릎걸음으로 다가와 석삼에게 물었다.

"아무렴, 했지. 지아비가 돼서 그것도 못할까 봐."

각시가 방긋 웃으며 자루를 열었다. 자루 안에는 색색의 사탕과 제단에 올린 공양미가 뒤섞여 있었다. 지켜보던 석삼이 입맛을 다시며 사탕 하나를 집어 들었지만 각시의 매서운 눈빛에 손이 곱아들었다.

"향도 다 꺾어 놓고, 탱화에 먹칠도 했소?"

석삼이 멋쩍게 입맛을 다시며 고개를 끄덕거렸다.

"그런데 각시, 시험에 통과하면 한 이불 덮게 해 준다는 말 까먹은 건 아니지?"

석삼이 엄지와 검지에 침을 묻혀 호롱불을 껐다.

"내가 말하지 않았소, 시험은 세 개라고. 아직 두 개 더 남았으니 벌써부터 헛물켜지 마시구려."

들척지근하게 달라붙는 석삼을 떼밀어 내고 각시가 자루에 든 사탕을 입에 넣었다. 석삼은 속에서 천불이 솟았지만, 어린 각시를 거느리려면 마땅히 치러야 할 관문이라고 생각했다.

날이 밝자마자 각시는 자루의 쌀을 깨끗이 씻어 밥을 짓고 된장을 풀어 국을 끓였다. 제법 그럴싸하게 한 상을 차려 툇마루에 올려놓고는 이웃집으로 달려가 출근 준비를 하는 용선을 데려왔다. 마침 쌀을 씻으러 나온 질부가 툇마루에 차려놓은 밥상을 보고 어쩔 줄 몰라 행주치마를 풋나물처럼 주무르던 찰나였다.

"이건 용선이 먹이려고 내가 지은 밥이니, 질부는 질부대로 식구들 조반 차리시게."

콧방귀를 뀌는 질부를 밀어내고, 각시가 용선을 툇마루에 앉혔다.

"햅쌀이라 기름 자르르한 것 좀 봐. 어서 한 술 떠, 응?"

요 며칠, 각시는 저녁마다 용선의 집에 찾아가 튀긴 누룽지며 볶은 해바라기 씨를 나누어 먹더니 제법 허물없는 사이가 되었다.

"댓바람부터 남의 집에 와서 조반 먹는 건 예의가 아닌데……."

말은 그렇게 하면서도 용선은 이상하게 참을 수 없는 허기를 느꼈다. 제 집에서도 매일 먹는 콩자반에 깻잎김치, 된장국같이 흔해 빠진 상차림인데 어째서인지 입에 침이 고였다. 용선은 각시가 쥐어 준 숟가락으로 밥 한 술을 크게 떠 입에 욱여넣었다. 찰지고 향긋한 햅쌀이 혀에 착 달라붙었다. 밥그릇 바닥까지 긁어 먹고도 허기가 가라앉지 않았다. 각시가 주발에 숭늉을 따라 용선에게 건넸다.

"한 그릇 더 줄까?"

각시가 용선에게 물었다.

"한 술 더 뜨면 나 지각하는데."

대답은 그렇게 하면서도 용선은 아쉬운 듯 숟가락을 빨았다.

"사환이 개근한다고 누가 면장 시켜 주나? 그러지 말고 한 술 더 떠. 언제 쌀밥 먹을 일이 또 있다고 마다해."

각시가 용선의 밥그릇을 새로 채워 들이밀었다. 용선은 침을 한 번 꿀꺽 삼키고 홀린 듯이 다시 그릇을 비워 나갔다.

"이제 주고 싶어도 줄 밥이 없네. 기왕지사 늦은 거 오늘은 출근 하지 말고 집에 가서 구들장 지고 잠이나 퍼 자소."

각시가 말끔하게 빈 반찬 접시와 밥그릇을 흐뭇하게 바라보며 용선에게 말했다. 영특하기로는 동네 여자들 중 으뜸인 용선이었 지만, 어찌 된 일인지 그날은 석삼만큼이나 어리보기처럼 굴었다. 용선은 각시가 시키는 대로 제 집에 돌아가 치마저고리를 훌훌 벗 어 버리고 이부자리로 기어들었다. 냇가에서 젖은 빨래를 이고 돌 아온 용선의 모친이 잠든 딸을 발견하고 욕설을 섞어 가며 들깨웠 지만 코고는 소리만 요란해질 뿐 허사였다.

사달은 이튿날 벌어졌다. 잘 먹고 잘 자고 일어난 용선이 토사곽 란을 일으킨 거였다. 동네 소식에 빠삭한 질부의 말에 따르면 어젯 밤부터 먹은 음식을 모두 게워내고 맹물 같은 설사를 좍좍 해 대며 허공에 대고 잘못했다며 손을 싹싹 비벼 대기까지 했단다. 용선의 어머니는 급한 대로 들에 나가 익모초를 뜯어와 절구에 찧어 먹이 고, 귀머거리 침술사를 불러 침을 놓고 뜸을 떴지만 별다른 차도는 없었다. 그사이 용선은 얼굴이 누렇게 뜨고 입술이 말라붙어 산송 장 몰골이 되었다고 했다. 보다 못한 용선의 할머니가 시내로 걸어 나가 의사를 데려왔지만, 용선은 이미 허옇게 눈을 까뒤집고 몸을 뒤틀다 숨이 넘어간 뒤였다. 용선은 마을 산기슭 후미진 곳에 봉분 도 없이 묻혔다.

용선이 죽은 지 사흘 뒤 용선의 어머니도 같은 증세를 보이기 시 작했다. 처음엔 열이 팔팔 끓더니 구토와 설사가 멈추지 않았다. 그러더니 용선의 오빠도 같은 증세로 앓아눕고 말았다. 마을 사람 들은 그제야 용선이 돌림병을 남기고 죽었다는 걸 깨닫고 몸을 사 리기 시작했다.

멀쩡하던 사람이 하루아침에 몹쓸 병을 남기고 불귀의 객이 되 었으니 온 마을이 뒤숭숭했다. 게다가 용선이 죽기 전 날, 석삼의 각시가 밥을 한 상 거하게 차려 주었다는 소문까지 나돌았다. 들 에 나갔다 소문을 듣고 낯이 뜨거워져 돌아온 석삼의 어머니는 머 리에 대님을 묶고 돌아누워 끙끙 앓았다. 암만 생각해도 억울했다. 각시가 한 일이라곤 이웃집 처녀에게 밥을 지어 먹인 게 전부 아닌 가. 각시가 마을에 들어오기 전부터 마을엔 찜찜한 사건이 한둘이 아니었다. 뒷산 중턱에 산신을 모셔 놓은 산신각이 있는데, 보름 전쯤 누군가 한밤중에 틈입해 탱화에 먹칠을 하고 초와 향을 꺾어 놓아 마을이 발칵 뒤집힌 일이 있었다. 이장이 나서서 장난 좋아하 는 마을 소년들과 청년들을 차례로 닦달했지만 모두 결백을 주장 했다. 하는 수 없이 집집마다 추렴을 하여 탱화를 새로 그려 줄 환 쟁이를 부르기로 했는데, 이번엔 마을 입구에 수백 년째 서 있던 장승 한 쌍이 불에 타 잿더미로 변했다. 그걸 본 마을 원로들의 낯빛도 잿빛으로 어두워졌다. 만신을 불러 큰굿을 해야 한다는 의견과 이제 마을의 명운이 다했으니 터전을 버려야 한다는 의견이 엎치락뒤치락했다. 그러는 와중에 마을과 역사를 함께해 온 당산나무가 댕강 잘려 나가는 전대미문의 사건이 벌어졌다. 원로들은 급한 대로 당산나무 밑동 앞에 제상을 차려 치성을 들이고, 이장은 용하다는 무당을 찾아 외지로 출타했다. 그때 들어온 것이 각시였다.

이런 저런 생각을 하고 있자니, 석삼의 어머니는 점점 더 부아가 났다. 마을에 불미스러운 일은 각시가 나타나기 전부터 터졌는데, 험담하기 좋아하는 사람들이 덩둘한 석삼을 얕잡아보는 것도 모자라 그 처까지 세치 혀로 까부르나 싶어 복장이 터져 나갔다. 이 모든 게 똑똑하지 못한 자식을 낳은 자신의 잘못인 것 같아 하염없이 눈물을 흘렸다.

자정이 다 되어서야 안방의 불이 꺼졌다. 때마침 석삼이 개울에 나가 등목을 하고 돌아왔다. 각시가 석삼의 억센 손목을 잡고 방으로 끌고 들어와 보따리에서 작은 호리병 하나를 꺼냈다.

"오늘은 이걸 장승에 뿌리고 불을 붙이시오."

"그게 무언데?"

석삼이 젖은 머리를 털며 각시에게 물었다.

"피마자기름이지 뭐야."

각시가 호리병 뚜껑을 열어 석삼의 코 밑에 대주었다. 기름에서 나는 풋내가 코를 찔렀다.

"왜 자꾸 나한테 이런 짓을 시키는 거요. 남의 마을 산신각을 요절 낸 것도 영 마음이 찌꺼분해 죽겠는데 장승님한테까지 그럴 수는 없어."

석삼이 우물우물 대답을 하고 작은 눈을 치켜 떠 각시를 건너다 보았다. 유난히 검고 번들거리는 각시의 눈동자에 서릿발이 내리쳤다.

"그까짓 나무 장승이 마누라보다 귀하단 말이오? 장승이 밥을 해 주오, 빨래를 해 주오, 아니면 자식을 낳아 주오? 장승이 좋으면 이제부터 장승이랑 사시구려. 나는 갈 테니."

각시가 보따리를 품고 자리에서 발딱 일어섰다. 놀란 석삼이 허겁지겁 각시 종아리에 매달렸다. 남들처럼 연애나 중매로 서로 알고 짝지어진 사이가 아니니, 어려운 시험으로 서방의 속내를 떠보려는 각시의 마음을 헤아려 주어야 한다고 생각했다.

"내가 잘못했네. 각시 말이 맞아. 그놈의 장승이 밥을 먹여 주나 새끼를 낳아 주나. 내 지금 당장 뛰어가서 불 싸지르고 올 테니 여기 딱 붙어 있어. 응?"

석삼을 내려다보는 각시의 입가에 만족스러운 미소가 짧게 스쳐 갔다. 석삼은 허리끈을 졸라 묶고 각시에게서 받은 피마자기름을 움켜쥐었다. 그길로 이웃 마을로 달려간 석삼은 밤이 깊어 인적이 잦아들길 기다렸다

"천하에서 지은 죄 지하에서 달게 받겠소. 이 모자란 놈 지아비 노릇 좀 하게 장군님들 도와주십쇼."

석삼이 몸을 덜덜 떨며 장승 앞에서 손을 모아 기도했다. 그러곤 감때사납게 눈을 치켜 뜬 한 쌍의 장승에 피마자기름을 뿌렸다. 호

주머니에서 부싯돌을 꺼내 불을 붙인 석삼은 눈으로 솟구치는 죄책감을 소매로 닦아내며 집으로 줄행랑쳤다.

그 시각, 각시는 온 마을을 뛰어다니며 보따리에서 꺼낸 색색의 사탕을 곳곳에 놓아두었다. 아이들이 자주 모여 노는 개울가 큼직한 바위 위, 뒷산 아래 으슥한 방앗간 앞, 청년들이 자주 모이는 우물가 평상, 출타 중인 이장네 대문간에 사탕이 놓였다.

그 이튿날, 사탕은 모두 사라졌다. 단 것이라면 사족을 못 쓰는 아이들과 남몰래 방앗간에서 정분을 나누던 처녀총각, 지게를 내려놓고 평상에 모여 알땀을 식히던 청년들과 임신한 이장네 맏며느리가 배앓이를 시작한 것도 그때부터였다.

"이게 염병이여. 우리 할머니가 젊어서 염병을 앓다 죽을 뻔하셨지. 웬만하면 죽는 병인데 우리 할머니는 어려서 사슴뿔을 달여 먹은 게 효험을 봤는지 간신히 살아남으셨어. 그 양반 돌아가실 때까지 머리카락이 새까맸지. 염병에서 살아남으면 머리가 안 센다고 하더구먼. 자네, 새끼 좀 꼬아서 금줄 좀 치게."

설거지를 하던 석삼의 형수가 시름에 잠긴 목소리로 각시에게 말했다.

"금줄은 왜요?"

당혹스러운 기색으로 각시가 물었다.

"예부터 염병 같은 돌림병은 귀신이 옮긴다지 않나. 마을에 염병 귀신이 들어와 변고가 났으니 대문간에 금줄이라도 쳐야 잡것이 못 들어올 거 아닌가. 자네 새끼 꼴 줄 모르면 내가 꼬고."

기실, 형수는 진작부터 각시를 의심했다. 살림은 뒷전이고 시간만 나면 방에 처박혀 있거나 이 집 저 집 기웃거리고 다니는 행동거지도 수상했고, 시도 때도 없이 동네 개들이 집 앞으로 모여드는 것도 께름칙했다. 사람은 몰라도 개는 귀신을 알아본다고 했다. 한낱 잡귀라면 개들도 겁 없이 짖어댈 테지만, 돌림병을 옮기는 귀신은 외려 짐승을 온순하게 한다는 말도 있었다. 각시가 진짜 염병 귀신이라면 금줄을 치지 못할 터였다. 형수가 행주치마에 손을 닦고 지푸라기를 모아놓은 헛간으로 들어갔다. 그 뒤를 따르는 각시의 발걸음이 다급했다.

"내가 할 테니 형님은 형님 볼일이나…… 보시오."

각시가 형수를 앞질러 지푸라기 한 묶음을 냉큼 집었다. 웬일인가 싶은 얼굴로 각시를 톺아보던 형수가 고개를 끄덕이며 헛간을 나섰다.

"나 고추 따고 올 테니까, 그 전에 새끼줄 엮어 놓아. 그리고 웬만하면 집에 좀 붙어 있게. 마을 사람들 중에 자네 반기는 사람 하나도 없어. 괜히 싸돌아다니면 돌팔매 맞기 십상이야."

대문 밖으로 멍석에 죽은 딸을 둘둘 말아 지게에 진 어느 집 아버지가 꺼이꺼이 울며 지나갔다. 그 뒤를 낯빛이 파리한 아이 엄마가 따랐다. 지켜보던 형수도 옷고름을 끌어다 젖은 눈가를 닦았다.

"각시, 나 물 좀."

그때 늦잠에서 깨어난 석삼이 긴 하품을 하며 툇마루로 기어 나왔다. 형수가 석삼을 향해 조용히 혀를 차고 머리에 광주리를 이었다.

"내 다녀옴세."

형수가 집을 나서자, 각시가 물 한 그릇을 주발에 따라 석삼에게 가져다주었다.

"어, 시원하다!"

단숨에 냉수를 들이켠 석삼이 각시의 허리에 팔을 감았다.

"오늘 밤에 합방을 하면 필시 잘생긴 사내아이가 들어설 거요. 그러니 해지기 전에 마지막 시험을 쳐야겠소."

각시의 말에 석삼이 광대가 들썩하게 웃었다.

"무슨 시험을 치면 각시가 품을 내준단 말인가? 뭐든 시키는 대로 할 테니, 어서 말해 보아."

한껏 들뜬 석삼과 달리 각시의 표정은 비장했다. 그녀는 말없이 헛간으로 들어가 도끼 한 자루를 들고 나왔다.

"지금 당장 이웃 마을로 가서 당산나무를 베시오."

산신각을 작살내고 장승을 불태운 것도 모자라 당산나무를 베라는 말에 석삼은 선뜻 고개를 끄덕이지 못했다.

"당산나무를 베어 버리면 당산 할미는 어디에서 살라고?"

남보다 모자란 석삼의 생각에도 당산 할미는 장승하곤 비교도 되지 않는 마을의 최고 수호신이었다. 당산 할미가 깃든 당산나무를 베어 버리면 동티가 나기 마련인데, 어째서 각시가 이런 곤란한 일만 골라 시키는지 알 수 없었다. 당장 이 마을만 하더라도 당산나무가 사라진 뒤에 돌림병이 돌아 매일 몇 명씩 사람이 죽어 나가고 있지 않은가.

"이 동네 당산 할미가 집을 잃었으니 어디 갔겠소. 그 마을 당산나무로 피신을 가지 않았겠냔 말이오. 그러니 돌림병이 퍼져도 잦

아들 기미가 안 보이고 어린애부터 노인네까지 날마다 송장을 치는 것 아니겠소. 당신이 그 동네 당산나무를 베어야 당산 할미가 다시 우리 마을로 돌아온단 말이오."

만신을 찾으러 간 이장은 돌아올 줄을 모르고, 그러는 사이 마음이 졸아든 원로들이 산에 올라가 어린 느티나무를 뽑아 서낭당 앞에 옮겨 심었다. 그러나 나무가 뿌리를 내리려면 얼마나 시간이 걸릴지 알 수 없었고, 집 떠난 당산 할미가 돌아올지도 기연미연했다.

석삼은 고민에 빠졌다. 각시의 말마따나 당산 할미가 돌아오지 않으면 마을 사람들이 몰살할 수도 있겠다 싶었다. 그보다 이제 와 각시가 수틀려 도망가 버리면 일평생 계집 치마폭에 휘감길 일이 묘연할 것만 같았다. 그까짓 늙은 나무 한 그루 잘라내기로 무슨 일이야 있을까 싶은 마음도 들었다. 당산나무 한 그루 없는 서울이 시골보다 더 잘 사는 걸 보면 당산 할미니 뭐니 다 촌부들이 지어낸 미신이 아닌가 싶기도 했다.

"그래, 내 갔다 오리다. 각시는 아무 걱정 말고 집에 붙어 있어."

석삼이 각시에게서 도끼를 넘겨받아 어깨에 짊어졌다. 쨍하던 하늘이 어두워지며 툭툭, 빗방울이 석삼의 어깨 위로 떨어졌다. 가뭄이 해갈될 모양이었다.

"비가 퍼부으면 인적이 끊길 테니, 그 안에 베어야 하오. 지체하면 염병으로 이 마을 사람 다 죽는 거요. 어머니도, 나도."

각시가 석삼을 대문간까지 배웅하며 나직이 속삭였다. 석삼이 크게 한 번 고개를 끄덕이고, 고샅길을 내달렸다. 마을을 덮은 검은 구름이 석삼을 따라 이웃 마을로 흘러갔다. 비는 점점 굵어져 석삼이 당산나무 아래에 도착했을 땐 거짓말같이 인적이 뚝 끊겨 있었다. 초저녁처럼 아슴푸레한 하늘 아래서 석삼은 양 손에 퉤퉤 침을 뱉고 도끼질을 시작했다. 울긋불긋한 오방색 천이 목덜미에 휘감겼지만 기세 좋게 끊어 내고 어금니를 깨물며 팔을 휘둘렀다. 손에 물집이 터져 피가 흐를 즈음, 당산나무의 허리도 반쯤 기울었다. 매섭게 등허리를 갈기던 빗줄기도 한결 잦아들었다. 석삼은 도끼를 내려놓고 대여섯 걸음 떨어졌다 달려들어 당산나무에 제 몸을 부딪쳤다. 조금 기우뚱하는가 싶었지만 나무는 여전히 천지사방으로 가지를 뻗은 채 그대로였다. 지칠 대로 지쳐 버린 석삼이었지만, 새초롬한 각시와 아들 근심으로 곶감처럼 쪼그라든 어머니의 얼굴을 떠올리며 기운을 짜 모았다. 다시 대여섯 걸음 물러났다 부딪히기를 수십 번, 시커먼 구름이 흩어지는 그 순간 나무가 구슬픈 비명을 내지르며 천천히 기울어 나동그라졌다. 석삼의 어깨와 팔뚝도 핏물에 젖어 있었다.

석삼은 도끼를 질질 끌고 다시 마을로 돌아왔다. 새로 옮겨다 심은 어린 당산나무가 옆으로 고꾸라져 허연 뿌리를 드러내고 있었다.

"안 돼! 니가 자빠져 있으면 당산 할미는 어디로 돌아오시라고."

석삼이 제 키보다 두 배는 큰 새 당산나무를 일으켜 세우느라 몸을 버둥거렸다. 어디선가 곡소리가 들렸다. 한두 집이 아닌 듯, 남녀노소의 울음이 뒤섞여 있었다. 석삼은 이 모든 분란이 당산 할미만 돌아오면 해결될 일이라고 믿었다.

"여기서 무어 하시오?"

등 뒤에서 나긋한 목소리가 들렸다. 석삼은 고개를 돌려 목소리의 주인을 찾았다. 처음 이 마을에 들어왔을 때처럼, 보따리를 품에 안은 각시가 동네 개들에 둘러싸여 있었다.

"마지막 시험까지 다 끝냈는데, 각시는 여기 왜 왔소? 보따리까지 들고 왜 여기 있냔 말이야!"

석삼이 뺏성을 내며 목소리를 높였다. 각시를 호위하듯 에워싼 마을 개들이 석삼을 향해 앞니를 으등그렸다.

"당신이 내가 살 집의 대문을 열어 놓았으니 이제 그리로 이사 가는 길이라오. 그 나무일랑 자빠뜨려 놓고 나랑 같이 가시든가."

각시가 석삼을 향해 손을 뻗었다. 그러나 석삼은 각시를 따라나설 수 없었다. 당산나무를 놓아 버리면 식구들의 목숨이 위험해질지도 몰랐다. 그러다 퍼뜩 든 생각이 있었다. 애당초 당산나무가 그 자리에 있었다면, 마을 사람들이 돌림병으로 죽어나갈 일도 없지 않았을까. 대체 누가 우리 마을의 당산나무를 베어 버린 걸까. 어느 칠푼이가 마을의 수호신이 깃든 신성한 나무를 겁 없이 베어 내 염병 귀신을 끌어들인 걸까. 얼굴도 모르는 작자를 원망했다.

"있다! 저기 나무 지고 서 있는 저 놈이에요."

그때 사내들 여남은 명이 소년 하나를 앞세우고 마을로 걸어 들어왔다.

"틀림없네, 저 놈. 좀 전에 우리 마을 당산나무에 도끼질한 저 쌍놈의 새끼를 내 두 눈으로 봤다니까요!"

살기등등한 소년의 말에 사내들이 손에 든 곡괭이며 삽을 단단히 움켜쥐었다. 각시가 사내들 옆을 천천히 스쳐갔지만 누구도 고개를 돌리는 사람이 없었다.

"개놈이 사는 마을이라 개새끼들이 끓는구먼."

사내들 중 한 명이 발에 엉기는 개를 걷어차며 빠드득 어금니를 갈았다. 각시가 걸음을 멈추고 몸을 돌려 석삼을 바라보았다. 그러고는 창자가 틀어지게 깔깔 웃어 댔다. 그와 동시에 이웃 마을 사내들이 휘두르는 흉기가 석삼을 덮쳤다.

선뜩한 한기가 뒷목을 훑고 지나갔다.

"할머니, 혈압이랑 체온 좀 잴게요. 링거도 갈고요."

하필 그때 간호사가 들어오는 바람에 이야기가 끊어졌다.

"체온은 정상이시고요, 혈압이 많이 높아요. 혈액 검사한 거 염증 수치도 높고 혈당도 들쑥날쑥하거든요. 저녁 회진 때 주치의 선생님이 집중 치료실로 올라가는 거 말씀하실 거예요."

간호사가 명랑하게 증조할머니에게 앞으로 닥칠 불행을 설명하고 나갔다. 침울해진 나와 달리 증조할머니는 태연하게 고개를 끄덕였다.

"왕할머니, 그럼 각시가 염병 귀신이었던 거야?"

증조할머니가 나를 향해 빙긋 웃어보였다.

"그건 나도 몰라. 어른들은 가끔 애들을 겁주려고 무서운 이야기를 지어내기도 하니까. 아무튼 작은할아버지는 거기서 흠씬 두들겨 맞고 달포쯤 앓다 돌아가셨다지. 그리고 이웃 마을에도 염병이 퍼져 한 집 걸러 하나씩 사람이 죽어 나갔다더구나."

증조할머니의 목소리가 점점 작아졌다. 새로 달린 크고 작은 링거액이 약속된 시간으로 다가서는 초침처럼 증조할머니를 향해 떨어졌다. 도로롱, 낮은 코골이 소리가 조용한 병실에 울려퍼졌다. 자리에서 일어나 잠든 증조할머니의 얼굴을 물끄러미 내려다보았다. 이 모든 게, 버릇없는 아이를 겁주려고 지어낸 거짓말이면 좋겠다고 생각했다.

"야, 왕할머니 주무셔?"

병실 문이 열렸다. 형이었다. 손에는 할머니가 좋아하는 카스텔라와 소보로빵이 들려 있었다.

"과외 없는 날인데 왜 이렇게 늦었어? 들어올 거면 들어오고 나갈 거면 빨랑 나가. 방금 잠드셨단 말야."

형은 몹시 어정쩡한 자세로 문간에 서 있었다.

"1층에서 존예 외국 여자애를 만났는데, 몇 마디 들어줬더니 여기까지 따라왔어. 병원 구경하고 싶대. 같이 들어간다."

대꾸할 겨를도 없이 형이 성큼 병실로 들어서며 문 밖을 향해 손짓을 했다.

"컴 온, 컴 온. 마이 그랜드마더 이즈 슬리핑."

형이 소곤거렸다. 그러자 검정색 천으로 온몸을 가린 자그마한 소녀가 병실로 걸어 들어왔다. 길고 짙은 속눈썹이 에워싼 커다란 눈동자가 나와 증조할머니를 차례로 훑었다.

"앗살람 알라이쿰."

소녀의 목소리가 뉴스 속보와 뒤섞였다.

"방금 들어온 소식입니다. 중동 발 호흡기 증후군 메르스가 공기로도 전염될 수 있다는 소식이……"

어디선가 분 냄새 같기도 하고 향수 냄새 같기도 한 냄새가 병실

로 스며들었다. 소녀가 희미하게 웃으며 형의 손을 끌어다 제 손에
겹쳤다. 형이 세상에서 가장 바보 같은 표정을 지으며 소녀를 바
라보았다. 소녀의 아름다운 얼굴을 바라보는 나도 지금 저런 표
정일까.

김성희

첫사랑 위원회

"그 사람도 나를 좋아할까?" 짝남의 마음을 타로 카드에 묻고 계십니까? 썸녀의 카톡 상태 메시지를 분석하고 계십니까? 애인의 연락 횟수로 애정을 가늠하고 계신다고요? 이제 비과학적으로 사랑을 시험하지 마십시오. 세계 최고의 연구진과 교수진이 최첨단 과학으로 당신의 사랑을 시험 및 인증해 드립니다.

한 여성 팬이 인기 보이 그룹 방방(BANGBANG)의 리더 디지(DG)에게 초콜릿을 선물했습니다. 핑크색 포장지 안의 달콤해 보이는 초콜릿. 그러나 이 초콜릿은 공업용 본드를 넣어 만든 것이었습니다. 디지는 먹지 않았지만, 매니저 박 모 씨가 초콜릿을 먹고 피를 토해 병원으로 실려 갔는데요.

이 여성 팬의 정체는 유명 연예 신문사 기자 28세 김 모 씨였습니다. 오늘 새벽 경찰에 자수한 김 씨는 이번 초콜릿 테러를 위해 2주 전 디지 공식 팬클럽에 가입하고 공개 방송에 다니는 등 디지의 팬으로 위장해 왔다고 말했습니다.

범행 동기를 묻는 경찰에게 김 씨는, 자신이 최근 독점 보도한 디지와 인기 걸 그룹 소녀시절 모 멤버 간의 스캔들 기사를 첫사랑 위원회에 검증받기 위해 디지의 피가 소량 필요했다고 진술했습니다.

이에 디지의 열성 팬들이 경찰서로 몰려와 한바탕 소란이 있었는데요. 김 씨에게 달려들어 욕설과 날달걀을 퍼붓고, 그것을 저지하려던 경찰의 목덜미를 이로 물어뜯는 팬도 볼 수 있…….

혜지가 핸드폰 화면을 껐다. 그러고는 서둘러 핸드폰을 엉덩이 밑으로 밀어 넣었다. 괜히 책상까지 정돈한 혜지는 정자세로 앉아 켕기는 것이 전혀 없는 사람처럼 웃었다. 다른 아이들이 그랬던 것처럼.

"안 돼."

구예은이 말했다. 다른 아이들에게 그랬던 것처럼. 그저 교실 어딘가에 있던 예은이 눈앞에 나타났을 뿐인데, 혜지는 펄쩍 뛰고 말았다.

"그, 그런 거 아니야, 반장. 나 오늘 진짜 핸드폰 안 가지고 왔어. 진짜로 오늘은……."

"87.5퍼센트."

"으, 응?"

"네 엉덩이 밑에 핸드폰이 깔려 있을 확률. 내가 틀렸나?"

마리아중학교에서는 아침 조회가 끝난 뒤, 핸드폰을 걷었다가 방과 후에 돌려주었다. 그리고 이 일을 학생이 하는 반은 2학년 중에 9반이 유일했다. 그저 반장일 뿐인데도 어지간한 선생님보다 더한 카리스마가, 예은에게는 있었기 때문이다.

칼 같은 몸가짐에 칼끝도 들어가지 않을 것 같은 얼굴. 늘 최상위권을 유지하는 성적과 바닥에 먼지 한 톨 흘리지 않는 결벽성. 또래답지 않은 예은은 또래뿐 아니라 어른들도 쫄아 붙게 만들었다.

한낱 또래인 혜지는 어쩔 수 없이 핸드폰을 꺼내 예은의 손바닥 위에 내려놓았다. 예은은 그것을 바구니에 넣었다. 바구니 안에는 까맣게 전원이 나간 핸드폰들이 수두룩했다. 핸드폰을 내려놓은 2학년 9반 아이들의 얼굴도 체념으로 까맣게 썩어 있었다.

"나 오늘 꼭 받아야 할 연락이 있단 말이야. 반장 너도 있을 거아냐, 문자 한 통쯤은."

혜지의 핸드폰이 바구니 안을 긁어 대고, 혜지가 울기 시작했다. 혜지는 지난 축제 때 마리아중학교에서 가장 예쁜 여학생으로 뽑혔다. 혜지는 웃음으로 웬만한 일을 해결했으며, 울음으로 그 나머지 일을 해결했다. 이번에도 아이들이 혜지 대신 발을 동동 굴렀다.

"그럼······."

혜지를 빤히 보던 예은이 바구니에서 혜지의 핸드폰을 꺼내들었다. 그것을 혜지에게 건넸을 때, 두 눈을 홉뜬 것은 혜지만이 아니었다.

"반장 정말 고마워. 정말로 고마······."

"꺼."

그러면 그렇지. 혜지 눈에 다시 눈물이 고이고, 아이들의 혀 차는 소리가 교실에 진동할 때였다. 교실 문이 열리고 소년이 등교한 것은.

"연희야!"

언제 이따위 것 때문에 눈물을 보였냐는 듯, 혜지가 환하게 웃으며 핸드폰을 바구니에 팽개쳤다. 서둘러야 했다. 연희의 오른팔엔 벌써 윤정이가 붙어 있었다. 연희의 왼팔이라도 사수하려면 마리아중학교 최고 미녀도 뛰는 것 말고는 방법이 없었다.

"강연희······."

연희는 교실에 발을 들이자마자 여자애들에게 둘러싸여 머리통 말고는 아무것도 보이지 않았다. 여자애들은 연희를 인기 아이돌 디지라도 되는 것처럼 바라보았다.

예은도 멀찌감치 떨어져 연희를 바라보았다. 정확히 말하자면, 노려보았다. 그러나 아무리 예은이라도 처음부터 연희의 머리통을 다 파버릴 듯 노려보았던 것은 아니다. 적어도 연희가 전학 왔던 날에는.

#

학교 예배당에서 열리는, 미사를 겸한 개학식은 마리아중학교 전교생이 참석하는 큰 행사였다. 이 개학식을 위해 36명이나 되는 마리아중학교 합창부원들은 여름방학을 죄다 반납했다. 이것은 보통 일이 아니었는데, 마리아중학교 합창부 '아베마리아'가 보통 학교 동아리가 아니었기 때문이다.

아베마리아는 세계 수준의 청소년 합창단이었다. 매년 국제 대회를 제패하느라 학교보다 뉴스에서 보는 날이 더 많았으며, 학교에서 공연이 있는 날에는 운동장을 주차장으로 개방하고 교직원들은 물론 신부님들까지 나서서 외부 차량으로 미어터지는 학교 앞 도로를 정리해야 했다.

지난 학기에 아베마리아는 세 군데 국제 대회에서 그랑프리를 휩쓸고 돌아왔다. 이제 온 나라를 휩쓸 차례였다. 그러나 지역 신문 인터뷰에서 아베마리아의 감독은 합창단원들이 이제는 학교 생활에 집중하고 싶어 하고, 그런 합창단원들의 의지는 개학식에서 보여줄 것이다, 라고 전했다.

정말로 아베마리아는 모든 외부 행사 일정을 제쳐두고, 오로지 개학식을 위해 혼신의 힘을 쏟았다. 그리고 개학식 당일이 되자 외부인들이 마리아중학교뿐 아니라 마리아고등학교 운동장까지 밀려들었다. 외부인들은 늘 오던 동네 주민들부터 종종 오던 기자들, 이전엔 오지 않았던 국내 유수의 예술 대학교 교수들까지 다양했다. 그러나 교통정리를 위해 한 달 전부터 모집한 자원 봉사자들이 이 외부인들을 모두 돌려보냈다.

마리아중학교의 자랑이 오로지 마리아중학교 학생들만을 위해 준비한 노래. 마리아중학교 학생들 역시 오로지 그 노래만을 기다리며 두 손을 모았다.

그러나 공연 직전 피아노 연주자가 쓰러졌다. 우황청심환 과다 복용이었다. 무대 위엔 합창단원들이 어정쩡하게 서 있고, 무대 아래엔 선생님들이 어쩌지도 못하고 서 있을 때였다.

"제가 연주해도 될까요?"

2학년 9반과 2학년 10반 사이에 어정쩡하게 앉아 있던 남학생이었다. 9반 학생들은 10반 학생으로, 10반 학생들은 9반 학생으로 알고 있던 전학생 강연희.

연희의 큰 키에 훈내 나는 얼굴이 그럭저럭 봐줄 만하다는 것은 예배당에 있던 누구나 알 수 있었다. 그러나 연희가 피아노 건반에 손을 올려놓을 때까지 예배당에 있던 누구도 알지 못했다. 연희가 기적을 일으킬 줄은. 세계적인 합창단의 혼신을 바친 노래가 들리지 않는 기적을.

연희가 피아노 연주를 시작하고 얼마 지나지 않아 아베마리아가 노래를 시작했다. 합창단의 웅장한 화음이 예배당을 가득 메웠지만, 학생들이 들은 것은 잔잔한 배경음뿐이었다. 사실 여학생 대부분은 그 배경음조차 들을 수 없었는데, 피아노 소리 대신 운명의 종소리가 들려왔기 때문이다.

연희 때문이었다. 연희가 하얀 그랜드 피아노 앞에 앉아 손가락을 놀리는 순간, 연희의 그럭저럭 봐줄 만한 모습이 어마어마하게 멋진 모습으로 변모했던 것이다.

합창단의 노래가 끝나자 박수 대신 비명이 울려 퍼졌다. 발광하다 끌려가 징계를 받은 아이들도 여럿이었다. 무대 중심에 선 아베마리아가 아닌, 무대 구석에 앉은 연희가 마리아중학교의 아이돌이 되어 있었다. 마리아중학교 학생들은 두 팔 벌려 연희를 맞았다.

다른 애들처럼 오두방정을 떨진 않았지만, 예은도 환호했다. 본인은 몰랐지만 입을 벌리고 쳐다보았던 순간도 분명히 있었다. '그날'만 없었더라면 예은도 지금쯤 다른 애들처럼 연희의 팔뚝에 붙어 오두방정을 떨고 있을지 모른다.

#

"연희야, 왜 지금 온 거야? 어머, 웬 파스를 이렇게 붙였어?"

아침 조회가 끝난 뒤에야 연희는 등교했다, 지독한 파스 냄새와 함께. 연희의 단정한 동복 아래, 목덜미며 팔목같이 슬쩍 드러나 보이는 살에는 어김없이 파스가 붙어 있었다.

"아, 새벽 봉사를 하고 왔거든. 봉사 활동에 전념하다 보니 그만 학교에 조금 늦고 말았네."

연희가 수줍게 웃었다.

"무슨 봉사 활동?"

"불우 이웃에게 계란을 나누어 주고 왔어."

말 같지도 않은 소리였다. 중학생과 봉사 활동이라니. 요즘은 차마 도덕 교과서에서도 쓰지 않는 조합이었다. 그러나 여자애들은 눈에 별을 박고 코 앞에 두 손을 모았다.

"멋져! 환상적인 피아노 실력에, 아름다운 마음까지!"

"그뿐이야? 저번에 체육대회 MVP도 했잖아. 덕분에 우리 반은 1등 했고."

"연희 넌 못하는 게 뭐야?"

"없지 않을까? 심지어 전교 1등도 했잖아."

"완벽해! 네가 전학 오기 전까진 예은이가 전교 1등이었거든. 1학년 때부터 쭉, 계속, 끊임없이."

"사실 네가 반장까지 하는 건데. 반장 선거에서 애들이 거의 다 연희 너 찍었는데, 네가 예은이한테 양보한 거잖아. 연희야 대체 왜 반장 하기 싫다는 거야…… 으악!"

혜지 옆으로 손 하나가 불쑥 튀어나왔다. 예은이 연희에게 손을 내밀고 있었다.

"강연희, 너도 핸드폰 줘."

"어, 잠깐만."

연희가 바지 주머니를 뒤졌다. 아무것도 없는 것처럼, 고개를 갸웃해 보이는 수작이 웃기지도 않았다. 예은은 코웃음을 쳤다.

"너도 핸드폰을 안 가지고 왔다는 변명을 하려나 본데……."

예은은 연희의 불룩 튀어나온 코트 주머니를 턱 끝으로 가리켰다.

"네 코트 주머니에 핸드폰이 들어 있을 확률이 상당할 것 같은데. 내가 틀렸나?"

"맞다, 여기 있었지."

정말로 연희는 코트 주머니에서 무언가를 꺼내 건넸다. 계란 한 알이었다.

"아침마다 친구들한테 핸드폰 걷느라 힘들지? 반장이라 다른 친구들보다 신경 쓸 일도 많고 말이야. 이거 먹고 힘내. 핸드폰은……."

얼떨결에 예은이 계란을 받아들자, 연희가 자애로운 미소를 지으며 책가방을 열었다. 그리고 핸드폰을 꺼내 바구니에 넣었다.

"책가방에 있었어, 반장."

연희는 '오른뺨을 후려치려는' 예은에게 계란을 내밀었다. 여자애들이 자지러지고 남자애들이 존경의 시선을 보냈다. 예은은 양뺨을 두드려 맞은 기분이었다. 패배감이었다. 예은은 언젠가부터 연희 앞에선 늘 패배감을 느껴야 했다. 그러니까 그날, 예은이 반장 선거에서 연희에게 처참히 패배한 그날부터.

＃

"드디어 오늘이다. 그날의 시작이."

그러나 그 어떤 굴욕감도 학교 곳곳에 붙은 포스터를 보는 순간에는 사라지고 마는 것을 예은은 느낄 수 있었다. 예은은 교무실 문에 붙은 포스터를 보며 배부른 미소를 지었다.

"마리아중학교 학생회장 선거가 시작되는 날이."

포스터는 학생회장과 부학생회장 선거 공고문이었다. 서로가 둘도 없는 벗인 듯 굴고 있는 회장과 부회장의 사진 위로, 예은이 입학식 때부터 손꼽아 기다렸던 그날의 모든 것이 상세히 적혀 있었다.

예은은 오늘부터 시작해서 다다음 주에나 끝나는 선거 스케줄을 모두 외우고 있었다. 후보 자격과 제출 서류는 눈감고도 외울 수 있었다. 특히나 특별 혜택, 그 첫 번째 조항은 눈감고 거꾸로도 외울 수 있었다.

"회장 당선 시, 마리아고등학교 특별 전형 지원 자격 부여."

단순해 보이는 한 문장이었지만, 이 한 문장이 의미하는 것은 대단했다.

마리아고등학교는 대한민국 초일류 사립 고등학교이다. 입시 경쟁률도 대단했는데, 모든 전형이 수십 대 일의 경쟁률을 자랑했다. 그러나 마리아재단 학교의 전교 학생회장 출신만 지원할 수 있는 특별 전형의 경쟁률은 영점 몇 대 일에 불과했다.

뿐만이 아니었다. 마리아고등학교는 입시 경쟁률만큼이나 등록금도 대단한데, 특별 전형에 합격한 학생은 그 대단한 등록금을 3년 내내 면제받는다. 즉, 마리아중학교의 학생회장이 된다는 것은…….

"대한민국 초일류 고등학교, 마리아고등학교 프리패스 티켓을 가지게 된다는 뜻이지."

예은은 재킷 주머니에서 핸드폰을 꺼냈다. 혜지는 예은에게 너도 받아 볼 문자 한 통쯤은 있을 게 아니냐고 부르짖었지만…… 없었다. 단 한 통도.

문자함이 완벽하게 비어 있는 데 비해 달력은 어마어마하게 빽빽했다. 오늘 하루가 분 단위로 계획되어 있는 건 물론이고, 10년 뒤의 오늘까지도 계획되어 있었다. 이에 비하면 마리아중학교 입학과 동시에 전교 학생회장 당선을 계획한 것은 다소 늦은 감마저 있었다.

예은은 핸드폰을 바구니에 넣은 뒤, 품안에서 학생회장 입후보 신청서를 꺼내들었다. 그러나 교무실 문을 여는 순간, 그 모든 걸 바닥에 떨어뜨리고 말았다.

"연희가 학생회장을 하고 싶어 할 줄은 몰랐네. 반장도 한사코 안 한다고 하던 애가."

담임 선생님이 말했다. 교무실에선 연희가 담임 선생님에게 학생회장 입후보 신청서를 내밀고 있었다.

\#

작년 마리아중학교의 학생회장 후보는 다섯 명이었다. 후보 자격 다섯 가지를 모두 충족하는 54명의 지원자들 중에, 성적과 생활 태도는 물론 봉사 활동 내역과 자기 소개서까지 받아 추린 다섯 명이었다. 그러나 재작년 64명 중 다섯 명 안에 들어야 했던 선배들은 그 낮은 경쟁률에 깜짝 놀라야 했다.

올해 후보는 단 한 명뿐이지만 아무도 놀라지 않았다. 연희가 후보로 나섰다는 소리를 듣고도 입후보 할 정도의 정신병자가 우리 학교에 없다는 사실에 모두들 안심할 따름이었다.

모두들 재빨리 입후보 신청서를 박박 찢어 쓰레기통에 버렸으며, 예은도 그렇게 했다. 한시라도 빨리 전국의 수재들과의 입시 경쟁을 준비해야 했다. 게다가 예은이 준비해야 할 것은 입시만이 아니었다.

예은은 신문을 배달하고 내려와, 빌라 담벼락에 비스듬히 기대어 놓은 자전거에 올라탔다. 예은이 지난 2년간 모아 온 돈은 적지 않았다. 그러나 마리아고등학교 등록금으론 충분하지 않았다. 남은 1년간 매일 쉬지 않고 아르바이트를 한다면, 충분해질 것이기에 예은은 그렇게 하기로 했다. 그렇다고 해서 동사하기 안성맞춤인 날씨에 신문을 배달하는 일이 기쁠 리는 없었다.

"강연희, 제거하고 싶다."

예은은 자전거 페달을 있는 힘껏 밟았다. 마치 그것이 연희라도 되는 것처럼. 그렇다고 해서 자전거 앞바퀴에 연희로 추정되는 노숙자가 걸렸을 때 기뻤던 건 아니다.

"가, 강연희!"

빌라 담벼락 밑, 가로로 누워 몸을 잔뜩 구기고 있는 것은 연희였다. 신문지로 뒤덮은 몸뚱이에, 땟국물을 질질 흘리고 있는 얼굴이긴 했지만 연희가 확실했다.

"강연희, 제거⋯⋯된 건가? 정말로?"

자전거 앞바퀴에 치였는데도, 자전거에서 내린 예은이 흔드는데도, 연희는 꼼짝도 하지 않았다. 연희만이 아니었다. 빌라 담벼락 밑에는 연희와 비슷한 몰골의 사람, 정확히는 소녀 열댓 명이 널브러져 있었다.

"이게 대체 어떻게 된 거야……."

예은이 112와 119 사이에서 고민하던 중에, 담벼락 저 밑에서 어렴풋이 자동차 소리가 났다. 그때, 예은이 비명을 질러도 꼼짝 않던 연희의 귀가 발딱 섰다. 예은은 그것이 환각이 아님을 금방 알게 되었다. 곧 담벼락 옆에 검은 밴 한 대가 섰을 때, 연희가 몸을 벌떡 일으켜 섰으니까. 예은이 놀라 나자빠지거나 말거나, 연희와 열댓 명의 소녀들은 순식간에 신문지를 걷어 젖히고 일어나 밴으로 달려들었다.

그들은 밴에서 나온 두 남자에게 맹렬하게 달라붙었다. 정확히 하자면, 한 남자에게 달라붙는 것을 나머지 한 남자가 떼어 내고 있었다. 그중 한 명을 예은도 알고 있었다. 디지였다. 대한민국 초일류 아이돌 그룹, 방방의 리더. 어제도 마리아중학교 여학생들의 핸드폰을 터질 듯 달궜던 청년.

"사랑해요, 디지 오빠!"

"디지 오빠, 여기 좀 봐 주세요! 저 은샘이에요, 조은샘요, 오빠!"

소녀들은 디지를 향해 손을 뻗으며 비명을 질렀다. 그 손에는 대부분 선물이 들려 있었다. 편지도 있고, 과자, 음료 같은 간단한 주전부리부터 유명 브랜드 운동화나 전자기기 같은 값비싼 물건까지 다양했다. 그러나 점퍼 주머니에 양손을 찔러 넣은 디지와 매니저는 어떤 것도 받지 않고 빌라 안으로 들어가려 했다.

"혀어어어엉! 디지 형! 사망파 미친년, 광년이, 강연희 왔어요!"

열댓 명의 소녀들을 헤치고 나온 단 한 명의 소년, 연희였다. 연희는 포효했다. 괴성을 질렀다. 눈을 뒤집어 까고 울부짖었다. 누구라도 돌아보지 않을 수 없는 절박한 소리였다. 톱스타 디지 역시 돌아볼 수밖에 없었다.

"형. 디지 형, 존경해요, 좋아해요. 저는 정말로 형을……."

디지가 점퍼 주머니에서 한 손을 빼냈다. 귤색 가로등 불빛 아래서도 성스러운 하얀 빛을 뿜어 대는 손이었다. 그 손으로 직접 디지는 연희가 건넨 엽서를 받아 들었다. 그러곤 엽서를 반으로 접어 주머니에 넣더니, 연희를 포함 한 다스도 넘는 팬들에게 미소를 지어 보이고 빌라 안으로 들어갔다.

"웃었어! 형이 웃었어! 나보고 웃었어!"

"아니거든. 나보고 웃은 거거든."

예은이 여기까지만 봤다면, 연희를 그저 유난한 팬이라고 생각하고 말았을 것이다. '그럴 계획'까지는 세우지 않았을 것이다.

"립밤이다! 디지 오빠가 아까 주머니에서 떨어뜨리고 간 립밤이야!"

한 소녀가 땅바닥에서 립밤을 주워 들고는 폴짝폴짝 뛰었다. 곧 손가락만 한 립밤 하나에 열댓 명의 소녀들이 달려들었다. 지키려는 소녀와 빼앗으려는 소녀들, 그 모두를 쓰러뜨리고 짓밟아 가며 마침내 립밤을 쟁취한 것은 소년, 연희였다.

소녀들은 사랑의 힘으로도, 체육대회에서 2학년 9반을 학년 1위로 이끈 MVP의 힘을 당해 내지 못했다. 바닥에 쓰러진 소녀들이 연희를 올려다보며 눈을 세모로 찢었다.

"야, 광년이! 너 다음엔 나야!"

"아니거든. 내가 바를 거거든."

"그럼 얘 다음엔 나. 디지 오빠랑 간접 키스라니, 몇 번째라도 난 좋아."

연희가 립밤을 자신의 입술에 바르며 황홀해하는 동안, 소녀들은 디지와의 간접 키스 순서를 정하며 마른침을 삼켰다.

립밤이 연희의 입술을 두어 번 훑고 지나가자, 소녀들은 어서 내놓지 않고 뭐하고 있느냐며 연희를 볶기 시작했다. 연희는 그런 소녀들을 한 번, 립밤을 한 번 보았다. 그리고 립밤의 아랫부분을 돌려 내용물을 있는 대로 뽑았다. 곧 소녀들이 있는 힘을 다해 비명을 질렀다. 연희가 립밤을 씹어 먹기 시작한 탓이었다.

"광년이 너, 디지 오빠 립밤 물어내! 빨리 뱉어내!"

"저 미친년이 진짜! 어제도 봤지? 광년이가 경찰서에서 계란 던지는 거. 나는 그 기자가 다 불쌍하더라니까."

"그거 말리던 경찰도 광년이가 이빨로 물어뜯었잖아. 이가 아니라 이빨!"

손가락만 한 화장품을 씹어 먹고 온 우주를 삼킨 듯 기뻐하는 연희. 예은은 그런 연희와 자신이 든 신문을 번갈아 보았다. 그리고 '그럴 계획'을 세웠다. 예은의 입가에 웃음이 번졌다.

"강연희, 제거할 수 있겠다."

(신문 전면광고)

"그 사람도 나를 좋아할까?"

96 김성희

짝남의 마음을 타로 카드에 묻고 계십니까?

썸녀의 카톡 상태 메시지를 분석하고 계십니까?

애인의 연락 횟수로 애정을 가늠하고 계신다고요?

이제 비과학적으로 사랑을 시험하지 마십시오.

세계 최고의 연구진과 교수진이 최첨단 과학으로 당신의 사랑을 시험 및 인증해 드립니다.

국제 공인 사랑 평가 기관(Love Test Lab)

첫사랑 위원회

■ 사랑 평가(Love Test) – 사랑 여부 검사란?

사랑 평가는 피험자가 특정인을 사랑하는지 사랑하지 않는지를 과학적으로 검사하여 인증합니다.

본 위원회의 사랑 평가 결과는 사랑 시험 성적서로 통보하며, 전세계에서 통용됨은 물론 법적 효력이 발생할 수 있습니다.

■ 사랑 평가 방법

사랑이란 뇌에서 특정한 화학 물질이 분비되는 현상입니다. 따라서 사랑에 빠진 피험자는 뇌에서 분비된 특정한 화학 물질로 인해, 육안으로 관찰 가능한 신체 변화를 일으키며 행동 변화를 일으킬 수 있습니다.

본 위원회는 피험자로부터 검체를 채취하여 피험자의 혈중 화학 물질을 측정하는 동시에 피험자의 신체 및 행동 징후들을 분석한 후, 이를 종합하여 피험자의 특정인에 대한 사랑 여부를 N(음성) 또는 99.99%(양성)로 검증해 냅니다.

　※현재, 첫사랑 위원회의 사랑 평가는 사랑의 여부를 검사하여 인증하는 서비스(사랑 여부검사)만을 제공하고 있습니다. 사랑의 종류, 사랑의 정도를 검증하는 서비스 및 각종 선진 사랑 서비스가 임상 시험 단계에 있으며 곧 제공 예정입니다.

　〔주의〕
　• 본 위원회의 사랑 여부 검사의 사랑 여부는 피험자의 국적, 인종, 학력, 종교, 성별, 나이, 성적 취향 등 각종 변수가 영향을 미치지 않습니다.
　• 본 위원회의 사랑 여부 검사는 유효 기간이 존재하며, 피험자의 유전자, 특정 약물 복용 등의 변수가 영향을 미쳐 그 기간이 달라질 수 있습니다. 유효 기간은 사랑 시험 성적서에 명시되어 있으며, 그 기간 외에는 인증 효력은 물론 법적 효력 또한 상실됩니다.

　〔행사〕
　• 월간 첫사랑 위원회 구독 시 독자 엽서 추첨을 통해 첫사랑을 이루어 드립니다.

　※그 밖의 사항은 방문 · 전화 문의하거나 홈페이지를 참고하십시오.

"SBC 인기뮤직중심 공개 방송, 디지 팬클럽 회원증 확인할게요."

디지 팬클럽 서울지부 회장이 말했다. 디지 팬클럽은 회장을 비롯한 임원들은 물론 그 뒤로 늘어선 수백 명 팬들 모두 여자였다. 단 한 명, 연희를 빼고는.

디지의 얼굴이 박힌 회원증을 꺼내 들고 방방 뛰는 연희의 모습을, 예은은 핸드폰으로 찍었다. 시판 핸드폰 중에 가장 화소가 뛰어난 카메라를 장착한 것으로, 검체 채취를 위해 특별히 구입한 것이었다. 예은은 사진이 잘 찍혔는지 확인한 뒤, 야구 모자를 눌러 쓰고 목도리를 눈밑까지 끌어올렸다.

예은 역시 디지 팬클럽 회원들 틈바구니에 끼어 있었지만, 연희에게 알은체를 할 생각은 추호도 없었다. 연희와 너무 멀지도 가깝지도 않은 곳에서 최대한 자신을 꽁꽁 싸매고서 연희를 지켜보고 있었다.

첫사랑 위원회는 교회 오빠의 마음을 떠보는 데 지친 여고생들이나 들락거리는 곳 같아 보이지만, 디지에게 초콜릿 테러를 한 기자처럼 그곳을 악용하러 드나드는 사람들도 제법 있었다. 물론 예은도 그중 한 명이었다.

첫사랑 위원회의 사랑 평가에 쓰이는 검체는 두 가지이다. 하나는 피험자의 신체 및 행동 징후. 쉽게 말해 피험자가 누군가를 사랑하고 있다는 증거이다.

피험자가 사랑하는(것으로 추정되는) 사람을 볼 때의 눈빛, 말할 때의 목소리, 생각할 때의 표정, 사랑하는(것으로 추정되는) 사람과 관련한 핸드폰·통화·문자·SNS 기록 등등 각종 사랑의 증거들을 복사·캡처·녹음·녹화·촬영하면 첫 번째 검체 채취가 완료된다.

이렇게 채취한 첫 번째 검체는 정신 및 심리학 교수진과 인류학자들이 평가한다. 이 평가 결과와 연구진이 최첨단 과학 시설로 검증하는 두 번째 검체 검증 결과를 종합하여 사랑 평가 결과가 나온다.

첫 번째 검체는 피험자가 위원회에서 직접 뇌 스캐닝 등을 받지 않는 한, 피험자 몰래 많이 채취할수록 평가 결과가 잘 나온다고 한다. 첫 번째든 두 번째든 검체가 부실할 경우 평가 불가 판정을 받고, 이미 결제한 사랑 평가 비용이 환불되지도 않는다고 한다. 그 평가 비용을 위해 예은은 2년 동안 부은 적금을 해약해야 했다.

첫사랑 위원회는 생각하면 할수록 엿 같은 곳이었으나, 예은은 그 엿에 자신의 모든 것을 걸었다.

♯

올해 마리아중학교의 학생회장 후보는 둘이 되었다. 후보 등록을 하자마자, 예은은 피험자로부터 검체 채취에 돌입했다.

"강연희, 핸드폰."

연희는 매일 아침 다른 아이들과 마찬가지로 예은에게 핸드폰을 건넸다. 예은은 핸드폰을 교무실로 가져가기 전 화장실에 들렀다. 그리고 3일째 되는 날, 연희의 핸드폰 비밀번호, 0821을 알아냈다.

"강연희는 99.99퍼센트다……."

연희의 핸드폰은 디지 그 자체였다. 디지의 사진, 디지의 동영상, 디지의 팬페이지, 디지의 팬픽, 디지의 노래, 디지의 음성으로 핸드폰이 터질 것 같았다. 달력은 디지의 스케줄로 빽빽했고, 메모장은 디지가 무얼 하고 무얼 먹고 무얼 입었는지로 빼곡했다. 디지의 팬들과 주고받은 디지의, 디지에 관한, 디지를 위한 대화로 가득한 문자함은 간단히 훑는 것조차 불가능했다. 연희에게 지구상의 인간은 딱 두 종류뿐이었다. 디지, 그리고 디지가 아닌 사람. 예은은 이보다 명백할 순 없는 사랑의 증거들을 통째로 USB에 복사했다.

"강연희는 99.99퍼센트, 게이다."

#

마리아중학교 학생회장·부회장 선거 공고문, 제1번은 후보 자격 다섯 가지이다.

1. 마리아중학교 1, 2학년 재학생
2. 부회장 후보는 1학년 학생, 회장 후보는 2학년 학생
3. 후보 등록 기간까지 담임 또는 교목의 추천을 받은 학생
4. 선거 당일까지 징계를 받지 않은 학생
5. 성경 말씀에 충실한 학생

마지막은 학생의 일거수일투족을 감시하며 쫓아다니지 않으면

확인이 불가능한, 있으나마나 한 조항이었다.

"성경 말씀에 동성애에 대해 부정적인 구절이 있으니까."

게다가 이렇게 보면 문제가 심각한 조항이었다. 애매하기 짝이 없어 게이는 학생회장이 될 수 없다는 말도 안 되는 해석도 가능했다. 있어서는 안 되는 조항이지만 어쨌든 그런 조항이 있긴 있었다. 예은은 학생회장이 되면 제5항을 꼭 없애야겠다고 생각하면서도, 그 마지막 조항을 이용해 연희를 학생회장 후보 자리에서 끌어내릴 계획을 세웠다.

예은은 동성애에 대해 부정적인 성경 구절을 찾아 한 페이지로 정리해 놓았다. 이제 첫사랑 위원회에서 인증받은 연희의 사랑 시험 성적서만 있으면 된다.

연희의 디지에 대한 사랑이 양성으로 평가된 사랑 시험 성적서는 연희가 동성애자라는 증거이자, 학생회장 후보 자격 제5항에 위배되는 학생이라는 증거가 되어 줄 것이다.

"이제 곧 강연희의 학생회장 후보 자격을 박탈할 수 있다!"

#

"잠깐."

회원증 검사를 하던 디지 팬클럽 서울 지부 회장이 예은의 회원증을 보더니 멈춰 섰다. 그 뾰족한 목소리에 몇몇 팬들이 회장을 돌아보았다.

"이거 그 여자 회원증인데? 디지한테 본드 초콜릿 테러한 그 기자."

이번엔 모든 팬들이 예은을 돌아보았다. 그중에는 그 기자에게 날계란을 던지다 온몸에 파스를 붙여야 했던 연희도 있었다. 예은은 온몸을 더욱 꽁꽁 싸매고 코를 잡아 쥐었다.

"전 디지 오, 오빠가 너무 보, 보고 싶었습니다. 공식 팬클럽 모집은 끝났다길래 인터넷에서 중고 회원증을 구했을 뿐입니다. 그 회원증이 그 기자 건 줄은 정말 몰랐습니다. 믿어 주십시오."

예은은 코맹맹이 소리로 호소했다.

"그걸 어떻게 믿지?"

"전 그 기자랑 달리 정말로 디지 오빠 팬입니다. 디지 오빠에 대해서는 모르는 게 없습니다. 뭐든 물어 보셔도 됩니다."

"그래?"

그랬다. 예은은 놀랐지만, 화들짝 놀랄 만큼 칠칠맞진 않았다. 인터넷에서 구한 중고 회원증이 설마 그 기자 것인 줄은 몰랐지만, 이방인인 자신이 이런 종류의 시험을 당할 줄은 알고 있었다.

"디지의 본명은?"

"김동구입니다."

"디지가 연습생 생활을 어디서 얼마나 했지?"

"미호 엔터테인먼트에서 10개월 4일입니다."

"디지가 2년 전에 갑자기 활동을 중단하고 잠적한 적이 있지."

"김동구 사이비 종교 교주설이 돌 만큼 충격적인 사건이었습니다."

"끔찍했지. 그 기간은?"

"7개월 23일입니다."

이어서 질문이 한참이나 쏟아졌지만 대답은 거침이 없었다. 여기저기서 감탄과 찬사가 쏟아져 나왔다. 그러나 박수를 치려던 임원들을 가로막으며, 회장이 삐딱한 웃음을 지었다.

"공식 홈페이지만 봐도 알 수 있는 이런 질문들은 의미 없지. 이번엔 진짜야. 네가 디지를 진짜 사랑하는지 알 수 있는 질문."

예은은 고개를 끄덕였다. 예은이 외운 것은 공식 홈페이지만이 아니었다.

"소속사에선, 2년 전 디지의 활동 중단이 신앙 생활 때문이라고 했지만, 그건 반만 맞는 말이야."

"디지 오빠의 이루지 못한 첫사랑 때문입니다."

"맞아. 디지는 공식적인 자리에서 첫사랑에 대해 언급한 적이 없어. 비공식적인 자리에서도 마찬가지지. 하지만 딱 한 번 입에 올린 적이 있어. 지난 9월 15일, 새벽 1시 5분 경, 방방 숙소 앞, 술에 취해 매니저에게 업혀 들어오면서 말이지."

예은이 마른침을 삼켰다.

"디지 오빠가 첫사랑을 처음 만난 날은 몇 월 며칠이지?"

웬만한 팬들은 물론, 디지의 기억에도 없을 술주정이었다. 그나마 객관식이었지만, 보기가 365개나 된다면 다행이라고 할 수도 없다.

팬들이 술렁이고 임원들조차 고개를 갸웃거렸다. 예은은 자신도 모르게 연희를 돌아보았고, 눈이 마주쳤다. 그 순간, 예은에게 무언가가 떠올랐다. 연희의 핸드폰 비밀번호, 0821.

"8월 21일입니다."

#

예은에게 디지 팬 몇 명이 다가와 이것저것 말을 붙였다. 그러나 눈도 제대로 마주치지 않고, 네 아니오란 대답 말고는 하지도 않는 예은에게 곧 흥미를 잃었다. 부디 연희도 그래 주길 바라며, 예은은 다시 모자를 눌러썼다. 연희가 제 정수리를 빤히 내려다보는 시선이 고스란히 느껴졌다. 혹시나 연희가 알아볼까, 심장이 쿵덕쿵덕 널을 뛰었다.

"공방(공개 방송)은 처음 오셨나 봐요."

연희가 말했다. 예은을 알아보지 못한 듯, 깍듯한 존대였다. 예은은 푹 숙인 고개를 끄덕였다.

"내가 만든 파에 들어올래요? 같이 공방 다니면 좋을 것 같아서요."

연희가 예은에게 명함 한 장을 내밀었다. 예은은 쭈뼛쭈뼛 명함을 받아들었다. 새까만 바탕에 시뻘건 글씨였다.

디지 땜에 DG겠네
사망파

예은이 고개를 가로저었다.

"그래요? 할 수 없죠."

다른 팬들과 마찬가지로, 연희도 돌아섰다. 끝까지 예은을 알아보지 못한 모양이었다. 예은은 연희의 등에 대고 안도의 한숨을 쉬었다.

"근데 왜 싫어요?"

"네, 네?"

연희가 다시 예은 쪽으로 돌아섰다. 예은이 놀라 뒤로 물러선 만큼 연희가 성큼 다가왔다. 그러곤 허리를 숙여 예은과 눈을 똑바로 맞췄다. 널에서 떨어진 심장이 쿵 소리를 냈다.

"왜 나랑 같이 다니기 싫으냐고, 반장."

#

"반장, 웬 파스를 이렇게 붙였어?"

혜지가 물었다. 예은의 단정한 동복 아래, 목덜미며 팔목같이 슬쩍 드러나 보이는 살에 파스가 덕지덕지 붙어 있었다. 파스를 붙이지 않은 예은의 얼굴은 파스라도 붙여 줘야 할 것 같았다.

"보, 봉사 활동 때문에, 부, 불우, 불우 이웃한테……."

대체 누가 불우 이웃인지 알 수 없는 얼굴로 말까지 더듬는 예은을 보며, 혜지는 순순히 핸드폰을 건네 주었다.

"힘내, 반장."

"……."

이어서 다른 아이들도 응원인지 위로인지 모를 말을 건네며 핸드폰을 스스로 바구니에 넣었다. 오늘처럼 핸드폰 걷기가 수월했던 날이 없었지만, 예은은 조금도 기쁘지 않았다.

예은이 연희를 노려보았다. 연희는 귀에 이어폰을 박은 채 눈을 감고 있었다. 그런 연희를 보며 여자애들은 눈에 하트를 박았다.

"어쩜, 음악 듣는 모습도 멋져. 꼭 유럽 왕자 같지 않니? 그리고 보니 우리 연희, 영국에서 왔지."

"영국 왕자 연희는 무슨 음악 들을까? 클래식? 재즈?"

예은은 있는 힘을 다해 콧방귀를 뀌었다. 연희는 클래식이라도 듣는 듯한 우아한 얼굴로, 불법으로 녹취한 디지의 음성을 듣고 또 듣고 있을 것이다.

"강연희, 핸드폰……."

"어, 잠깐만……."

연희가 아쉬운 듯 핸드폰을 건넸다. 그러나 예은은 핸드폰을 은밀히 연희의 재킷 주머니에 넣었다.

"넣어 둬."

"응?"

"문자 투표. 다음엔 디지가 1위 해야지."

연희가 환하게 웃었다. 예은도 마지못해 웃어 보였지만, 돌아서 자마자 이를 닥닥 갈았다. 연희가 제아무리 야살스레 웃어 봤자, 온몸이 쑤시지 않은 건 아니었으니까. 등짝 한복판에서 이 정도의 고통이 느껴진 데서야, 그때 일이 쉽게 잊힐 리 없다.

#

"왜 우리 동구 형이 1위가 아닌 거야? 왜?"

무대 위에선 트로피를 든 소녀시절 멤버들이 꽃가루를 맞고 있었다. 디지는 웃으며 무대 뒤로 퇴장하고 있었지만, 연희는 난생처음 보는 충격적인 장면에 디지 대신 울고 있었다.

이것도 디지를 향한 연희의 사랑이리라. 그런 연희 역시 예은은 핸드폰에 담았다.

"문자 투표가 부족했던 것으로 추정된다. 저번에 소녀시절 멤버랑 스캔들 때문에 팬덤이 많이 흐트러지기도 했고."

"그 기사를 믿는단 말야? 첫사랑 위원회에서 인증도 안 받은 허접한 기사를?"

소녀시절의 앙코르 무대가 한창이거나 말거나, 연희는 질질 흐르는 눈물을 닦을 생각도 않고 밖으로 뛰쳐나갔다.

"가, 강연희 어디 가?"

행선지를 묻는 예은에게 연희는 대답하지 않고 다만 소리쳤다.

"뛰어!"

비가 내리는 거리를 연희는 달렸다. 함께 달리는 소녀들 사이에서 소년은 단연 1등이었다. 도로 위에서 끝없이 멀어지는 디지의 밴이 그들의 결승점이었다.

"강연희, 같이, 같이 가!"

예은이 뒤에서 몇 번이나 불렀지만, 연희는 한 번도 돌아보지 않았다. 이가 딱딱 부딪힐 만큼 추운 날씨에, 연희의 몸에선 더운 김이 펄펄 났다. 이것 역시 사랑의 힘인 것 같았지만, 디지를 향해 그런 힘을 발휘할 수 없는 예은은 촬영도 접고 멈춰 서서 연희를 바라봐야만 했다.

그때, 신호가 걸려 디지의 차가 멈췄다. 그러자 연희가 8차선 도로로 뛰어들었고, 그것을 본 예은이 저도 모르게 뛰어 올라 연희의 팔을 붙잡았다.

"강연희, 위험해!"

비를 철철 맞으며 연희를 올려다보는 예은이 갸륵할 만도 했지만, 밴의 뒤꽁무니를 보는 연희의 눈은 이미 뒤집혀 있었다. 연희는 예은을 뿌리쳤다.

"놔, 형한테 이걸 줘야 한다고!"

그럼에도 연희의 몸통을 끌어안은 예은을, 연희는 아예 뜯어내 바닥에 내동댕이쳤다.

연희가 도로 위를 달렸다. 예은을 땅바닥에 대자로 엎어 놓고서.

"아악! 여기 사람 있습니다, 네? 사람 있다고…… 아악!"

소녀 팬들이 예은의 등짝을 마구 밟고 지나갔다. 어느새 정신이 까무룩 달아났다.

#

"99.99퍼센트 강연희다."

예은이 자신의 핸드폰, 정확히 말하자면 자신이 채취한 검체들을 보았다. 이제 예은의 핸드폰은 연희 그 자체가 되어 있었다.

디지의 사진을 보는 연희, 디지의 동영상을 감상하는 연희, 디지의 팬페이지에 들어가는 연희, 디지의 팬픽을 읽는 연희, 디지의 노래를 듣는 연희, 디지의 음성을 녹음하는 연희로 핸드폰이 터질 것 같았다. 달력은 디지의 스케줄을 쫓는 연희의 스케줄로 빽빽했고, 메모장은 연희가 무얼 하고 무얼 먹고 무얼 입었는지로 빼곡했다. 연희와 주고 받은 디지의, 디지에 관한, 디지를 위한 대화로 가득한 문자함은 간단히 훑는 것조차 불가능했다. 예은은 핸드폰을 통째로 USB에 복사했다.

사실, 연희의 신체 및 행동 징후들은 이제 충분했다. 그러나 마지막 하나를 채취하지 못해, 예은은 오늘도 방송국 밖에서 신문지를 뒤집어쓰고 있었다.

"요즘 디지가 많이 바빴잖아. 그래서 우리도 바빴고, 잠도 제대로 못 잤고……."

"그랬지."

연희가 능숙하게 색지를 오리며 대답했다. 연희와 예은은 길바닥에 주저앉아 사망파의 플래카드를 만들고 있었다.

"그래서 말인데, 강연희 너 최근에 코피 안 났어? 그게 아니면 각혈도 좋고……."

첫사랑 위원회의 사랑 평가에 쓰이는 마지막 검체, 피험자의 피 한 방울. 직접 뽑은 피도 좋고 휴지, 헝겊 등등에 묻어 있는 피도 상관 없다고 했다. 그러나 단 한 방울이라 해도, 피는 생각보다 얻어 내기 힘들었다.

"나 살면서 코피 난 적 한 번도 없는데? 내가 워낙 건강한 체질이야. 방방 숙소 앞에서 1주일 밤 새고도 멀쩡했다니까."

"……."

본드를 쥔 손이 부들부들 떨렸다. 저 자식 입에 본드라도 짜 넣어야 하는 걸까, 고민하고 있는데 연희가 비명을 질렀다. 누가 능지처참이라도 당하는 줄 알았는지 지나가던 생면부지도 화들짝 놀라 돌아보았다.

"으아아아아악! 어떡해, 어떡해!"

"왜 그래 강연희? 손가락 잘렸어? 어디가 잘렸어? 안 잘렸으면 내가 잘라 줄까?"

"그게 아니라……. 우리 동구 형이, 동구 형 얼굴에……."

연희가 곱게 접어 놓은 디지 현수막을 들고 바들바들 떨었다. 그 현수막에, 디지의 희고 맨들맨들한 뺨에 현미경으로 보아야 보일 것 같은 무언가가 묻어 있었다.

"뭐가 묻었어! 빨아도 안 지워지면 어떡하지? 아니지, 빨다니, 안 될 말이야! 동구 형 얼굴이 닳는다고!"

"……."

예은은 갖은 주접을 혼자 다 떠는 연희를 바라보았다. 지나가는 사람들은 물론, 근처에 있는 팬들까지 눈살을 찌푸리게 하는 모습이었다. 예은의 눈썹 사이도 구겨져 있었다. 그러나 부드럽게 올라간 입꼬리는 예은도 몰랐다.

"그냥 색지잖아."

예은은 현수막에 붙은 빨간 색지 조각을 떼어 주었다. 그제야 마음에 안정을 찾는 연희가 더는 새삼스럽지도 않았다.

"다음주 선거 유세 준비도 못했는데……."

바로 다음주부터 선거 운동 기간이었다. 길바닥에 주저앉아 디지 플래카드나 만들 때가 아니라는 말이었다.

"선거 유세? 준비할 게 뭐가 있어. 그냥 하는 거지."

"그래도 다들 해야 한다고 하니까……."

"넌 왜 학생회장이 되고 싶어?"

예은이 두 눈을 끔뻑끔뻑 떴다. 왜라니. 농담일까 싶었지만, 연희는 웃지도 않았다.

"나는······."

학생회장이 된다는 것은 예은에게는 마리아고등학교 입학을 의미했다. 그리고 그에 딸려 올 예정된 미래를 의미했으며, 그 미래는 명문대 진학, 훌륭한 직장, 안정된 소득을 의미했다. 이 모든 것들을 한 마디로 하자면, 정답이었다. 대부분의 사람들이 고르고 싶어 하는 정답.

"다들 정답이라고 하니까."

"그거 알아? 가장 어려운 문제의 오답은 정답보다 더 정답 같다는 거. 그래서 대부분의 사람들이 오답을 고르고, 정답을 고르는 사람은 정말 얼마 없다는 거."

"그래서, 내가 틀렸다는 거야?"

"아니······."

연희가 말했다.

"틀린 답은 있어도 나쁜 답은 없다고 생각해."

예은은 연희의 눈을 들여다보았다. 디지를 보며 희게 번들거리던 눈은, 지금 보니 눈동자가 유난히 진한 검은색이었다.

엄마는 말했다. 산다는 건 자화상을 그려 나가는 거고, 네 세상이 온통 검은색뿐이라면 그땐 눈동자를 그리는 중인 거라고. 너의 힘들고 어려운 시간이, 너에게 찬란한 까만 눈동자를 그려 주는 거라고. 엄마는 가난한 화가였다. 연희 말대로라면 정답을 골랐던 사람이다.

연희에게도 있었던 걸까? 세상이 온통 검은색뿐이던 힘들고 어려웠던 시간이.

"넌? 강연희 너는 왜 학생회장이 되고 싶은 건데?"

연희는 땅바닥에 고개를 처박고 아무 말도 하지 않았다.

"그래, 강연희, 아무리 너라도 뭔가 이유가 있……."

"……다 됐다!"

연희가 완성된 플래카드를 번쩍 쳐들었다. 지금 내가 저딴 자식을 보면서 까만 눈동자가 어떻고 했던 걸까? 예은은 자신의 입에 짜 넣을 본드를 찾았다.

#

"핑크색. 달콤해. 너무 달아 초콜릿 같은 내 사랑……."

무대 위에서 디지가 노래를 부르고 있었다. 요 며칠 새, 예은에게 디지는 가족보다 더 자주 보는 사람이었지만, 제대로 본 적은 이번이 처음이었다. 하얀 그랜드 피아노를 연주하는 디지는 누군가와 닮은 것 같았다.

"멋있다……."

예은은 자신도 모르게 연희나 할 법한 말을 중얼거렸다. 이제 와 디지에게 반하기라도 한 건지, 눈앞이 갑자기 까매지는 것 같…… 아니, 그 정도는 아닌데?

"강연희?"

예은의 눈앞이 까매진 것은 예은이 디지에게 반했기 때문이 아니었다. 연희가 한 손으로 예은의 눈을 가렸기 때문이었다.

"뭐 한 거야, 지금? 왜 사람 눈은 가리고 그래."

"내, 내가?"

"디지 얼굴이 닳기라도 할까 봐?"

"아, 아니, 그게 아니라……."

연희의 얼굴이 사망파 명함 글씨처럼 시뻘게졌다.

"이번 주 에스비씨 인기뮤직중심 1위는……."

어느새 무대엔 디지와 또 다른 1위 후보인 소녀시절 멤버들이 올라와 있었다. 사회자는 조금 뜸을 들인 후에 말을 이었다.

"디지의 '첫사랑'. 축하드립니다."

디지 팬들이 비명을 질렀다. 예은도 작은 탄성을 내뱉었다. 그러나 가장 큰 환호성의 주인이어야 할 연희만은 침묵을 지켰다. 팬들을 향해 손을 흔드는 디지조차 외면한 연희가 바라보고 있는 것은, 예은이었다.

"드디어 1위다! 그동안 문자 투표한 보람이 있…… 강연희?"

예은이 연희를 돌아보자, 정작 연희는 고개를 돌렸다.

"눈가가 빨개."

"누가 울어!"

"누가 운대?"

평소에는 눈물이든 땟물이든 수치도 모르고 질질 흘려보내던 연희였다. 그런데 지금은 눈가가 좀 붉어진 걸 가지고 몹시 창피해하며 어쩔 줄을 몰랐다. 그러곤 디지의 앙코르 무대가 한창이거나 말거나, 밖으로 뛰쳐나갔다.

"강연희 어디 가?"

#

　첫눈이 내리는 거리를 예은은 달렸다. 수많은 소녀들 사이에 있을 단 한 명의 소년을 찾아 헤맸다.

　"강연희!"

　얼마나 많은 소녀들 사이를 헤집고 다녔을까. 예은은 눈보라 속을 내달리는 소년의 등을 찾아냈다.

　"강연희, 같이 가!"

　예은이 뒤에서 몇 번이나 불렀지만, 소년은 한 번도 돌아보지 않았다. 소년이 달리는 검은색 밴을 향해 8차선 도로로 뛰어들었다.

　"강연희, 위험해!"

　예은은 차가 쌩쌩 달리는 도로에 뛰어들 엄두가 나지 않았다. 그러나 소년 뒤로 달려오는 승용차 한 대를 보고는 자신도 모르게 뛰어들고 말았다. 등 뒤로 트럭이 달려오는 줄도 모른 채로.

　"반자아아아앙! 예은아, 구예은!"

　그때, 무언가가 포효했다. 괴성을 질렀다. 눈을 뒤집어 까고 울부짖었다. 누구라도 돌아보지 않을 수 없는 절박한 소리였다. 예은 역시 그 자리에 멈춰 서 돌아볼 수밖에 없었다. 예은 뒤로 바짝 다가온 트럭도 마찬가지였다.

　무언가는, 거리 저편에 선 연희였다. 예은이 무사히 연희를 돌아보자, 연희는 그 자리에서 까무룩 정신을 놓았다.

　"강연희, 괜찮아?"

　예은을 구한 연희는 뭐랄까, 전혀 멋있지 않고 그러니까…… 찌질했다. 여자를 극적으로 구한 남자가 이렇게까지 찌질하기도 쉽지 않겠지만 연희는 그랬다.

소설이나 드라마에서 남주인공이 차에 치일 뻔한 여주인공을 구할 땐, 여주를 박력 있게 잡아끌거나 품에 안거나 하다못해 여주 대신 차에 치이기라도 하던데…… 연희는 혼자 놀라서 소리지르더니 기절해 버렸다. 지켜보던 사람들도 연희에게 칭찬 대신 욕을 퍼붓고 지나갔다. 예은은 팔자려니 하고 연희에게 달려갔다.

"강연희, 정신차려!"

예은이 연희를 안아 올렸다. 눈물 콧물로 범벅이 된 뺨을 몇 번 툭툭 치자, 연희가 눈을 떴다.

"강연희, 너 코피 나!"

연희는 살면서 한 번도 흘린 적 없다는 코피까지 줄줄 흘리기 시작했다. 놀란 예은이 손에 집히는 것으로 연희의 코를 틀어막았다. 연희는 놀라지도 않고, 예은을 빤히 올려다보았다.

미친년으로 불리는 얼굴. 그 얼굴이 눈물 콧물 코피가 두루 범벅이 되어 예은을 올려다보고 있었다. 예은은 그 꼬질꼬질한 얼굴에 심장이 널을 뛰다 못해 목구멍까지 올라오는 것을 느꼈다.

"괘, 괜찮아졌으면 어서 일어나."

예은은 미친 것도 전염이 되는지 검색해 봐야겠다고 생각하며, 연희를 밀어 냈다. 연희는 순순히 예은에게서 떨어져 나와 앉았다. 그러곤 멍하게 예은이 손에 쥔 것을 바라보았다. 연희의 시선을 따라 자신의 손을 내려다본 예은은 소스라치게 놀랐다.

"어떡해, 어떡해! 네 디지 현수막에, 디지 얼굴에 피, 피가 묻었어!"

"······그냥 피잖아."

정확히 말하자면, 자신의 피였지만 연희는 꼭 남의 피라도 되는 것처럼 무심했다.

"가, 강연희, 미, 미안. 내, 내가 빨아다 줄게. 아니지, 빨면 디지 얼굴이 닳는데, 어쩌지······."

예은이 디지 얼굴에 피칠갑이 된 현수막을 들고 절절맸다. 연희는 그런 예은을 보고 눈썹 사이를 구겼다.

"필요 없어."

연희는 벌떡 일어서더니 현수막도 내버려 둔 채 돌아섰다. 예은은 두 눈을 끔뻑댔다. 어쩌다 자신에게 떨어진 이 행운이 믿기지 않았다.

"마지막 검체 채취······ 완료."

♯

예은은 상자를 열었다. USB와 현수막을 넣었다. 그리고 닫았다. 이제 이 상자를 들고 첫사랑 위원회에 가거나 우체국, 하다못해 편의점에 가서 부치기만 하면 된다.

그러나 예은은 방 안에서 그 상자를 바라보기만 했다. 그 바람에 연희가 디지를 사랑하고 있다는 증거를 담은 상자는 며칠째 예은의 방에 머물렀다. 예은은 그런 자신을 도저히 이해할 수 없었다. 다만, 예은이 자신의 핸드폰, 연희 그 자체가 되어 버린 핸드폰을 내내 붙잡고 있는 것과 관련이 있는 것 같았다.

"내가 왜 이러지? 정신 차려! 강연희는 게이잖아!"

게이라는 사실을 빼고 보더라도, 연희는 남자친구로서 충분히 최악이었다. 학교에서나 아이돌이지, 학교 밖에선 돌아이가 아닌 가. 팬들 사이에서 강연희가 광년이로 불리는 것은, 발음 같은 귀여운 이유가 절대로 아니었다. 그 증거를 핸드폰이 터지도록 찍어 댄 것은 바로 예은 자신이 아닌가. 그러나 예은은 내내 그 증거만 들여다보고 있었다.

일부러 연희의 흉한 사진만을 골라 들여다보기도 했다. 그러나 곧 눈이 뒤집혀 흰자만 보이는 연희를 예쁘다며 쓰다듬는 자신을 발견하고는, 화들짝 놀라 핸드폰을 집어던져야 했다.

"사랑일 리가 없어. 사랑일 이유가 없으니까."

연희가 디지에게나 할 법한 짓을 예은이 하고 있긴 하지만, 이것이 사랑일 리가 없다. 디지는 사랑이 너무 달다고 노래했지만, 예은은 연희가 고통스러웠다.

"그래, 이건 죄책감이다."

어쩌면 죄책감일지도 모른다. 자신의 목표를 위해 연희의 목표를 짓밟으려 하고 있질 않은가. 애써 무시하고 있었지만, 그렇게 된다면 짓밟히는 것은 연희의 목표가 아니라 연희의 인생이었다. 연희가 게이라는 것이 알려진다면, 예은은 학생회장이 되겠지만 연희는 학생회장이 되지 않는 것만으로는 끝나지 않을 것이다.

'괜찮아?'

연희의 문자였다, 예은을 걱정해 주는.

예은은 상자를 열었다. USB를 버리고 현수막만 남겼다. 그리고 닫았다.

#

예은은 상자를 들고 학교에 갔다. 현수막을 연희에게 돌려줄 생각이었다. 교문 앞에서 연희를 보기 전까지는. 여자애들에게 둘러싸여 있는 연희와 눈이 마주치기 전까지는 말이다.

"연희야, 이거 다 우리가 널 위해 준비한 거야."

"마리아중학교 학우 여러분, 우리 연희를 찍어 주세요!"

교문 앞, 후보 간 선거 유세 경쟁은 치열하지 않았다. 치열할 수가 없었다. 연희가 압도적이었으니까. 연희의 선거단엔 2학년 9반 여자애들, 아니 전교의 여자애들이 다 동원된 것 같았다. 물론, 연희를 지지하는 남자애들도 적지 않았다.

모두 손에 색색의 플래카드를 들고 있었는데, 전부 '기호 1번 강연희'였다. 어디에도 '기호 2번 구예은'은 없었다. '기호 2번 구예은'을 들고 있어 줄 유일한 손, 예은의 손에는 상자가 들려 있었다.

"예은아, 어디 가?"

예은은 상자를 들고 편의점에 갔다. 예은이 상자를 열었을 때 연희에게 문자가 왔다.

'괜찮은 거야?'

예은은 현수막이 든 상자에 핸드폰을 넣고 닫았다. 그리고 상자를 첫사랑 위원회에 보냈다.

#

"안녕하세요. 기호 1번, 강연희입니다."

연희가 무대 중심에 올랐다. 분명히 하나마나 한 얘기나 몇 마디 하다 내려올 것이 뻔했다. 중학교 학생회장 후보 연설이라는 게 그럴 수밖에 없지 않은가. 그러나 연희가 입을 떼기도 전에, 마리아 중학교 예배당은 소녀들의 비명과 소년들의 박수로 가득했다. 예은은 역시 사랑 시험 성적서를 가지고 오길 잘했다고 생각했다.

첫사랑 위원회에서 연희의 사랑 시험 성적서를 받은 것은 오늘, 선거 하루 전날이었다. 전교생이 모인 학교 예배당에서 회장 후보 연설이 있는 날이자, 연희가 후보 자격을 박탈당할 예정인 날이기도 했다. 예은의 계획은 그랬다. 예은은 자신의 계획을 실행하는 데 수단과 방법을 가리지 않았고, 그 계획은 언제나 현실이 되곤 했다.

"저는 페어플레이를 좋아합니다. 왜냐하면⋯⋯."

공평한 승부라. 연희는 얼마 전에도 예은에게 저렇게 말했다. 얼마 전, 그러니까 예은이 첫사랑 위원회에 상자를 보내고 돌아온 뒤에.

#

'기호 2번 구예늬'를 본 것은 그 바로 뒤였다.

예은이 다시 교문 앞으로 돌아왔을 땐, '기호 1번 강연희'가 절반으로 줄어 있었다. 그리고 나머지 절반을 '기호 2번 구예늬'가 채우고 있었다. '기호 1번 강연희'의 글자를 뜯어 억지로 끼워 맞춘

것임에도 단정하고 깔끔했다. 연희의 솜씨였다. 디지를 위해 수도 없이 플래카드를 쪼물딱거리던.

선거 운동 기간 내내, 연희는 예은 옆에서 '기호 2번 구예늬'라는 웃기는 플래카드를 들고 있었다. 그럼에도 예은은 연희의 플래카드를 들지 않았다. 누가 뭐래도 예은은 예은의 플래카드만 들었다. 아무리 연희가 플래카드 절반을 떼어 주었어도, 예은의 지지율은 한참이나 모자랐으니까. 연희를 위해 학교 여기저기에 현수막을 걸고 포스터를 붙인 것도 모자라서 치어리딩까지 해대는 애들을 무슨 수로 이긴단 말인가. 교문 앞에 선 두 사람의 머리 위에도 긴 현수막이 걸려 있었다.

영국에서 온 연희! 유럽 선진 교육 환경을 마리아에!

"내가 처음 영국 갈 때 ABCD도 모르고 갔거든. 그 밀가루 같은 애들이 매일 나한테 와서 뭐라고 하는데 엄청 무섭더라고. 도통 무슨 말인지 알 수가 있어야지. 욕이라는 것밖에는 모르겠더라."

내내 별말 없던 연희가 예은에게 유학 시절 얘기를 꺼냈다.

"난 매일 아버지한테 한국으로 돌아가자고 빌었는데, 결국 거기에 열 달을 더 있었어. 우리 아버지는 말이 통하지 않는 사람이야. 영국 애들보다 더."

연희는 까만 눈동자를 그리던 때를 말하고 있었다.

"다행히 영국 애들이 날 창고에 가둬 준 덕분에, 난 영국에서 빠져 나올 수 있었지. 뭐, 그 창고에 몇 시간만 더 있었다면 영원히 영국에 파묻혔겠지만."

예은은 자신도 모르게 플래카드를 스르르 내리고 연희를 안쓰럽게 바라보았다.

"창고 안에선 1초가 1년같이 흘렀어. 춥고 배고프고 무서워서 죽을 것 같았어. 딱, 그때까지만. 그 창고 안에서 낡은 피아노 한 대를 발견하기 전까지만. 피아노는 초등학교 들어가기 전에 아주 잠깐 쳤거든. 바이엘을 뗀 게 다였으니까. 그런데 그 음악이, 그 손놀림이 귀신같이 생각이 나는 거야, 악보도 없는데. 그때부터 며칠이 1초처럼 흘렀어. 춥지도 배고프지도 무섭지도 않았어. 그리고 그건 지금도 그래. 어디서든, 피아노를 칠 때면 언제나."

지금까지 왜 안 나왔나 했다. 먹고 살기 팍팍한 걸 꿈이랍시고 좇는 청소년. 예은은 플래카드를 고쳐 쥐었다. 연희의 고백에 예은은 코웃음을 참으려 노력하는 게 최선이었다.

"그때부터 매일 음악을 하고 싶다고 빌었는데, 아버지한테 통할 리가 있나. 그러다 어디서 들었는지, 학생회장 얘길 꺼내는 거야. 학생회장이 되면 예술고등학교에 보내준다는 조건을 걸었어. 조건이라기보단 내 입을 영영 틀어막으려는 수작이겠지만. 아버지는 학생회장 선거 경쟁률이 치열한 건 들었어도, 애들이 날 얼마나 좋아하는지는 못 들은 모양이야."

"그럴 거면 학생회장 선거가 아니라 슈퍼스타 케이에 나갔어야지."

"난 가수가 아니라 작곡가가 되고 싶어. 그래서 예고에 가고 싶은 거고, 예고에 갈 수만 있다면 학생회장 선거보다 더한 데도 나갈 수 있어. 영국에 다시 가라면 갈 거고, 그 춥고 배고프고 무서워

죽을 것 같은 창고에 몇 번이고 다시 들어갈 거야."

"그럼 왜 날 응원하는 거야? 지금 네가 아무리 인기가 많아도, 네가 오기 전까진 내가 유일한 우승 후보나 다름없었는데."

연희가 입을 뗀 것은 한참이나 뒤였다.

"난 좋아하니까……."

눈을 흡뜬 예은에게 연희는 이렇게 덧붙였다.

"페어플레이를."

#

"저는 페어플레이를 좋아하지 않습니다."

무대 중심에 선, 예은이 말했다. 연희가 무대에서 내려간 후 정적만 흐르던 예배당이 소음을 만들어 내기 시작했다.

"저는 승리를 좋아합니다. 그런데 세상은 공평하지 않고, 공평하지 않은 세상에선 공평하게 구는 사람이 패배할 확률이 높기 때문이죠."

예은은 손에 쥔 봉투를 내려다봤다. 연희의 사랑 시험 성적서가 든 봉투였다. '의뢰인 구예은 외의 사람이 개봉하는 경우 형법 또는 우편법에 의하여 처벌받을 수 있습니다.'라는 문구를 따라 단단히 봉해져 있었다.

예은은 ABCD는 말할 것도 없고 영어라면 전교 1등을 놓친 적이 없을 정도로 잘하지만, 영국에 갈 수가 없다. 그럴 돈이 있었으면 지금 이 자리에 연희의 인생을 짓밟으려 서 있지도 않았을 것이다.

'세상엔 기적이라는 것도 있단다.'

삶을 그림에 빗대어 말하던 엄마는 이런 말도 했다. 갑작스러운 교통사고로 뇌사 판정을 받기 전이었다. 세상엔 기적이 있을지도 모르지만, 예은에겐 기적을 살 돈이 없었다. 결국, 예은은 엄마의 산소 호흡기를 떼어 냈고, 엄마는 더 이상 숨을 쉴 수 없었다.

연희는 작곡가가 되고 싶다고 했다. 특별한 꿈이었다. 예은의 꿈은 특별하지 않았다. 굳이 어떤 사람이 되고 싶지도 않았다. 다시는 제 손으로 특별한 사람의 산소 호흡기를 떼어 내고 싶지 않을 뿐이었다.

"최근 2주, 저는 강연희 후보를 조사했습니다."

봉투를 뜯는다. 사랑 시험 성적서를 꺼낸다. 그리고 읽는다. 예은의 계획은 그랬다. 예은은 자신의 계획을 실행하는 데 수단과 방법을 가리지 않았고, 그 계획은 언제나 현실이 되곤 했다.

"그 결과는……."

예은은 봉투를 뜯지 않았다. 그대로 찢었다. 전교생의 소음이 소란이 될 때까지, 찢고 또 찢었다. 사랑 시험 성적서가 가루가 되었을 때, 예은은 울고 있었다.

같잖은 페어플레이 따위에 흔들린 게 아니다. 세상은 공평하지 않고, 연희 같은 애가 손 몇 번 내밀어 준다고 해서 공평해지지도 않는다. 누가 뭐래도 승리는 좋은 것이고, 그래서 예은은 승리를 계획했다. 그러나 승리보다 더 절실한 무엇이 생겨 버린 것은 예은의 계획에 없던 일이었다. 그게 저 덜떨어진 자식이라니…….

연희는 무대 아래 저편에서 얼빠진 얼굴로 예은을 올려다보고 있었다. 예은은 분에 받쳐 부들부들 떨면서도, 연희에게서 시선을 뗄 수가 없었다.

'핑크색. 달콤해. 너무 달아 초콜릿 같은 내 사랑…….'

디지는 첫사랑을 이렇게 노래했다. 그러나 예은의 첫사랑은 구질구질한 구정물 색이었다. 눈물 콧물 범벅의 짠맛이었다. 입에서 살살 녹는 초콜릿 같은 것이 아니라, 이빨에 추접하게 들러붙는 엿 같은 것이었다.

선생님 몇이 예은을 무대 아래로 끌어내리러 올라오고 있었다. 그런데도 예은은 너무 쪽팔린 나머지 몸을 움직일 수가 없었다. 눈물을 멈출 수도 없었다. 예은은 생각했다. 이렇게 찌질한 첫사랑 중인 인간이 누가 또 있을까.

"연희다! 연희가 피아노를 치려나 봐!"

연희가 무대에 다시 올랐다. 무대 구석, 하얀 그랜드 피아노 앞에 앉아 연주를 시작했다. 그리고 다시 한 번 기적을 일으켰다. 연희를 마리아중학교의 아이돌로 만들어 놓은 피아노 연주가 들리지 않게 하는 기적을.

"연희도 못하는 게 있었어!"

노래였다. 이건 노래라기보단 포효나 괴성에 가까웠다. 연희는 어마어마한 음치였다.

"핑크새애애애액! 달콤해애애액! 너무 달아아악! 초콜리이힛! 같은 내 사라아아아앙!"

그 끔찍한 것이 연희의 핑크빛 달콤한 연주에 흙탕물을 튀기며 예배당을 가득 메웠다. 연희의 연주에 귀를 기울이던 학생들은 곧 연희의 노래에 귀를 틀어막아야 했다. 예은을 끌어내리던 선생님들도 연희를 끌어내리려고 방향을 틀었다.

연희는 예은을 대신해 무대 아래로 질질 끌려갔다. 끌려가는 주제에 뭘 잘했다고 예은을 보며 광년이처럼 웃고 있었다. 그걸 또 마주 웃어 주는 예은도 정상은 아니었다.

예은은 깨달았다. 첫사랑 위원회의 사랑 시험 성적서 100장보다 100배는 더 확실한 깨달음이었다. 무려 100퍼센트의 확률이었다.

"저기 있다."

나만큼 찌질한 첫사랑 중인 누군가.

첫사랑은 이루어지지 않는다고 흔히들 말합니다. 처음 맛보는 사랑의 호르몬에 이성을 잃기 쉬운데다, 처음 한 사랑이라 요령이 없고 서툴기 때문인데요. 그래서인지 내년 출시 예정인 첫사랑 위원회의 신약에 대한 관심이 뜨겁습니다. 이 신약은 복용자의 첫사랑도 이루어 줄 만큼 강력한 효능을 자랑한다고 하는데요. 이는 3년 이상 시행 중인 임상 시험 덕분이라고 합니다. 그러나 이 임상 시험이 비윤리적이라는 의혹이 제기돼 충격을 주고 있습니다.

첫사랑 위원회의 신문 광고. 자사 잡지의 독자 엽서 추첨을 통해 당첨자의 첫사랑을 이루어 주는 행사 내용을 포함하고 있습니다. 그런데 이 행사는 사실상 신약 임상 시험의 피험자를 모집하는 광고입니다.

첫사랑 위원회는 이렇게 모집한 피험자들에게 시험약을 복용시켰습니다. 피험자 중엔 건강한 성인은 물론, 어린이, 청소년, 임산부, 장애인, 난치병 환자, 만 80세 이상의 노인 등 노약자가 다수 포함되어 있…….

혜지가 핸드폰 화면을 껐다. 그러고는 서둘러 핸드폰을 엉덩이 밑으로 밀어 넣었다. 괜히 책상까지 정돈하고 정자세로 앉았던 혜지는 곧 얼굴을 와작 구겼다.

"야, 하윤정! 예은인 줄 알고 깜짝 놀랐잖아!"

"예은이 아직 학교 안 왔는데."

"또 지각이야? 연희도 아직 안 왔지?"

"당연하지."

혜지가 핸드폰을 꺼냈다. 보던 동영상을 다시 재생시키려는데, 윤정이가 가로채 바구니에 넣었다. 바구니 안에는 까맣게 전원이 나간 핸드폰들이 수두룩했다.

"왜 네가 핸드폰을 걷어?"

윤정이 학생회장 입후보 신청서를 혜지 앞에 내밀었다.

"나 이번에 학생회장 재선거 나갈 거거든."

"너 후보 자격 안 되잖아."

"내가 왜?"

"후보 자격에 선거 당일까지 징계가 없어야 한다, 뭐 그런 거 있지 않아? 연희랑 예은이도 그것 때문에 자격 박탈당했잖아. 예배당에서 소란 피웠다고 선거 하루 전에 징계 받아서. 예전에 너도 받았잖아. 연희 전학 온 날, 예배당에서 발광하다 끌려가서."

"……그건 너잖아."

"그, 그랬나? 근데, 연희랑 예은이는 뭘 하고 다니길래 아직까지 안 와?"

"둘이 요즘 열심히 한다던데."

"그러니까 뭘?"

"음, 그러니까……."

윤정이 말했다.

"봉사 활동?"

#

"사랑해요, 디지 오빠!"

"디지 오빠, 여기 좀 봐 주세요! 저 은샘이에요, 조은샘요, 오빠!"

동구가 빌라 밖으로 나오자마자, 열댓 명의 소녀들이 동구에게 맹렬하게 달라붙었다. 매니저가 떼어 내고 또 떼어 내도, 소녀들은 끊임없이 동구를 향해 손을 뻗으며 비명을 질렀다. 그 손에는 대부분 선물이 들려 있었다. 편지도 있고, 과자, 음료 같은 간단한 주전부리부터 유명 브랜드 운동화나 전자기기 같은 값비싼 물건까지 다양했다. 그러나 점퍼 주머니에 양손을 찔러 넣은 동구와 매니저는 어떤 것도 받지 않고 밴 안으로 들어가려 했다.

"오빠, 디지 오빠! 사망파 예쁜이, 예은이, 구예은 왔어요!"

그때, 예은이 열댓 명의 소녀들을 헤치고 나와 동구 앞에 섰다. 예은이 동구에게 편지를 건넸다. 동구가 살짝 웃으며 점퍼 주머니에서 한 손을 뺐다. 그 손으로 직접 예은이 건넨 편지를 받아들 뻔했다. 누군가 편지를 가로채 가지만 않았더라면.

편지를 가로챈 연희가 동구를 보며 눈을 세모로 찢었다.

"야, 강연희, 내 편지 내놔! 이거 놔! 오빠, 디지 오빠!"

연희가 예은을 끌어냈다. 예은은 체육대회에서 2학년 9반을 학년 1위로 이끈 엠브이피의 힘, 아니 소년의 사랑의 힘을 당해내지 못하고 질질 끌려나갔다. 곧이어 예은이 있는 힘을 다해 비명을 질렀다.

"강연희 너, 내 편지 물어내, 빨리 뱉어내!"

연희가 박박 찢은 편지를 입에 쑤셔 넣으며 난리를 치는 틈을 타, 동구와 매니저가 밴에 올라탔다. 매니저가 말했다.

"저 광년인가 하던 애, 이젠 네가 아니라 저 여자애 쫓아다니더라, 예쁜인지 예은인지."

"그러게요, 서운하게."

서운하다는 말과는 다르게, 점점 멀어지는 두 사람을 보며 동구는 웃고 있었다.

"광년이 진짜 엄청났지. 너한테 뭘 자꾸 주겠다고 8차선 도로에도 막 뛰어들고 그랬잖아. 너한테 뭘 그렇게 줬던 거냐? 편지?"

"엽서요."

"엽서?"

동구가 점퍼 주머니를 뒤져 엽서 한 장을 꺼냈다. 손바닥만 한 엽서가 반으로 접혀 있었다. 운전하던 매니저가 흘끗 보더니 금방 알아보았다.

"아아, 오늘 뉴스에 나온 그 엽서구나. 첫사랑 위원회 독자 엽서. 그거 응모하면 추첨해서 약 준다던데. 첫사랑도 이루어지는 약."

동구는 엽서를 펼치고 오래 바라보았다. 동구가 말했다.

"첫사랑 위원회라……."

김이환

유니콘은 내 거

"다들 바보에요.

　창문 하나도 못 열고…… 불도 못 켜

고…… 이까짓 마법이 뭐 어렵다고……

다들 바보에요.

　유니콘은 내 거예요."

"무슨 상자인데 하루 종일 가지고 다녀?"

리나의 질문에 선동은 퉁명스럽게 대답했다.

"준비물."

"무슨 준비물?"

"그냥…… 수업 준비물."

"안에는 뭐가 들었어? 머그컵 상자처럼 생겼는데 머그컵 들었어? 준비물이 머그컵이야?"

"아무것도 안 들었어."

"그럼 빈 상자야? 빈 상자를 왜 들고 가? 마법 수업에 빈 종이상자가 왜 필요해? 그런 준비물 가져오라는 말은 못 들었는데."

"내가 필요하건 말건 네가 무슨 상관이야?"

집요하게 물어대는 리나에게 선동이 퉁명스럽게 대답하자, 리나가 짜증을 냈다.

"왜 나한테 짜증을 내니? 내가 상자를 가져오라고 한 것도 아니고. 나도 마법 수업 때문에 짜증나 죽겠어. 발명품을 만들어서 내라니 초등학교 6학년한테 무슨 발명품을 만들라는 거야? 아무튼 그래서 발명품을 생각해 봤는데, 요즘 마법 공기청정기 많이 쓰잖아, 화분처럼 생겨서 나쁜 냄새 빨아들이는 거. 그걸 더 좋게 개선해 봤는데…….."

리나가 발명품을 설명하는 동안에도 선동은 손에 쥔 상자만 내려다보았다. 머그컵이 들어갈 크기의 흰색 종이상자였다. 입구가 꽉 닫혀 있어 안에 뭐가 들어 있는지 보이지 않았지만, 선동은 마치 안의 물건이 보이는 것처럼 상자만 내려다보았다. 리나가 뭐라고 말을 하건, 교실의 다른 아이들이 뭘 하건 말건, 세상 모든 게 뭐가 어떻게 되건 상자 안의 물건에만 관심이 있는 표정이었다.

리나가 말을 계속하자 마침내 선동이 짜증을 냈다.

"마법 공기청정기 그딴 거 누가 쓴다고, 공기가 탁해지면 그냥 창문을 열어."

"내 말이 그 말이야."

리나는 선동이 말을 걸어주자 갑자기 신이 나서는 말했다.

"창문을 열면 되니까. 습도나 온도나 불쾌한 냄새나 창문을 열면 다 해결되잖아. 미세먼지가 있는 날은 조심해야겠지만. 그런데 마법으로 창문 열고 닫는 게 힘들어. 생각보다 간단하지가 않더라. 창문을 여는 건 간단한 동작 아니야? 그런데 마법으로 구현하려면 어려워."

"네가 마법을 제대로 안 걸어서 그래."

"나는 너처럼 마법을 잘 알진 못한단 말이야."

"마법 수업을 잘 들었어야지."

"그날 아파서 결석했어."

"그건 네 사정이고. 결석을 했으면 따로 복습을 했어야지."

"결석은 내가 했는데 왜 네가 짜증을 내? 아무튼 고민하다가 그냥 포기했어. 어차피 마법은 성적으로 인정 안 되니까. 너는 숙제 낼 거야? 나는 내고 싶어. 성적에는 안 들어가지만, 대신 마법국에서 마법을 사갈지도 모른대. 마법국에서는 마법으로 만든 상품을 쓸 때는 상품을 만든 사람에게 돈을 내야 된대. 그러니까, 마법에도 저작권이 있는 거야. 그래서 마법국 공무원들이 혹시 사갈 만한 마법 상품이 있는지 중고등학생들 숙제를 살펴본대. 만약 마법 상품을 사가면 초등학생이라도 돈을 버는 거야. 물론 우리나라 돈이 아니라 마법국 돈이지만. 그걸 쓰려면……."

"나 화장실 갔다 온다."

리나의 말을 자르고 선동이 상자를 들고 일어나자, 리나는 물었다.

"화장실 가는데 상자를 들고 가?"

"들고 가거나 말거나 네가 무슨 상관이야?"

"변태 같잖아."

"그러니까 변태 같거나 말거나 네가 무슨 상관이야?"

"변태 같은 건 네가 변태 같은 건데 왜 나한테 짜증을 내? 요즘 너 맨날 짜증만 내더라. 꼭 부모님 이혼한 티를 내야겠니?"

"너도 부모님 이혼했잖아!"

"하지만 나는 너처럼 우울한 얼굴로 있으면서 하루 종일 짜증만 내진 않잖아. 너는 정말 여자친구 대하는 법 좀 배워야겠다."

리나를 뒤로 하고 선동은 상자를 들고 화장실로 왔다. 아직 수업 시작하려면 시간은 있었다. 칸 안에서 상자를 내려다보았다. 그 쉬운 마법도 제대로 못하고, 다들 바보야. 점수에도 안 들어가는 숙제를 왜 하겠다고. 누가 시키면 무조건 다 해야 하는 줄 아나, 선동은 생각했다.

그리고 상자를 열고 말했다.

"그 안에 있는 게 좋아?"

상자 안에는 예쁜 유니콘이 있었다.

아주 작은, 주먹보다도 작은 말이었다. 쪼그리고 앉아 잠들었던 유니콘은 고개를 들고 선동을 올려다보았다. 일어나서 몸을 흔들자 빛나는 파란색 털이 흔들렸다. 상자 밖을 내다보다가 마음에 안 들었는지 다시 상자 안에 몸을 웅크렸다. 선동은 손가락을 넣어 유니콘의 등을 살짝 쓰다듬었고, 유니콘은 곧 눈을 감고 잠이 들었다.

#

어젯밤, 선동은 침대에 누워서 울고 있었다. 그는 밤이면 가끔 울곤 했는데, 이유가 있을 때도 있고 없을 때도 있었다. 어젯밤에는 이유가 없었다.

어두운 방에 갑자기 푸른 불빛이 천장과 벽에 너울거렸을 때, 그는 울음을 멈췄다. 그건 창 밖에서 가끔 들어오는 자동차 헤드라이트 불빛과는 달랐다. 몸을 일으켜 한동안 푸른 불빛을 바라보다가, 늘 머리맡에 두는 마법 지팡이를 흔들어 불을 켰다. 창 밖에서 푸른빛이 나는 뭔가가 움직이고 있었다. 선동은 지팡이를 흔들어 창문도 열었다.

"뭐지?"

아주 작은 말이 창가에 있었다. 정말 작은 망아지였다. 선동이 놀라서 바라보는 동안 망아지는 창문을 넘어 안으로 들어왔다. 손을 내밀자, 망아지는 냄새를 한번 맡아 보더니 손바닥 위에 냉큼 올라왔다. 이제 형광등 불빛 밑에서 망아지를 자세히 보았다. 털은 밝게 빛나는 하늘색이었고, 갈기와 꼬리는 푸른색이었다. 눈은 검은색이고, 이마에는 하얀 뿔이 있었다. 그리고 얼굴을 가까이 댈수록 약한 꽃향기와 풀 냄새 같은 것이 났다.

손바닥 위에 서 있던 망아지는 한동안 기운이 없어 보였다가, 선동이 용기를 내서 천천히 쓰다듬었더니 기운이 났는지 손바닥 위에서 발을 굴렀다.

"내가 꿈을 꾸나."

선동은 중얼거렸다. 하지만 분명 꿈이 아니라는 건 본인도 잘 알고 있었다.

"너는 누구니?"

선동이 말을 걸자 망아지의 이마 한가운데의 뿔이 약하게 빛났다가 빛이 사라졌다.

"너, 정말 유니콘이야?"

선동이 쓰다듬으며 계속 말을 거는 동안 유니콘은 기분이 좋아졌는지 손바닥에서 펄쩍 뛰어 침대로 내려왔다. 이불 위를 뛰어다니다가 코를 이불 위에 문질러 보고는 다시 뛰었다. 선동은 그 모습을 멍하니 지켜보았다.

"유니콘은 마법국 동물 아니야? 유니콘이 여기서 뭐하는 거야? 여기는 한국이야. 마법이 없는 곳이야."

유니콘은 기운이 없어 보였다가도 선동이 쓰다듬으면 기운을 차렸다. 그래서 시간 가는 줄도 모르고, 뛰어다니는 유니콘을 지켜보다가 가끔 다가가 쓰다듬고 다시 지켜보았다.

유니콘은 침대 위에서 책상으로 뛰어 오르더니 책상 위를 탐색했다. 가방과 필통, 책을 지나서, 빈 종이 상자에 다가가 천천히 살펴보았다. 상자의 냄새를 맡아 보고 안을 들여다보더니 펄쩍 뛰어 안으로 들어갔다. 그러고는 나오지 않았다. 선동이 상자를 들여다보자 유니콘은 안에서 잠들어 있었다. 선동이 꺼내려고 하자 눈을 찌푸리며 고개를 흔들고 일어나지 않으려고 했다.

"거기가 좋아?"

잠든 유니콘에게 선동은 말했다. 그리고 거실에서 발소리가 들려서, 선동은 얼른 상자 입구를 덮어 유니콘을 가렸다. 발소리가 방으로 다가와서는 문을 열었다.

"잠 안 자고 뭐 하니?"

잠을 깬 아빠가 있었다. 화장실 가려다가 불이 켜져 있어서 열어보는 거라고 아빠는 말하더니, 왜 안 자느냐고 다시 캐물었다. 선동은 곧 잘 거라고 퉁명스럽게 말했다. 선동이 마법 지팡이로 불을 끄자, 아빠는 말했다.

"마법 쓰지 마라. 성적에 들어가지도 않잖아. 마법국으로 가서 마법사가 될 것도 아니고."

선동이 이불을 머리 위로 뒤집어쓰자 아빠는 문을 닫았다.

선동은 다시 일어나 상자를 가지고 와 베개 맡에 놓았다. 상자 입구를 열어 보니 유니콘은 아주 약한 푸른 불빛을 내며 잠들어 있었다.

"왜 아빠는 마음대로 문을 벌컥 여는 걸까?"

그가 묻자, 유니콘은 물끄러미 선동을 올려다보다가 곧 눈을 감고 다시 잠이 들었다.

"잘 자. 유니콘."

선동은 말하고 잠을 청했지만, 유니콘처럼 쉽게 잠이 오지 않았다.

#

구립 도서관의 데스크를 지키고 있던 사서는 초등학생을 올려다 보았다.

마르고 키는 크지만 아직 나이는 어려 보이는 소년이었다. 소년은 마법 책을 직접 열람할 수 없는 거냐고 반복해서 물었고, 사서는 그런 질문을 받았을 경우 하도록 되어 있는 대답을 말했다.

"마법 책은 사서가 꺼내 주도록 되어 있어. 마법국 법 때문에 그래. 열람하고 싶은 마법책을 말하면 내가 꺼내 주지. 무슨 책을 보고 싶으니?"

직접 열람할 수 없다는 말에 소년은 짜증이 난 표정이었다. 소년은 어깨에 큰 가방을 메고 상자를 손에 꽉 쥐고 있었다. 사서가 상자와 가방은 사물함에 넣어도 된다고 말하자 소년은 퉁명스럽게 대답했다.

"2열람실에 들어갈 거 아니면 그냥 들고 있어도 되잖아요. 여긴 1열람실이고요."

"그건 그렇지."

사서는 대답했다.

"책을 빌리면 도서관에 내가 빌렸다는 기록이 남나요?"

"그렇지…… 너 혹시 중학생이니?"

"아뇨. 은평초등학교 학생인데요. 왜 물어 보세요?"

"학생이 마법 책을 열람하겠다고 온 적이 없어서. 보통 어른들이 오니까. 학교 숙제 때문에 그러니? 여기 있는 책들은 어려운 마법 책들인데. 열람객들이 그렇게 말하더라. 학생이 읽을 만한 책은 학교에 있을걸."

사서의 말에 소년은 사서를 보지 않고 상자만 내려다보면서 중얼거리듯 대답했다. 마법 숙제가 있다, 마법이 잘 되지 않는다, 도서관의 마법 책에서 방법을 찾을 수 있을지 싶어서 와 봤다, 인터넷에는 엉터리 정보만 있다, 숙제가 어렵다, 그런데 성적에는 반영이 안 된다, 등등의 말이었다.

소년은 마지막으로 덧붙였다.

"하지만 내야 돼요. 숙제니까요. 점수에는 안 들어가지만, 아무튼 숙제니까 내야 돼요. 도서관에 『마법 주문 설계 개론』 있어요?"

사서는 컴퓨터로 검색한 다음 대답했다.

"없구나."

"『마법 이용 법률 및 규칙 예외 조항』은 있어요?"

"그것도 없다. 도서관 책 목록은 인터넷에서도 검색할 수 있는

데, 오기 전에 안 해 봤니?"

사서가 뭐라고 말하건 말건 소년은 계속 질문했다.

"『마법의 방향성 탐구』는 있나요?"

"없는데."

"그러면 어쩌지······ 『마법국 동물 백과사전』은 있나요?"

"그건 이 쪽에 있다."

그녀 옆에 앉은 젊은 남자 사서가 말했다.

"이 쪽으로 오면 책을 주마. 제1열람실에서만 봐야 한다. 사진 촬영도 안 돼."

그건 나도 알아요, 소년은 대답하고 남자 사서를 따라가다가, 가방과 상자는 놓고 오라는 남자 사서의 말에 난감한 표정이 되었다.

"내가 맡아 둘 테니까 데스크에 올려놔."

사서가 말해도 소년은 여전히 당황한 표정이었다. 한참을 망설이더니 가방과 상자를 내려놓았고, 남자 사서를 따라가는 동안에도 자꾸 상자를 돌아보았다.

사서는 소년이 조심스럽게 들고 있던 상자를 내려다보았다. 상자는 데스크 위에 얌전히 놓여 있었다. 머그컵이 들어갈 정도 크기의 작은 종이상자였다. 왜 상자를 가방에 넣지 않고 불편하게 계속 들고 있었을까? 안에 쉽게 깨지는 물건이라도 들어 있나? 생각하는데, 상자가 살짝 움직였다.

사서는 상자를 조용히 내려다보았다.

잠시 후 다시 상자가 움직였다.

설마 살아 있는 것이 들어 있진 않겠지, 고민하던 사서가 종이 상자를 향해 막 손을 뻗으려는 순간 소년이 돌아왔다.

"감사합니다."

남자 사서에게서 받은 책을 든 채로, 소년은 낚아채듯이 상자를 가져가고 그 다음 가방을 허둥지둥 메었다. 사서는 물었다.

"상자 안에는 뭐가 들었니?"

"머그컵이요."

"머그컵이…… 움직이는 것 같던데, 깨지지 않으려면 조심해야겠다."

"안 깨져요."

선동은 대답하고 얼른 사서에게서 등을 돌려 열람실의 빈 책상으로 다가갔다. 가방과 상자를 조심스럽게 내려놓고 자리에 앉았다. 가방으로 사서의 시선을 가린 다음 『마법국 동물 백과사전』을 읽기 시작했다. 마법국에 사는 다양한 마법 생물들에 대한 정보가 담긴 책이었다. 선동은 목차에 유니콘이 있는지 살피며 중얼거렸다.

"유니콘이 깨질 리가 없잖아."

#

"책을 찾아 봤는데 유니콘이라는 동물은 없대."

선동은 책상을 돌아다니는 유니콘을 쓰다듬으며 말했다.

"마법이 있는 세계에도 유니콘이 없다니, 당연히 있을 줄 알았거든. 그러면 너는 어디서 왔어? 어쩌다가 이렇게 먼 곳까지 온 거야? 그리고 마법국의 동물들은 사람처럼 말을 한다는데 너는 왜 말을 안 해?"

선동은 유니콘을 쓰다듬으며 말을 걸었지만 유니콘은 대답하지 않았다. 단지 기분이 좋아지면 주둥이나 몸 전체를 흔들 뿐이었다. 어떤 때는 털에서 더 강한 푸른빛이 나오고, 때로 잠시 무지개처럼 일곱 가지 색이 맴돌 때도 있었다. 꽃향기와 풀 냄새가 짙어질 때도 있었다. 하지만 말하지도 먹지도 않았다. 자주 종이 상자로 들어가 잠을 잤고, 해를 쬐고, 기운이 없어 보일 때는 선동이 쓰다듬어 주면 기운을 차렸다.

"쓰다듬으면 되니까 나야 편하지만, 아무것도 먹지 않는 동물이라니 이상하다."

선동은 과일부터 시작해 채소나 빵, 쌀 등등 온갖 것을 줘 봤지만 유니콘은 먹지 않았다. 문득 냉장고에 있는 초콜릿 생각이 나서, 선동은 방을 나와 부엌으로 갔다. 냉장고에서 초콜릿을 꺼내는데, 텔레비전을 보고 있던 아빠가 말을 걸었다.

"학원 안 가니?"

"이따가."

선동은 대충 대답했다.

"밥은 먹었어?"

"이따가."

얼른 방으로 들어와 문을 닫았다. 책상 위에서 자신을 올려다보는 유니콘에게 초콜릿을 작게 잘라 주었다.

"줘도 되는지 모르겠다. 개는 초콜릿을 먹으면 죽는대. 하지만 너는 개가 아니라 유니콘이니까 괜찮을 것도 같고."

유니콘은 냄새를 맡아 보더니 초콜릿 조각을 입에 넣었다. 그리고 한동안 오물거리다가, 잠시 후 입을 벌려서 무지개 광선을 허공에 쏟아냈다. 광선은 공중에서 폭발하면서 작은 폭죽처럼 튀어 오르는 불꽃을 만들다가 곧 사라졌다.

"우와."

신이 난 선동은 다시 더 큰 초콜릿 조각을 먹었고, 유니콘은 더 큰 무지개 폭죽을 쏘아 올렸다. 그 다음 계속 초콜릿을 줬지만 유니콘은 갑자기 먹지 않더니, 책상에서 침대로, 그리고 바닥으로 뛰어 내린 다음 창문으로 다가가 밖을 내다보았다.

"창문 열어 달라고?"

선동의 질문에 유니콘은 꼭 문을 열어 달라고 졸라대는 개나 고양이처럼 푸른색 꼬리를 흔들며 선동을 돌아보았다.

"나가려고 그래? 방충망은 안 열어도 되지? 떨어지면 위험해. 그런데 너는 어떻게 8층까지 올라왔어? 날아다니는 건 못 봤는데. 하지만 아무리 물어봐도 대답을 안 하니……."

선동이 창문을 열자, 유니콘은 방충망 너머의 하늘을 물끄러미 올려다보았다. 집에 가고 싶어서 그런 걸까, 선동이 생각하는데 갑자기 유니콘의 뿔이 희게 빛나기 시작했다. 형광등이 밝게 켜진 방에서도 확실히 보일 만큼 환하게 빛났다.

"뭐하는 거야?"

선동은 유니콘에게 물었지만 대답은 없었다.

"혹시 네 친구들에게 신호를 보내는 거야?"

선동이 다시 물었지만 대답은 없었다.

#

마법과목 선생님은 선동을 포함한 반 아이들에게 차근차근 설명했다.

"선생님이 사는 마법국과 여러분이 살고 있는 한국은 아직 교류를 시작한 지 오래 되지 않았고, 마법도 학교에서 정식 수업으로는 가르치고 있지 않습니다. 그래서 오늘 숙제도 점수는 매기지만 성적에는 들어가지 않고요. 학생들이 아직 마법이 낯설 텐데도 즐겁게 배우고 원리를 제대로 이해해서 기쁩니다. 마법을 공부하는 학생이 많아져서 언젠가 마법국으로 공부하러 오는 학생이 생겼으면 좋겠군요."

선생님이 설명하는 동안에도 선동은 온통 유니콘 생각뿐이었다. 가끔 책상 밑으로 손을 넣어 종이 상자를 쓰다듬었다. 빨리 쉬는 시간이 돼서 혼자 유니콘을 봤으면 하는 마음뿐이었다.

"질문 있는 학생 있어요?"

리나가 번쩍 손을 들더니, 대답해도 좋다는 허락도 없이 질문을 쏟아냈다.

"마법국에도 대학이 있나요? 마법국도 마법을 이과와 문과로 나누나요? 학교에서 마법을 배우면 잘하는 학생과 못하는 학생의 차이가 있나요? 그런 차이는 왜 생기나요? 하늘을 나는 마법은 있나요? 사람이 안 된다면 물건은 못 날리나요? 창문 여는 마법이 문여는 마법 보다 어려운 이유가 뭔가요? 마법국에도 자동차가 있나요? 있으면 석유로 달리나요, 전기로 달리나요, 아니면 마법으로 움직이나요? 마법으로 움직이는 자동차는……."

어휴 저 바보. 선동은 한숨을 쉬었다. 그런 건 첫 시간에 다 설명했는데 또 물어보는 이유가 뭐야? 마법 선생님은 당황하면서도, 좋은 질문이라고 리나에게 말한 후 하나씩 대답을 해나갔다. 한 귀로 흘려듣던 선동은, 문득 선생님의 말에 정신을 차렸다.

"이제 채점지가 날아갑니다."

선생님은 품에서 종이비행기를 여러 장 꺼내더니 허공에 날렸다. 종이비행기들은 학생들이 책상에 놓은 마법 발명품들에 날아가서 펼쳐져 종이가 된 다음 달라붙었다. 그리고 종이 위에 파란색 숫자로 점수가 표시되었다. 그게 마법을 채점하는 방식이라고 선생님은 말했다. 반 아이들이야 신기해했지만 선동은 정말 당황하고 말았다. 분명 숙제를 해 오지 않았고 책상에 아무것도 없는데, 종이비행기가 날아오더니 책상에 붙었다. 게다가 10이라는 숫자가 표시되었다. 10점 만점에 10점이었다. 숙제를 안 해 왔는데 왜 점수가 있지?

선동은 깨달았다. 채점지는 책상 안의 유니콘에게 점수를 매긴 것이다.

어쩌지? 유니콘을 들키면 안 된다. 왜 유니콘을 가지고 있는지 설명할 방법이 없다. 심장이 빠르게 뛰었다. 마법 선생님은 앞줄에 앉은 아이들에게 다가가 숙제를 살펴보았다. 곧 선동의 차례가 될 것이다. 상자를 어디 감출 수도 없다. 채점지가 계속 따라올 테니까. 들고 도망칠까? 아니다, 아직 시간이 있다. 리나가 자신의 숙제에 대해 선생님을 붙잡고 질문을 시작한 것이다. 왜 자신의 점수가 낮은지 이유를 묻고 있었는데, 멀리서 보이는 채점지에는 3점이라고 씌어 있었다. 분명 수도 없이 질문을 퍼부을 것이다. 선동은 마법 지팡이를 들고 생각에 잠겼다. 지금 당장 마법 발명품을 만들어야 한다면 뭘 만들 수 있을까?

선동에게 다가온 선생님은 말했다.

"10점이네. 훌륭해요 강선동 학생, 이 상자는 무슨 발명품이지?"

10점이라는 말에 반 아이들 모두 선동을 돌아보았다. 선동은 선생님을 올려다보고 설명했다.

"속이 들여다보이는 종이 상자요."

마법 선생님은 덩치 큰 중년 남자였다. 머리카락은 은색과 회색과 흰색이 뒤섞여 있어서, 평범한 선생님처럼 옷을 입고 있어도 마법국 사람인 티가 나는 것 같았다. 옷에는 마법국 공무원이라면 모두 하고 있는 초록색 배지를 달고 있었다.

"이렇게 하면 투명해져요."

선동은 종이 상자의 위를 툭 쳐 보였다. 상자의 윗면이 투명해지면서 안에 아무것도 없는 빈 상태가 보였다. 선동은 설명했다. 이렇게 툭 치면, 다시 원래대로 돌아오고요. 위 말고 상자 옆을 쳐도 마찬가지에요. 한 번 치면 속이 들여다보이고, 다시 치면 원래대로 돌아와요. 상자를 열지 않고도 안에 뭐가 들었는지 알 수 있어요.

선생님은 말했다.

"훌륭하구나. 만점 받을 만한 마법이다. 이것과 비슷한 마법은 있어. 보통은 마법 지팡이에 마법을 걸어서, 지팡이로 상자를 툭 치면 안이 보이는 마법을 많이 쓴다. 이건 상자 자체에 마법이 걸려 있구나. 좋은 아이디어다."

"안에 뭐가 들었는지 궁금하면 그냥 상자를 열어서 보면 되잖아요."

언제 다가왔는지 리나가 옆에 와서 괜히 트집을 잡았다. 선동은 화를 냈다.

"위에 물건이 쌓여 있을 때도 있잖아. 너는 3점 받았으면 가만히 있어. 나는 10점이야."

여자 친구 상대하는 법 좀 배우라고 리나가 그에게 신경질을 내는 동안, 선생님은 말했다.

"투명 마법은 아주 어려운데, 어른들도 어렵다. 아주 잘했어."

선생님은 선동 뒷자리의 학생에게 향했고, 학생이 왜 자신은 0점인지를 묻자 선생님이 설명을 시작했다. 그리고 리나가 옆에서 참견을 놓았다. 그 동안 선동은 얼른 상자를 책상에 넣었고, 수업이 끝날 때까지 계속 상자만 붙잡고 있었다.

#

얼른 집으로 돌아가서 유니콘을 보고 싶은 마음에, 선동은 빠른 걸음으로 길을 걷고 있었다. 오늘 저녁에는 학원에 가야 하니 시간이 많지 않았다. 대신 밤에는 같이 놀 수 있었다. 생각만 해도 신이나는 일이었기 때문에 선동은 걸음을 서둘렀다.

그리고 아파트 단지 입구에서 경찰차를 보았다.

차 옆에는 두 남자가 서 있었다. 한 명은 경찰이었고, 다른 한 명은 마법국 사람이었다. 검은색 정장을 입고 가슴에 초록색 배지를 붙인 옷차림이 마법 과목 선생님과 비슷해서, 그리고 남자의 주변에 종이비행기 대여섯 개가 맴돌면서 날아다니고 있어서, 아마 마법국 사람일 것이라고 선동은 짐작했다.

종이비행기들은 일제히 선동을 향해 날아오더니 가방에 찰싹 달라붙었다. 경찰과 남자는 선동을 돌아보았다.

"학생!"

마법국 남자가 선동에게 외쳤다.

"학교에서 마법 배우니?"

"네."

"마법 수업 있었나보구나?"

"네."

남자는 자신을 마법국에서 온 공무원이라고 말했다. 근처에서 마법 물품을 잃어버렸는데, 종이비행기가 물품을 추적하는 중이라고 했다. 종이비행기는 마법이 걸린 물건은 무조건 추적하는데, 아마도 선동의 마법 지팡이를 따라온 것 같다고, 가방에 마법 지팡이가 있냐고 물었다. 선동은 그렇다고 고개를 끄덕였다. 설마 가방 안을 보자고 하진 않겠지, 선동은 생각했다. 유니콘이 가방에 있었기 때문이었다.

"내가 학교 다닐 때는 마법을 안 배웠는데."

경찰은 마법 지팡이라는 단어에 굉장히 큰 호기심을 보였다.

"마법 지팡이는 어떻게 생긴 거냐? 좀 보여줘라."

"그냥 지팡이랑 똑같아요."

"지팡이는 문방구에서 팔아?"

"학교에서 그냥 줍니다."

어떻게 알고 있는지 마법국 공무원이 선동 대신 대답했다. 경찰이 자꾸 보여 달라고 해서, 선동은 가방을 열어서 마법 지팡이를 꺼냈다. 그러지 않으면 빨리 보내 주지 않을 것 같았다. 경찰이 지팡이를 들어서 이리저리 휘둘러 보는 동안, 공무원은 말했다.

"혹시 최근에 근방에서 파란색 작은 불꽃이 날아다니는 것 못 봤니? 크기는 남자 주먹 정도 되고…… 아니다 그것보다는 작겠구나. 혹시 못 봤어?"

선동은 못 봤다고 대답했다. 거짓말은 아니었다. 유니콘을 말하는 건 알았지만, 유니콘이 날아다니는 건 선동도 못 봤던 것이다. 경찰은 지팡이를 돌려주었고, 선동은 얼른 가방에 넣었다. 그리고 가방을 닫으려는데, 공무원이 대뜸 물었다.

"뭔데 10점을 받았냐?"

종이 상자에 붙은 채점지를 보더니 공무원이 가방에 손을 넣어 상자를 꺼냈다. 선동은 버럭 소리쳤다.

"내 거니까 건들지 마!"

그리고 상자를 얼른 낚아채서 가방에 넣었다.

"궁금해서 물어본 거야."

공무원은 말했다. 마법 숙제 아니냐고, 10점이면 만점일 텐데 무슨 숙제인지 궁금하다고 말했다. 그리고 혹시 은평초등학교를 다니는지, 그 곳의 마법 선생님을 아는지를 물었다. 머리는 희고 두꺼운 뿔테 안경을 쓴 덩치 큰 중년 남자라고 말했을 때, 선동은 공무원이 마법 선생님을 정말 알고 있는 것에 놀랐다. 하지만 더 이상 신경 쓰고 싶지 않았다. 선동이 아무 말 않고 가만히 있자 공무원은 미안하다면서 이만 가 보라고 말했다.

"지나가는 사람한테 함부로 가방 열어 보라고 하지 말아요."

선동은 그들에게 쏘아붙이고는 아파트 단지로 들어왔다. 아파트로 들어와 엘리베이터를 타고 나서야 안심이 되었다. 조금 진정이 되자, 그는 공무원에게 상자를 뺏을 때 이성을 잃고 너무 세게 잡아당겼다는 생각이 들었다. 상자가 지나치게 흔들린 것이다. 그래서는 안 되는 거였는데.

선동은 가방에서 상자를 꺼내 안을 들여다보았다.

"유니콘."

처음에는 유니콘이 여전히 잠들어 있는 줄만 알았다. 선동이 불렀지만 유니콘은 움직이지 않았다. 계속 불러도 고개를 들어 선동을 보지 않고, 푸른색 빛도 없었다.

"유니콘……."

선동은 허둥지둥 집으로 들어왔다. 아무도 없는 집에서 가방을 내팽개치고 상자만 계속 들여다보았다. 천천히 유니콘을 꺼냈지만 여전히 움직이지 않았다. 초콜릿을 쥐도 반응이 없었다. 아무리 쓰다듬어도 일어나지 않았다.

"어쩌면 좋지……."

\#

선동은 숨을 헐떡이며 가게 간판을 올려다보았다.

"고양이네 마법 용품 상점……."

인터넷으로 검색해 찾은 집에서 가장 가까운 마법 상점이었다. 이 곳에는 마법국에서 파는 물건들이 있고 특히 동물들을 위한 희귀한 상품이 많다고 하니 유니콘에게 듣는 약도 있을지 모른다. 상자를 꽉 쥔 채 창문 너머로 가게 안을 들여다보았다. 진열된 물건들의 가격표를 보니 생각보다 아주 비쌌고, 아예 마법국 돈만 받는다는 표시가 붙은 것도 있었다. 유니콘에게 줄 약이 있더라도 너무 비싸면 못 살 텐데, 선동은 생각했다. 그래도 들어가 보자. 유니콘에 대해 뭐라도 물어 볼 순 있겠지.

그런데 가게에는 아무도 없었다. 닫을 시간이 다 됐나? 하지만 아직 밤늦은 시간은 아닌데. 가게 안을 돌아다니며 선반 위에 놓인 인형들을 죽 살펴보다가, 선반에 앉아 있던 고양이와 선동의 눈이 마주쳤고, 선동은 소스라치게 놀랐다.

"무슨 일이냐?"

선반에 앉은 고양이가 말을 걸었던 것이다. 그가 아무 대답 없자 고양이는 말했다.

"고양이가 말을 해서 놀랐니?"

놀랐으면서도, 선동은 아니라고 거짓말했다. 고양이는 피식 웃었다.

"놀랐구면."

"아니야."

"놀랐는데?"

"아니라니까!"

뛰어오느라 힘들었던 탓에 숨을 헐떡이면서 선동은 소리쳤다.

"그런데……고양이가 왜 말을 하는 거야?"

"마법국 동물은 사람처럼 말하는 거 몰라?"

"너 마법국 고양이야?"

"그렇지."

"그럼, 네가 이 가게 주인이야?"

"아니. 주인은 따로 있어. 대신해서 잠깐 봐주고 있지. 뭐 사러 왔냐?"

고양이는 앞발을 들어 수염을 쓰다듬으며 말했다.

"여기 약도 팔아?"

"무슨 약?"

"동물이 먹는 약."

"동물이 어디가 아픈데?"

"그게…… 잠에서 깨질 않아."

"잠이 깊이 들었나 보지."

"아니, 그게 아니라, 잠이 들었는데, 깨질 않아. 꼭 죽은 것처럼."

"그럼 죽었나 보지."

"안 죽었어!"

선동이 짜증을 내자, 고양이는 고개를 갸웃하더니 꼬리를 이리저리 흔들었다.

"누가 잠에서 안 깬다는 거야?"

"유니콘."

"유니콘?"

고양이는 얼굴을 찌푸리며 되물었다.

"유니콘이 세상에 어디 있어? 유니콘은 상상 속의 동물이잖아."

"왜 없어? 마법국에 유니콘 있잖아."

"없다니까."

"드래곤은 있잖아."

"옛날에 있었지. 하지만 아주 오래 전 일이야. 마법사들이 다 죽여서 지금은 없어."

"드래곤은 있는데 유니콘은 없어?"

"그래."

"왜 없어?"

"아까 말했잖아, 유니콘은 상상 속의 동물이라고."

"그런 게 어딨어?"

"어딨긴 어딨어 여기 있지."

고양이는 눈을 가늘게 뜨고 선동을 내려다보았다.

"너보고 누가 유니콘 약을 사 오라고 하더냐?"

"아빠가……."

그 질문을 받으면 어떻게 대답해야 좋을지 준비를 해뒀지만 막상 하려니 잘 나오지 않았다. 그러나 선동의 서툰 대답을 고양이는 그대로 믿었다.

"장난이 심한 아버지를 뒀구나. 혹시 약 사오라고 돈 줬어? 그러면 저기 있는 개 비타민 샘플 공짜니까 몇 개 집어 가서 그걸 약이라고 말하고 아버지 드려. 돈은 네가 그냥 갖고."

"나보고 사기를 치라고?"

"뭐 어때, 장난은 네 아버지가 먼저 쳤는데."

고양이는 선동을 이리저리 훑어보더니 말했다.

"너 마법 걸린 물건 가지고 있냐?"

"왜?"

"마법이 강하게 느껴지는데. 고양이의 꼬리는 마법을 알아보거든. 가방에 뭐가 들었지?"

안 그래도 아까부터 계속 흔들고 있던 꼬리를 더 세게 흔들면서 고양이는 말했다. 마법 상자를 꺼내서 보여 줘야 하나, 아니면 그냥 무시할까 고민하는데 고양이가 말했다.

"아니, 말하지 마. 내가 맞혀 볼 게. 뭐가 있냐면……."

고양이는 눈을 감고 깊이 생각하더니, 그대로 잠이 들었다. 고개를 발 위에 얹고 천천히 숨을 들이쉬고 내쉬다가 곧 코를 골기 시작했다. 선동은 어이가 없어서 중얼거렸다.

"뭐 이런 고양이가 다 있지."

잠든 고양이를 그대로 두고, 가게를 둘러보며 약을 찾았다. 많은 물건이 있었지만 대부분은 장난감이고, 약처럼 보였던 것들도 다 간식이나 비타민이라는 것을 깨닫고 실망했다. 혹시 유니콘이 과자를 안 먹어서 잠에서 깨지 않는 건가도 잠시 생각해 보았다. 그때 진열대 옆의 문이 살짝 열려 있는 것을 발견했다.

파란색 분필로 숫자 33이 크게 써진 문이었다. 그저 가게 뒤 쪽으로 나가는 문인 줄만 알았다가, 문 사이로 보이는 풍경을 보고 그렇지 않다는 걸 알았다.

선동은 문 너머를 보고 놀라서 입을 벌렸다. 그가 한 번도 본 적 없는 이상한 도시가 있었다. 가로등만 군데군데 켜진 조용한 도로에 풀이 잔디밭처럼 자라 있었다. 게다가 건물 벽에도 풀이 자라고 있었는데, 이상하게도 군데군데 헌 옷들이 붙어 있었다. 가로등도 자세히 보니 꼿꼿이 선 나무에 전등이 꽃이나 열매처럼 피어서 매달려 있었다.

선동이 본 적 없는 도시라면 단 한군데 밖에 없을 것이라 확신했다.

"마법국이다."

선동은 뒤를 돌아보았고, 고양이는 여전히 잠들어 있었다. 마법국으로 가면 유니콘 약을 파는 약국도 있을 것이다. 선동은 상자를 열어 안을 들여다보았다. 유니콘은 여전히 잠들어 있었다. 선동은 가방에 상자를 넣고, 큰 문을 열고 너머로 살짝 발을 내딛었다.

#

"신기하다……."

그는 마법국의 땅을 밟고 공기를 들이마셨다. 도시는 한밤중처럼 조용했다. 늘 자동차 다니는 소리나 정체를 모를 굉음이 들려오는 서울과 달랐다. 둘러봐도 자동차가 보이지 않았고, 길도 인도와 차도가 구별되어 있지 않는 것 같았다. 간혹 바람 소리와 함께 풀벌레 소리가 들렸다. 공기에서는 마치 숲처럼 풀과 나무 냄새가 났다. 길의 보도블록에는 돌 사이마다 풀들이 자라고 들꽃도 많이 피어 있었다. 건물들은 아파트 같이 생겼지만 아주 높지 않았고 높아봐야 5, 6층 정도로 보였다. 그리고 규모도 작았다. 그런 집들이 보

기 좋게 옹기종이 모여 있었다

문틈 사이로 본 대로, 맞은편 건물 벽에 군데군데 헌 옷이 붙어 있었다. 왜 건물 벽에 옷을 붙여 놓았을까? 신기해서 건물들을 올려다보는데 등 뒤의 문이 쾅 닫혔다.

놀란 선동이 손잡이를 잡아당겼으나 열리지 않았다. 안에서 잠겼나? 어떻게 열지? 안 열리면 어떻게 가게로 돌아가지? 그 때 어디선가 나타난 아저씨가 다가와서는 그를 밀치며 말했다.

"비켜라."

풍기는 냄새로 봐서 아저씨가 술에 취해 있는 것 같았다. 아저씨는 호주머니에서 마법 지팡이를 꺼내더니 문에 숫자를 썼다. 분명 마법 지팡이로 숫자를 썼는데도 붉은색으로 숫자가 문에 표시되었다. 45527. 그리고 지팡이로 문을 두들기자 문이 열렸고, 아저씨는 문을 닫고 너머로 사라졌다.

선동은 가게 문에 쓰여 있던 글자 33이 기억났다.

"이런 때 쓰는 숫자인가."

가방에서 마법 지팡이를 꺼내 문에 33을 썼더니 파란색으로 글자가 써졌다. 지팡이로 두들기자 문이 열렸고, 그 너머에서는 여전히 고양이가 선반 위에 잠들어 있었다.

돌아가는 방법을 알았으니 됐어. 선동은 문을 닫고, 들꽃이 핀 인도를 걷기 시작했다. 건물 벽에는 군데군데 파란색 혹은 흰색 붉은색 분필로 쓴 것 같은 숫자들이 적혀있고, 가끔은 바닥에도 동그라미가 그려져 있고 복잡한 글자와 숫자가 적혀 있었는데 아마도 마법 주문을 써 놓은 것 같았다.

그리고 사람은 거의 보이지 않았다.

"이 곳은 진짜 한밤중일까."

선동은 마법국의 길을 전혀 몰랐다. 동물 병원으로 가려면 행인에게 물어보는 수밖에 없는데 도대체 사람이 없었다. 무작정 길을 걷고 걷다가 간신히 행인을 만났지만, 미처 다가가서 길을 물어볼 틈도 없이 행인은 마법 지팡이로 벽을 두들기더니 문을 열고 사라졌다.

선동은 사방을 둘러보다가 자신이 인적이 드문 조용한 길에 혼자 있음을 깨닫고 겁을 먹었다. 지금 이 곳이 새벽이라면 위험하다. 강도가 있을지도 모른다. 다른 무슨 위험한 일이 일어날지 모른다.

"침착하자."

선동은 중얼거렸다. 몇 년 전, 처음 아파트로 이사 왔을 때가 떠올랐다. 아파트 단지 지하 주차장을 통해 집으로 가는데, 어느 방향이 선동이 사는 단지인지 몰라 오래 헤맨 적이 있었다. 이러다가 아파트 안에서 길을 잃는 건 아닌지 겁을 먹을 정도였다. 경비 아저씨나 어른들에게 물어 보면 되는 걸 그러지 못하고 계속 헤매다가 간신히 집이 있는 단지를 찾았다.

"그것 때문에 나중에는 아빠 엄마보다 아파트 안의 길을 더 잘 알았잖아."

그 때 쿵, 쿵 소리가 들렸다. 낮게 울리는 소리였다. 아주 큰 무언가가 길을 걸어가는 것 같은 소리였다. 선동은 소리를 향해 고개를 돌렸고, 자신도 모르게 걸음을 옮기기 시작했다. 쿵, 쿵 소리는 점점 가까이 다가왔다. 모퉁이를 돌았을 때, 아주 큰 동물이 길을 가로질러서 지나갔다. 선동은 긴 목과 긴 다리가 움직이는 모습을 보면서도 믿어지지 않았다. 기린이었다. 기린이 도로를 걷고 있었다.

선동은 길을 달려 기린의 뒤를 따라갔다. 모퉁이를 돌자 천천히 걷고 있는 기린의 뒷다리가 보였다. 건물 3층 높이만한 기린이 어두운 밤중의 길을 걷고 있는 모습에 선동은 마음을 완전히 빼앗겼다. 그는 뒤를 따라가며 외쳤다.

"잠깐만요!"

선동이 불러도 기린은 멈추지 않았다가, 바로 옆에까지 따라 붙어서 소리를 치자 그제야 걸음을 멈추고 긴 목을 구부려 내려다보았다. 기린을 올려다보던 선동은, 기린 위의 하늘에서 구름들이 마치 기린을 따라오듯이 흘러오는 모습을 보았다.

기린이 말했다.

"무슨 일이지?"

선동은 더듬더듬 대답했다.

"저…… 동물 병원으로 가려면 어디로 가나요?"

"동물 병원은 이 쪽으로 가면 된다."

기린은 고개를 돌려 그가 걸어온 방향을 가리켰다. 감사합니다, 선동이 말하자 기린은 대답했다.

"천만에."

그리고 기린은 머리 위의 구름들을 이끌며 천천히 걷기 시작했다. 그 광경을 지켜보던 선동은 기린이 완전히 길 너머로 사라진

다음에야 동물 병원을 향해 걸음을 서둘렀다.

#

"동물 병원이 아니라……."

선동은 걸음을 멈췄다.

"동물원이잖아."

커다란 문 위의 간판에 분명히 쓰여 있다. 동물원. '동물 병원'이
아니라 동물원이었다. 왜 동물원이 있지? 기린이 동물원이라고 잘
못 듣고 길을 가르쳐 준 걸까? 그렇다면 완전히 잘못 온 거잖아.

"학생, 야간 개장은 끝났어요. 돌아가요."

누가 말을 걸었다. 문 뒤에서 누군가 걸어 나왔는데, 처음에는
아주 작은 사람인 줄 알았다가, 가까이 다가왔을 때 자세히 보고
알았다. 원숭이였다. 얼굴에 안경이 달린 것 같은 무늬가 있는 원
숭이였다.

선동은 말했다.

"저, 동물 병원을 찾고 있는데요."

"동물 병원이라면 열려 있죠."

원숭이가 동물원 입구를 가리켜서, 선동은 되물었다.

"동물원 안에 동물 병원이 있나요?"

"그렇죠. 동물원이니까."

당연한 것 아니냐는 투로 원숭이가 말했다. 안경원숭이는 '안내'
라고 글자가 적힌 모자를 쓰고 있었다. 멍하니 쳐다보는 선동에게

원숭이가 말했다.

"학생, 사람이 동물 병원에는 왜 왔어요?"

"제가 아픈 게 아니라 유니콘이 아파서요."

"유니콘? 유니콘은 동물 병원에 오면 안 되죠."

"하지만 유니콘이 잠들어서 일어나질 않아요."

선동은 가방에서 상자를 꺼내서 유니콘을 보여 주었다. 안경 쓴 원숭이는 선동을 물끄러미 올려다보더니 말했다.

"학생은 어디서 왔어요?"

뭐라고 대답해야 좋을지 몰라서 입을 다물었다. 원숭이는 말했다.

"유니콘을 위한 병원은 동물원에는 없어요. 저기 보이는 가로등에서 모퉁이를 돌면 가게가 바로 보일 거예요. 지금도 열었을 거예요, 밤늦게 까지 하니까."

"감사합니다."

선동은 얼른 원숭이에게 인사하고 뛰었다. 등 뒤에서 원숭이가 외치는 소리가 들렸다.

"그런데 학생, 집으로 가는 길은 알고 있어요? 곧 비가 올 텐데 빨리 돌아가요."

하지만 대답하지 않고 달렸다. 달려가는 동안 바람이 점점 세게 불면서 안개가 몰려왔다. 비 오기 전의 물 냄새 같은 것이 바람 속에서 나기 시작했다. 모퉁이를 돌자 원숭이가 말한 가게가 보였다. 아마도 시내 중심가 같은 곳인지 가로등도 더 많고 가게들도 모두 불이 환하게 켜져 있었다. 길에는 사람들도 많았다. 선동은 행인들 사이를 뛰어 가게로 가다가, 갑자기 걸음을 멈췄다.

〈매직 랜드 장난감 가게〉

"장난감 가게."

최고의 장난감이 있는 곳. 가장 빨리 신제품을 만나 보세요. 할인 중. 선동은 그런 글자들을 읽었다.

쇼윈도 너머에 수많은 인형과 장난감이 있었다. 작은 도마뱀들이 불을 뿜으면서 날아다니고 있는 모습을 보다가, 도마뱀이 아니라 작은 크기의 드래곤인 것을 깨달았다. 솜과 헝겊으로 만든 곰과 토끼 고양이 인형들이 가게 안을 돌아다녔고, 곰 인형 몇이 선동을 보고는 반가운 듯이 손을 흔들었다. 종이로 만든 꽃과 나무가 가게 곳곳에 장식되어 있었는데, 음악에 맞춰 춤추듯이 천천히 몸을 흔들었다. 그리고 유니콘이 있었다. 분홍색, 노란색, 하늘색 유니콘들이 쇼윈도 너머에서 날아다니고, 바닥에 내려앉아 돌아다니다가 잠을 자고, 다시 일어나 서로 코를 비볐다. 바닥에 떨어져 있는 사탕을 집어먹고는 허공에 무지개 폭죽을 뱉었다. 아이들 주먹 크기에서 키가 아이들 무릎까지 올라오는 크기까지 크기도 모양도 털색깔도 다양했다. 그 중 몇 유니콘이 선동을 보더니 유리 앞으로 다가왔다. 유니콘의 몸에 이런 종이쪽지가 붙어 있었다. '마법으로 작동하는 인형입니다.'

가게 문이 열리고, 주인이 고개를 내밀고는 선동에게 물었다.

"뭐 사러 오셨나요?"

선동은 등을 돌리고 뛰기 시작했다.

#

선동이 문을 열고 집으로 들어갔을 때 현관에 처음 보는 신발이 있었다.

평소에는 아빠의 것과 선동의 것만 있었는데, 오늘은 모르는 신발이, 아빠보다 훨씬 발이 큰 남자의 신발이 있었다. 그리고 낯익은 목소리가 집 안에서 들렸다. 거실로 들어가니 마법 선생님이 소파에 앉아 아빠와 대화 중이었다.

"선동이 왔구나."

선생님은 말했다. 선동은 다가가 아빠 옆에 앉았다. 아빠는 왜 그렇게 땀을 흘리는지를 물었다. 선동은 대답하지 않았다. 선생님이 달라고 해서 선동은 가방을 건넸고, 선생님이 가방을 열고 안에서 종이 상자를 꺼내는 모습을 지켜보았다.

"오늘 학생이 만점을 받았습니다."

선생님은 종이 상자의 옆을 톡 쳤고, 텅 비어있는 상자 안이 보였다.

"선동 학생의 발명품인데, 툭 건드리면 안이 들여다보이고 다시 건드리면 보이지 않습니다. 아주 훌륭한 발명품입니다. 투명 마법은 어른들도 아주 어렵거든요. 그런데 여기에 마법이 하나 더 걸려 있더군요. 상자 안에 아무것도 없는 것처럼 보이는 환상 마법이 같이 걸려 있었습니다."

선생님은 상자 입구를 열었다. 안은 텅 비어 있는 것처럼 보였지만, 선생님이 안에 손을 넣자 유니콘이 나타났다. 그는 유니콘을 조심스럽게 꺼내서 손바닥에 올려놓았다.

선동의 아버지가 놀라서 물었다.

"그게 뭡니까?"

선생님은 대답 대신 선동에게 물었다.

"강선동 학생, 유니콘을 언제 봤어요?"

선동은 사흘 전 창 밖에서 나타났다는 이야기, 그 동안 자신이 데리고 있었다는 이야기, 그리고 갑자기 잠들어서 일어나지 않는다는 이야기까지 천천히 말했다. 설명을 들은 선생님은 되물었다.

"강선동 학생, 유니콘이 살아 있는 동물이 아닌 건 알고 있죠?"

선동은 고개를 끄덕였다.

선생님은 선동의 아버지에게 설명했다.

"학생의 마법 상자에 유니콘이 들어 있는 건 알고 있었습니다. 학생이 학교에 장난감을 가져온 사정이 있을 것 같아 말은 하지 않았습니다만. 그리고 오늘 친구에게 이런 말을 들었죠, 마법으로 움직이는 장난감을 한국에서 팔아보려고 한국 회사들과 미팅 중인데, 샘플로 가져온 장난감을 며칠 전에 잃어버렸다고요. 경찰에게까지 부탁해서 찾고 있다나요. 그 말을 듣고 나니 학생이 가지고 있던 유니콘이 친구가 잃어버린 유니콘이 아닐까 해서 오늘 와 봤습니다."

선동이 보기에 아빠는 선생님의 설명을 잘 이해하지 못하는 눈치였다. 한동안 유니콘을 골똘히 들여다보더니, 아빠는 말했다.

"그러니까 이 조랑말이 마법으로 움직이는 장난감이라는 거죠?"

"그렇습니다."

"그걸 선동이가 주워서 가지고 있었고요."

"네."

"지금은 장난감이 안 움직이네요? 고장난 겁니까?"

"아뇨. 마법이 완전하지 않아서 그렇습니다. 아직 개발 단계 중이거든요. 때문에 자주 잠이 들고, 어떤 때는 죽은 것처럼 멈춰서 움직이지 않습니다. 다시 움직이려면 새로 마법을 걸어야 됩니다. 이를테면 컴퓨터를 부팅하듯이."

"죽은 줄만 알았어요."

선동이 말하자, 선생님은 유니콘을 잘 보관해 줘서 고맙다고 말했다. 그리고 선생님이 유니콘을 자신의 옷 호주머니에 넣으려고 해서 선동은 외쳤다.

"안 돼요. 유니콘은 내 거에요."

선동은 재빨리 선생님의 손에서 유니콘을 낚아챘다. 그리고 얼른 소파에서 일어나 선생님에게서 멀리 떨어졌다. 선동의 행동에 당황한 아빠는 얼른 선생님에게 돌려 드리라고 말했지만, 선동은 안 된다고 맞섰다.

"유니콘은 내 거예요."

선생님은 말했다.

"강선동 학생, 학생 마음은 이해하지만, 유니콘은 많은 사람들이 오랫동안 공들여 만든 장난감이란다. 그게 없으면 어른들이 난처해져."

"그건 내 알 바 아니에요."

"유니콘을 잘 보관해 줘서 고맙다. 어른들도 그렇게 생각할 거야. 하지만 이제 주인에게 돌려줬으면 한다."

"애초에 잃어버리지 말았어야죠!" 선동은 소리 질렀다. "마음대로 잃어버려 놓고서 미안하다는 말만 몇 마디 하면 돌려받을 줄 알았어요? 안 돼요! 유니콘은 내 거예요."

"너는 그깟 인형 하나 가지고 왜 그러니?"

아빠가 화를 내자, 선동은 외쳤다.

"유니콘은 내 거야!"

그리고 선생님이 조용히 말했다.

"그깟 인형은 아닙니다. 아름다운 인형에 정교한 마법이 걸린 훌륭한 발명품입니다."

아빠는 한동안 난처한 표정으로 머뭇거리다가 말했다.

"그러면……인형을……아니, 유니콘을……구입할 수는 없습니까?"

"시제품이라서 곤란합니다."

선생님은 대답했다.

"미리 주문했다고 셈치고 가지고 있으면 안 됩니까? 돈을 드리겠습니다. 얼마나 하나요? 많이 비싼가요?"

"비싼 물건은 아닙니다. 누구나 쉽게 구할 수 있는 물건입니다. 문제는 가격이 아닙니다. 마법국의 법 때문에 한국의 지폐로는 구입 못합니다. 마법국 화폐 가지고 계십니까?"

"그건……어떻게든 구해 오겠습니다."

"돈을 왜 줘요? 유니콘은 내 거예요."

선동은 말했고, 선생님은 잠시 말이 없었다. 아빠도 마찬가지였다. 거실에는 유니콘을 든 채로 씩씩거리는 선동의 숨소리만 들렸다.

마침내 선생님이 빈 상자를 집어 들며 말했다.

"이 상자 말이다. 투명 마법과 환상 마법을 같이 쓰긴 정말 어렵지. 그런데 상자를 사용하기는 쉽다. 누구나 상자를 두들겨서 마법을 걸고 해지할 수 있지. 보이지 않도록 물건을 감추는 상자라는 착안도 재미있고. 마법을 배운 지 얼마 안 된 초등학생이 만들었다니 믿어지지 않는 놀라운 수준의 발명품이야."

"다들 바보에요."

선동은 말했다.

"창문 하나도 못 열고…… 불도 못 켜고…… 이까짓 마법이 뭐 어렵다고…… 다들 바보에요."

선생님은 고개를 끄덕였다.

"그래. 너는 정말 똑똑한 아이다. 그러니 이 발명품을 사고 싶구나. 그러면 유니콘을 주마. 네 마법과 우리 마법을 교환하는 거다. 어떠니? 마법국에 한번 방문해 줬으면 좋겠다. 그 때 유니콘도 같이 데리고 와라."

"유니콘은 내 거예요."

"빼앗지 않을 테니까 걱정 마라. 잘 지내는지 우리가 궁금해서 그래. 그리고 회사 사람들에게 종이 상자 마법도 설명해 줄 겸 말이야."

선생님은 안주머니에서 마법 지팡이를 꺼내더니 선동을 향해 흔들었다. 순간 유니콘에게서 아주 약하지만 푸른빛이 나오기 시작했다.

"몇 시간 후면 일어날 거다."

그리고 선동의 아빠에게 나중에 연락하겠다는 말을 인사와 함께 남기고는, 선생님은 종이 상자를 들고 떠났다.

#

안녕, 안녕, 안녕.

어디선가 들리는 목소리에 선동은 눈을 떴다.

"안녕?"

몸살 기운이 있어서 아버지가 준 아스피린을 먹고 침대에 누워 있다가 잠시 잠이 들었다가 목소리를 들은 것이다.

눈을 비비며 방을 돌아보자, 책상에 놓아 둔 유니콘이 선동을 향해 말을 걸고 있었다.

"안녕?"

유니콘은 말했다. 잠에서 깬 유니콘은 이 전보다 털도 밝게 빛나고, 뿔에서도 빛이 나고 있었다. 말을 하는구나, 선동은 일어나서 유니콘을 바라보았다. 선생님이 건 마법 덕분에 이제 유니콘이 완전하게 작동하는 것 같았다. 유니콘이 작은 입을 벌릴 때마다 사람 목소리로 말을 하는 것이 신기해서, 선동은 유니콘을 계속 지켜보았다.

유니콘은 책상 끝까지 다가오더니 선동을 올려다보며 말했다.

"너는 누구니?"

"내 이름은 선동이야."

"나는 유니콘이야."

선동이 손을 뻗자 유니콘은 냉큼 그의 손바닥 위로 올라왔다. 선동은 유니콘을 쓰다듬으며 말했다.

"너는 정말 귀엽게 생겼다."

"응."

알아듣는 건지 아닌지 모를 대답을 하고는 이렇게 말했다.

"나는 이제 자야 돼."

유니콘은 하품을 했다. 선동도 피곤했다. 시계를 보니 늦은 시간이었다. 열은 이제 내린 것 같았다. 여전히 몸은 피곤해서, 마법국에서 너무 오래 헤맸나 보다고 선동은 생각했다. 이제 그만 자야 한다. 내일 학교도 가야 하니까.

"나 자는 동안 옆에서 지켜 줄래?"

유니콘이 말했고 선동은 그러겠다고 대답했다. 베개 옆에 내려놓자 유니콘은 몸을 웅크리고는 말했다.

"잘 자, 선동아."

"잘 자, 유니콘."

유니콘은 곧 잠들었다. 선동은 유니콘을 쓰다듬다가 마법 지팡이를 휘둘러 불을 껐다. 어두운 방에서 유니콘의 털이 푸르게 빛났다. 선동도 침대에 누웠고, 이번에는 깊고 편하게 잠이 들었다.

박애진

우리 반에 늑대인간이 있다

교복을 입던 시절 나는 내가 조금 이
상하고, 겉돈다고 생각했다. 기억은 불안
정한데다 시간이 흐를수록 왜곡되기까지
해 정말 그랬는지, 그랬다면 왜 그랬는지
나 자신에게도 설명할 도리가 없다. 어쩌
면 다른 아이들도 정도의 차이가 있을 뿐
비슷한 기분을 느낀 순간이 있었을지도
모른다. 지금은 낯설게 느껴지는 그 때의
내게 조금 겉돌아도, 다른 사람과 많이
달라도, 혹은 너무 평범하게 느껴져도 괜
찮다고 말하고 싶다. 그래서 연진, 지수,
은태를 만들었다.

연진은 조심스레 교실로 들어섰다. 연진이 고등학교에 입학하며 바란 건 하나뿐이었다. 중학교 때 친구들과 같은 반이 되지 않는 것.

서로 안면이 있는 아이들끼리만 나직하게 잡담을 나눌 뿐 교실 안은 조용했다. 연진은 새로 들어온 아이에게 쏠리는 눈길을 피해 고개를 숙이고 걸어가 비어 있는 중간 자리에 앉았다. 담임이 올 때까지 달리 할 일이 없었다. 연진은 아무 책이나 꺼내 괜히 뒤적였다. 그때 막 교실에 들어온 여자애가 연진의 어깨를 감쌌다.

"연진아!"

연진은 깜짝 놀라 고개를 들었다. 중학교 2, 3학년 때 같은 반이었던 미애였다.

"어, 미애야……."

연진의 목소리와 손끝이 떨렸다.

"웬일이야! 우리 같은 반 된 거야? 정말 잘 됐다!"

미애가 옆자리에 가방을 놓더니 슬쩍 교실을 살폈다. 조회 시간이 다가오면서 빈자리는 거의 보이지 않았다. 미애가 연진의 귓가에 입을 갖다 댔다.

"너…… 이야기 들었어? 우리 반에 늑대인이 있대. 이번엔 진짜야."

미애는 마치 속삭이듯 말했지만 목소리를 낮추지는 않았다. 아이들의 이목이 삽시간에 둘에게 쏠렸다.

"정말?"

"웬일이야?"

"나도 들었어. 우리 학교에 늑대인이 다닌대."

"그게 우리 반에 있다고?"

"누구야?"

아이들은 재빨리 서로를 탐색했다.

어느 순간 아이들의 눈이 뒷줄 창가에 앉은 체격 좋은 남자애에게로 향했다.

"야, 나 아니거든!"

남자애가 발끈했다.

"김준열, 너 보는 거 아니거든?"

덩치 큰 남자애를 아는 여자애가 말했다. 준열은 머쓱해하며 뒤를 돌아보았다. 유난히 피부가 하얀 남자애가 이 소란스러운 상황 따윈 관심 없다는 듯 책을 보고 있었다. 준열은 교실에 들어올 때부터 이 남자애를 주목했다. 준열의 키는 180센티미터인데, 이 남자애는 자기보다 조금 더 큰 것 같았다. 명찰에 적힌 이름은 기은태였다.

"쟤, 기은태 맞지?"

연진의 뒷자리에 앉은 아이가 말했다.

"기은태가 누군데?"

미애가 뒤를 돌아보며 물었다.

"기은태를 몰라? 쟤, 초등학교 때부터 양궁 했잖아. 중학교 때 호주에 가서 대회란 대회는 다 휩쓸었대. 태릉에서도 연락 왔는데 지가 싫다 그랬대."

김준열은 양궁이라는 말에 눈썹을 꿈틀했다. 운동하는 놈이면 피차 건드리지 않는 쪽으로 가는 편이 나을 것 같았다.

"호주에 늑대인 학교 있다지 않아?"

"그게 중학교야?"

아이들이 소란스러워질수록 연진은 더 심하게 몸을 떨었다. 중학교 때 있었던 악몽 같은 일들이 스쳐 지나갔다.

"아니야! 은태 아니야!"

연진이 저도 모르게 소리쳤다.

"네가 그걸 어떻게 알아? 쟤 알긴 해?"

연진이 태릉에서 연락 올 만큼 잘 나가는 애를 알 리 없다는 듯 미애가 물었다.

"초등학교 때 친구야. 은태 늑대인 아니야!"

"기은태랑 친구라고? 쟨 너 아는 척도 안 하는데?"

미애가 비웃었다. 은태가 연진을 보며 피식 웃었다.

"난 배치고사 보던 날에도 너 봤는데, 넌 이제 보냐? 그때 불렀는데 못 듣고 가더라. 오랜만이다?"

"어, 오랜만이야."

연진이 반갑게 웃었다.

"그래, 늑대인들은 정체를 숨기고 사는데, 은태 같은 애가 늑대인일 리 없지. 그런데 얘들아, 늑대인이 꼭 남자란 보장은 없지 않냐?"

미애가 말했다. 연진의 몸이 다시 떨렸다. 중학교 내내 연진은 늑대인이라는 꼬리표를 달고 살았다. 아무리 아니라고 해도 소용 없었다. 미애를 비롯한 몇몇 아이들이 재미삼아 연진을 늑대인이라 부르며 따돌렸다. 고등학교에 와서도 똑같은 일을 겪어야 한단 말인가? 이제는 은태도 보는 앞에서?

"그러네, 남자란 보장은 없지. 그럼 너일 수도 있겠네."

어디선가 서늘한 목소리가 들렸다. 아이들이 소리가 난 곳으로 고개를 돌렸다. 연진도 깜짝 놀랐다. 목소리의 주인공은 뒷문 가까이에 앉은 여자아이였다. 까무잡잡한 피부에 밤색 머리카락이 허리께에서 찰랑거렸다. 가늘고 긴 눈은 고등학교 1학년답지 않게 차가웠다. 명찰에 적힌 이름은 윤지수였다.

"나 아니거든?"

미애가 발끈해 외쳤다.

"네가 늑대인이라는 정체를 감추려고 애먼 사람 몰아붙이는 게 아니라는 걸 증명할 수 있어?"

지수가 말했다.

"그럼 너는? 넌 아니라는 걸 어떻게 증명할 건데?"

"나면 어쩔 건데?"

미애는 예상치 못한 말에 순간 말문이 막혔다.

"아니면 어쩔 거고?"

지수가 다시 물었다. 미애가 할 말을 찾는데 담임이 들어왔다. 아이들은 모두 자리로 돌아가 앞을 봤다.

"만나서 반갑다. 나는 국어를 담당하는 김철수다."

담임은 30대 후반 남자였다. 담임이 칠판에 이름을 적자 아이들이 소리 내어 웃었다.

"진짜 이름이 철수예요?"

"대박."

"그래, 내 이름은 진짜로 김철수다."

담임은 이런 반응을 예상했다는 듯 말했다.

"쌤, 우리 반에 늑대인이 있다는 게 사실이에요?"

누군가 묻자, 담임이 난처한 얼굴을 했다. 몇 년에 한 번씩 학교에 늑대인이 있다는 소문이 돌았다. 진짜일 가능성도 있고, 헛소문일 수도 있다. 진짜든 아니든 늑대인이 정체를 드러내 말썽을 부리지 않는 한 담임인 그가 할 수 있는 일은 없다.

"중요한 건 너희가 이제 고등학생이라는 사실이다. 아직 고1이니 괜찮을 것 같지? 고3 순식간이야. 쓸데없는 데 신경 쓰지 말고 공부들 해."

"늑대인이 있을지도 모르는데 공부를 어떻게 해요?"

한 아이가 불만스레 말했다.

"늑대인도 너희와 똑같아. 유사인간법 알지? 늑대인은 스스로 늑대인이라 밝힐 의무가 없고 신분상 아무 표시도 없으니 알 방법이 없다."

"어떻게 그럴 수가 있어요?"

미애가 따졌다.

"너희도 중학교, 초등학교 때 성적, 교우 관계, 집안 사정 따위를 반 전체가 다 알면 좋겠어? 그러니 잡생각 말고 공부들 해라. 이상, 조회 끝."

담임은 교실을 나갔다. 이런 소문이 돌 때마다 학부형들이 난리를 쳤다. 이번에는 제발 잠잠히 넘어갔으면 하는 마음뿐이었다.

담임이 나가기 무섭게 미애가 뒤로 돌아앉았다.

"중학교 때 우리 반에 늑대인이 있다는 말이 돌았거든?"

연진은 볼펜을 떨어뜨렸다. 눈앞이 아득해졌다. 미애가 또 시작하려 든다.

"그래서? 확인할 수도 없는 사실로 누구에게 뭘 어떻게 했는데?"

어느새 지수가 다가와서 흥미롭다는 얼굴로 물었다.

"남 얘기에 끼지 말고 빠져."

"아, 미안. 그냥 걱정이 되어서. 늑대인은 고등학교 때 급격히 성장하고 힘도 부쩍 강해진다더라. 자길 늑대인이라며 몰아붙이고 괴롭힌 애와 또 한 반이 된다면, 이번에는 그냥 넘어가지 않을 것 같아서. 밤길 조심하고, 혼자 다니지 마."

지수가 위로하듯 미애의 어깨를 두드렸다. 미애의 얼굴이 파랗게 질렸다.

"너, 늑대인에 대해 되게 잘 안다? 정말 너 아냐?"

미애가 뒤늦게 외쳤다.

"인터넷 찾아봐라. 검색할 줄 몰라? 근데, 나는 정말 네가 의심

돼. 왜 그렇게 아무나 붙들고 늑대인으로 몰지 못해 안달이야?"

지수가 물었다.

"그러게. 너 왜 그래?"

미애 뒤에 앉았던 애가 말했다.

"그, 그냥 궁금하잖아. 넌 안 궁금해?"

"그야 궁금하지."

수업종이 쳤다. 미애는 다시 앞을 봤다. 조심해야 했다. 자칫 미애 자신이 늑대인으로 몰릴 수 있다.

연진은 1교시가 끝나기 무섭게 뒷자리로 갔다.

"어디 가?"

미애가 불렀지만 못 들은 체했다. 옆에 찰싹 달라붙어 늑대인 이야기를 꺼내며 괴롭힐 생각인 게 분명하니까. 연진은 간절한 마음을 담아 지수 앞에 섰다.

"매점 갈래?"

연진이 물었다. 한 발 늦게 지수가 거절하면 낙동강 오리알이 되리라는 걸 깨달았다. 덜컥 겁이 났다.

"그래."

지수가 말했다. 지수 옆에 앉은 애가 연진에게 물었다.

"너 얘랑 친하면 자리 바꿔줄까? 나 눈 나빠서 뒷줄 힘든데, 앞줄 다 차 있어서 여기 앉았거든."

"그래!"

연진은 재빨리 자리를 바꿨다. 미애가 기가 찬 듯 바라보았다.

"가자."

연진은 지수와 일어났다.

"난 안 보이냐?"

어느새 은태가 가까이 와 있었다.

"미안……."

연진이 배시시 웃었다.

"얘는 은태라고……."

"알아, 아까 들었어."

지수가 설마 너도 같이 갈 거냐는 눈으로 은태를 바라보았다. 은태는 따라오지 말라는 눈빛을 모른 척하며 같이 나왔다.

"너 키 컸다더니 진짜 많이 컸다. 초딩 때는 나보다 작았는데."

연진이 말했다.

"언제 적 이야길 하고 그래?"

"왜 귀국한다고 말 안 했어?"

"얼마나 있을지 몰랐거든. 근데…… 오래 있을 것 같네."

지수의 눈썹이 꿈틀거렸다. 은태의 마지막 말이 의미심장하게 들렸다.

"잠깐 있으면 나 안 보고 가려고 했어? 난 어느 학교 갈지도 다 말해 줬는데 같은 학교면 말하지."

"깜짝 놀래켜 주려고 그랬지."

은태가 연진의 머리를 슥 쓰다듬었다. 지수는 묵묵히 냉장고에서 음료수를 골랐다. 연진이 둘이서만 이야기한 게 미안한 얼굴을 했다.

"쟤 중학교 호주에서 다녔다는데 계속 연락하며 지낸 거야?"

지수가 물었다.

"응, 이메일이랑 카톡으로……."

연진은 쉬는 시간이 시작되자마자 은태를 놔두고 지수에게 온 게 뒤늦게 미안했다. 아이들이 늑대인이라며 따돌리고 괴롭힐 때 은태가 없었다면 견디지 못했을 것이다. 연진은 밤마다 은태와 카톡으로 이야기했다. 은태가 대회나 훈련으로 카톡을 확인하지 못하는 날은 메일을 쓰고 답장을 받으며 다음날 다시 학교에 갈 힘을 냈다.

"넌 우리 학교에 중딩이나 초딩 때 친구 없어?"

연진이 물었다.

"중학교 때까지는 경주에 살았거든. 얼마 전에 이사 와서 서울에는 아는 사람이 없어."

지수가 대답했다.

첫날 수업이 모두 끝났다. 연진이 가방을 챙기는 지수 옆에 섰다.

"집이 어디야?"

연진이 물었다. 지수는 망설이는 눈으로 연진을 보았다. 순간 연진은 자기가 너무 달라붙어 귀찮은 건 아닌지 불안해졌다.

"진좌동. 너는?"

"난 진좌2동."

연진이 대답했다.

"나도 진좌동."

어느새 은태가 옆에 와서 말했다.

"그럼 셋이 갈 수 있겠다!"

연진이 들떠서 소리쳤다. 연진은 중학교 내내 친구들과 수다떨며 집에 가는 아이들이 부러웠다. 초등학교 때는 분명 친구들이 있었다. 그러나 한 번 따돌림을 당하기 시작하자 사방에 보이지 않는 벽이 둘러쳐진 것 같았다. 같은 반 애들은 연진을 괴롭히거나 모르는 척했다.

셋은 나란히 버스를 탔다. 연진은 내내 지수의 작은 말이나 몸짓 하나도 놓치지 않으려고 촉각을 곤두세웠다. 지수가 친구 해 주지 않아도 은태가 있으니 괜찮겠지만 친한 여자 친구가 오래도록 그리웠다.

진좌2동을 알리는 안내 방송이 울렸다. 연진은 서운함 반 불안함 반의 눈으로 지수를 보았다. 지수가 손을 들었다.

"내일 보자."

"응! 은태야, 너도 내일 봐!"

연진은 버스가 사라질 때까지 손을 흔들었다. 버스에는 은태와 지수만 남았다. 둘은 다음 정거장인 진좌동에서 내릴 때까지 한 마디도 하지 않았다. 버스에서 내려서도 마치 동행이 아닌 듯 떨어져 걸었다. 인기척이 없는 골목에 들어서자 지수가 발걸음을 멈췄다.

"기태식 아들 기은태, 맞지?"

"어른 성함 함부로 부르는 거 아니다."

"나한테 뭘 바라는 거야?"

"너한테 볼 일 없어."

"기태식이 호주에서 한국으로 날아와서 하필 이 동네에 이사 온데다 아들은 나랑 같은 학교에 같은 반이야. 이게 다 우연이라고?"

"믿기 힘들겠지만 너 때문이 아니야. 다시 말하지만 어른 성함을……."

"너도 사냥꾼이지?"

"수호자야."

"그거나 그거나."

"공격과 방어가 어떻게 같아? 호주에서 내가 사냥…… 잡은 건, 변신을 남발하다 아예 인간으로 돌아오지 못하고 무고한 사람을 습격하는 놈들뿐이었어."

"난 아무 짓 안 했어."

"누가 했대?"

"날 어떻게 알아봤어?"

"사진을 봤어."

지수의 눈동자에 일순간 황금빛이 감돌았다.

"긴장할 거 없어."

"긴장해야 하는 건 너야."

지수가 순순히 당하지 않겠다는 태도로 말했다.

"분명히 말하는데 난 사냥꾼이 아니야. 사냥꾼이 될 생각도 없어. 나는 사람을 공격하거나 해친 자들만 막아."

"기태식 아들의 말을 믿으라?"

"아버지도 무고한 랑인은 해치지 않아."

"한 번도? 혼자 떨어진 랑인을 재미삼아 해치운 적 없다? 확실해?"

"증거 있어?"

은태가 사납게 물었다.

"증거를 없앴겠지."

"정말 널 노렸다면 소리 없이 공격하지, 이렇게 대놓고 나타났겠어?

널 학교에서 볼 줄 몰랐어. 그리고 다시 말하지만 우리 아버지는……."

"내 사진은 어디서 봤어?"

지수가 말을 끊었다.

"너 진짜 사람 말 안 듣는구나?"

"어디서 봤는지 묻잖아."

"이혁수 알지?"

지수는 고개를 끄덕였다. 이혁수는 경주에 있는 늑대인간들의 우두머리인 이영우의 아들이었다.

"이혁수가 당했어."

"뭐? 그게 무슨 소리야? 누구한테?"

지수가 믿을 수 없다는 듯 외쳤다.

"정규리."

"규리는 혁수 상대가 못 돼!"

정규리는 경주의 이인자 정일수의 딸이었다. 정일수는 호시탐탐 이영우의 자리를 노려 왔다.

"당연히 정공법으로는 불가능하지. 혁수가 혼자 있을 때 무리를 끌고 가서 쳤어."

"말도 안 돼! 그런 짓을 하고 무사할 리 없어!"

"이혁수는 의식불명이라 증언을 못하고, 증거도 없어. 정규리가 이혁수를 공격할 때 지나가던 일반인이 있었는데…… 정규리 일당 이 죽였어. 자기들 짓이라는 걸 숨기려고 시체를 태웠지.

아들이 당한지라 이영우는 지금 제정신이 아니야. 당장은 혁수 가 위중해 행동에 나서지 못하고 있을 뿐, 혁수가 죽거나 깨어나 정규리를 지목하면 전쟁이 터질 거야. 보통 사람들이 휘말릴 수도 있어. 아버지는 이 일 때문에 귀국한 거야."

"정규리는?"

"정일수가 서울에 보냈어. 일단 정규리 짓이 아니라 잡아떼고 있지. 당장은 이영우가 유리하지만 혁수가 깨어나지 못하면 후계가 없으니만큼 불안해질 거야. 정규리가 비겁한 수를 썼다고는 해도 성인 랑인은 데려가지 않았어."

"하!"

지수는 벽에 등을 기댔다. 혁수가 깨어나 정규리를 범인으로 지목한다고 끝날 일이 아니었다. 성인이 끼지 않은 차기 우두머리들의 싸움이었다면 혁수가 직접 정규리를 응징해야 했다.

"혁수는…… 깨어날 것 같대?"

지수가 나직하게 물었다.

"너희는 워낙 튼튼하잖아. 빨리 아물고."

"그런데도 아직 의식 불명이라는 거잖아!"

은태는 잠시 침묵하다가 말을 이었다.

"어떻든 이영우는 정일수를 쳐야 해. 아들이 당했는데 가만히 있으면 자기 자리도 위태로워지니까. 정일수는 증거가 없어 버티고 있을 뿐 앞날은 보장 못해. 지금 경주는 전쟁 직전이야. 정규리는 더 강한 무리를 만들어 경주를 차지하려 호주로 갈 생각이야. 너는 어떻게 할 거야?"

각 지방 도시에는 그 도시의 우두머리가 있다. 서울만 예외로, 무리에서 쫓겨난 자, 제 발로 떠난 자, 우두머리 경쟁에서 밀려난

자들이 산다. 이들이 무리에 들어가거나 우두머리가 되려면 호주에 있는 늑대인간들의 대학에 가야 한다. 그곳에서 우두머리가 될 자질이 있는 자들은 마음에 맞는 무리를 만들 수 있고, 속한 무리가 없는 자들은 새 무리에 들어갈 수 있다.

"아직 몰라."

지수가 대답했다.

"너, 혁수를 간발의 차로 꺾었다며?"

은태가 말했다.

우두머리의 자식이라고 다음 대 우두머리가 되는 게 아니다. 우두머리가 되려면 시험을 통과해야 했다. 핵심은 간단했다. 자기 지역에 있는 또래 랑인들을 확실히 제압하는 것. 그걸 위해 다른 무리와 깃발 뺏기 시합을 벌였다. 시합은 보통 중학교 2~3학년, 늦어도 고등학교 1~2학년 때 치렀다.

이영우는 아들 혁수가 하루라도 빨리 시험을 치르기 바랐다. 문제는 경주에 이혁수 무리와 깃발 뺏기 시합을 할 만한 무리가 없다는 데 있었다. 당시 정일수는 자기 딸이 우두머리 자격이 안 된다고 너스레를 떨며 규리를 혁수 무리로 받아들여 달라 청했다.

시험을 치를 상대가 없자 이영우가 지수 엄마를 찾아왔다. 지수 엄마는 지수 의견은 묻지도 않고 수락했다. 지수는 무리에서 받아주지 않은 약한 아이들을 데리고 혁수를 상대해야 했다.

엄마는 지수에게 우두머리 자질을 시험할 때라며 절대 져선 안 된다고 시합 날까지 엄하게 훈련시켰다. 지수도 자의든 타의든 시합을 하기로 한 이상 혁수를 우두머리로 만드는 잔치의 들러리를 맡을 마음은 없었다. 임시로 모인 랑인 아이들도 여기서 자질을 보이면 이혁수 무리에 들어갈 기회가 생기는지라 최선을 다했다.

지수는 아이들에게 자기만의 비밀 통로가 있는지 물었다. 무리 없이 떠도는 아이들은 무리에 속한 애들을 만나면 공격당하기 일 쑤인지라 숨어 다니는 법을 익히기 마련이었다. 지수는 아이들에게 얻은 정보를 바탕으로 혁수의 깃발이 있는 본거지로 가는 최단 거리를 짰다. 전면전은 무리였다. 최대한 빨리 움직여 깃발을 뺏어야 했다. 지수와 아이들은 최선을 다했지만 같은 경주 토박이들끼리는 한계가 있었다. 패배한 지수는 경주를 떠나야 했다.

"규리가 그때 혁수를 만만하게 본 것 같아. 떠돌이 무리를 상대로 힘겨운 승리를 거뒀다는 건 사실상 진 거나 다름없으니까. 그래서 혼자 있을 때를 노려 습격한 거지."

"쉽게 당했을 리 없어."

"그래, 규리도, 무리들도 심하게 다쳤어. 혁수를 죽이지 못한 덕에 꼬리만 밟히게 되었지. 호주에서 귀국하자마자 아버지와 경주로 갔어. 사람을 해쳤는데 그냥 넘어갈 수 없으니까. 규리는 벌써 서울로 튀어 못 잡았지만, 규리 무리 중 남아 있던 애가 날 공격했어."

"넌 기태식 아들이니까. 기태식은 우릴 사냥하는 걸 즐겨."

"함부로 말하지 말라니까!"

은태는 잠시 숨을 멈췄다가 말했다.

"우리가 자기들을 조사하니까 덤빈 거야. 아버지 없이 혼자 있을 때를 노렸지. 날 죽이려 드는 이상 나도 다른 도리가 없었어."

"네 주장일 뿐이지."

지수가 말했다. 은태가 하는 말이 거짓말로 들리진 않았지만 선선히 인정하고 싶지 않았다. 사람도 사람을 해치면 그에 상응하는 벌을 받는다. 랑인이라고 예외가 될 수는 없다. 지수로서는 사람을 해친다는 건 상상도 못할 일이지만, 사람을 공격하는 걸 놀이처럼 여기는 랑인도 있고, 랑인을 사냥하는 걸 즐기는 사냥꾼도 있다.

"날 공격했던 랑인 핸드폰에서 네 사진을 봤어."

"뭐?"

"규리는 호주에 가기 전에 우두머리 자질이 있는 애들을 모두 해치울 생각이야."

"그런 말 같지도 않은! 우두머리는 그런다고 될 수 있는 게 아니야!"

"네 사진, 아버지에겐 보여 주지 않았어. 아버지는 아직 경주에 있어."

"어린 랑인을 보면 좋다고 사냥하려 들 테니. 고맙다고 해야 하나?"

"정말 사람 말을 못 믿는구나. 어쨌거나 내 말 똑똑히 들어. 정규리가 널 노리고 있어."

"너야말로 조심해. 네 이름까지는 우리 사이에 알려지지 않았지만, 성이 특이하니까 주의를 끌 거야. 표정 관리 좀 해. 아까 날 보던 네 표정은, 나 사냥…… 수호자요, 하는 얼굴이었으니까."

"같은 반에서 널 보니 너무 놀라서 그만……."

"정규리 얼굴 알지? 걔 보고도 그런 표정 지으면……."

"알겠어!"

은태가 무안한 듯 말을 끊었다.

"이야기 끝난 거지? 간다."

지수는 가방을 고쳐 메고 발걸음을 옮겼다. 은태가 따라왔다.

"왜 따라와?"

"우리 집도 그쪽이거든?"

지수는 샐쭉하니 앞서갔다. 둘은 갈림길에서 헤어졌다.

#

연진이 집에 도착하자, 엄마가 기다리고 있었다.

"학교는 어땠어?"

엄마가 물었다.

"별일 없었지, 뭐."

연진이 늘 하는 소리를 했다.

"중간고사에선 반드시 10등 안에 들어야 해. 조금만 더 하면 될걸 왜 그렇게 애매하게 11등, 12등, 그러니? 언니처럼 연대는 못 가도 인 서울은 해야 할 거 아니야."

"알았다니까!"

"얘가 왜 엄마한테 성질이야? 무슨 일 있었어?"

"아냐."

연진은 망설이다 말했다.

"나 친구 생겼어. 걔가……."

"얘가 정신이 있어, 없어? 너 이제 고등학생이야. 중학생 때랑 달라. 친구랑 놀 땐 줄 알아? 고3이 아직 한참 먼 이야기 같지?"

연진은 방으로 들어갔다.

"저녁 차릴 동안 공부해."

엄마가 등 뒤에서 말했다.

#

지수는 철 대문을 열고 작은 마당을 지나 현관으로 갔다.

"다녀왔습니다."

"너 과외 할 생각 있니?"

엄마가 지수를 보자마자 물었다.

"상위권 애들만 모여서 하는 과외가 있대."

"뭐야, 강남 흉내야? 내가 알아서 할게."

"고등학교는 중학교랑 달라."

"안정권이잖아."

지수는 호주 대학에 갈 충분한 성적이 되었다.

"안정권? 너 지금 그걸 말이라고 해? 거기가 무리도 없이 빌빌대는 애들이 가는 곳인 줄 알아? 이미 무리가 있는 우두머리들은 자기 세력 늘리러 오고, 우두머리 자질이 있는데 경쟁에서 탈락한 애들은 새 무리를 만들러 가는 데야. 넌 무리는커녕 동료 하나 없이 혼자야."

"수석 합격해서 기선 제압해라, 귀에 못이 박히도록 들었어. 나 들어가서 공부할래."

"기회가 아까워서 그래. 지금 못 들어가면 나중에 자리 날 때까지 기다려야 한대잖아."

"일단 알아서 해 볼게!"

지수는 엄마를 거실에 남겨 두고 방으로 들어갔다. 배치고사에서 전교 1등을 했는데도 엄마를 만족시키는 건 불가능했다. 지수는 참고서를 꺼냈다.

'너는 어떻게 할 거야?'

은태는 호주에 갈 거냐고 묻지 않았다. 아직 모른다고 하니 그저 알겠다고 고개를 끄덕였다. 문득 그게 고마웠다. 엄마는 호주에 가고 싶은지, 우두머리가 되길 바라는지 한 번도 묻지 않았다.

휴대 전화가 울렸다. 연진이 문자를 보냈다.

'잘 들어갔지? 우리 앞으로 친하게 지냈으면 좋겠어.'

말 한 마디 걸 때마다 수줍어하는 연진이 눈에 보이는 듯했다. 지수는 이제껏 친구라 부를 만한 애가 없었다. 여자 친구들은 비밀 이야기를 나누며 가까워진다. 지수는 할 수 없는 이야기가 너무 많았다. 엄마가 보통 사람과 결혼한 덕에 무리에 끼지도 못했다. 그나마 아빠는 결혼한 지 6개월 만에 죽었다. 지수는 아빠 얼굴을 사진으로만 봤다.

#

은태도 집에 도착했다. 엄마가 저녁을 차렸다. 은태의 식단은 거의 정해져 있었다. 삶은 달걀, 잡곡밥, 닭 가슴살과 방울토마토 위주로 만든 샐러드, 고구마, 소고기였다. 아침저녁으로 비타민 따위 각종 영양제를 먹었고, 사이사이에 탄수화물 바도 먹어야 했다.

"학교에 혹시 그것들은 없었니?"

엄마가 물었다.

"몰라. 본다고 아나."

은태는 눈을 피했다.

"사냥꾼에게는 촉이 중요해. 조금이라도 이상한 낌새가 보이는 애는 자세히 살펴. 의외로 가까이 있을지도 모르니까."

"우린 수호자라며?"

은태가 물었다.

"그거나 그거나."

엄마가 말했다.

"그거나 그거나라니. 우린 법을 어긴 놈들만 잡는 거잖아, 안 그래?"

은태가 물었다.

"얘는, 당연한 거 아냐? 왜 그래?"

"정규리는 찾았어?"

은태는 얼른 말을 돌렸다.

"학교 등록을 안 한 것 같아. 잘 생각한 거지. 그것들과 같은 학교라니……. 유사인간법? 늑대인에게도 권리가 있다? 웃기고 있어, 정말. 그것들은 확 정체를 까발려서 싹 쓸어 버려야 해. 너, 마음 약해진 것 같은데, 그것들 겉모습에 속지 마."

엄마가 말했다. 은태는 묵묵히 그릇을 비웠다.

"영양제 먹고 들어가서 공부해. 아빠한테도 너 대학 들어갈 때까지는 사냥에 데리고 다닐 생각 말라고 했어. 성적 떨어졌다는 말에 아빠도 그러라더라. 세상에, 2등이 뭐니?"

엄마는 기가 막힌다는 얼굴이었다.

"아빠가 즉시 탈환하라더라."

"할 거야. 그럼 나 여기서 고등학교 마쳐?"

은태가 물었다.

"엄마는 그랬으면 싶다."

"알았어."

은태는 방으로 들어갔다. 랑인을 사냥하는 부모님 때문에 한 곳에 오래 있지 못했다. 메일이나 카톡으로나마 계속 연락한 건 연진뿐이었다. 연진의 이야기를 들어주며 은태도 위로받았다. 고등학교를 연진과 다닐 수 있다는 생각에 마음이 들떴다.

문자 알람이 울렸다. 연진이 은태와 지수를 초대해 단체방을 만들었다.

'공부 열심히 하고, 내일 봐!'

"어쩌자고 윤지수냐?"

은태가 중얼거렸다. 연진이 얼마나 간절히 친구를 바라 왔는지 잘 안다. 잘 지내라고 격려해 줘야 마땅한데 많고 많은 애들 중 하필 윤지수라 차마 입이 떨어지지 않았다. 지수가 지금까진 얌전히 지냈다 해도 언제 본성이 튀어나올지 모를 일이었다. 랑인은 위험하다.

#

별일 없이 하루하루가 지났다. 정규리는 어디 숨었는지 쉽게 찾을 수 없었다. 은태 엄마는 서울에서 사냥꾼들과 정규리를 찾아다

넜고, 아빠는 아직 경주에서 상황을 보는 중이었다. 미애는 연진이 은태, 지수와 붙어 다니자 잘못 건드리면 골치 아프겠다 싶었는지 더는 괴롭히지 않았다. 담임은 늑대인 이야기가 잠잠해지자 안도했다. 첫 번째 모의고사를 봤고, 성적표가 나왔다. 지수는 묵묵히 성적표를 내려다보았다. 전교 2등이었다.

"집에 안 가?"

은태가 뒤에 와서 말했다.

"너냐?"

지수가 물었다. 은태는 어깨를 으쓱했다. 이번 1등은 은태였다.

"너네가 1등이랑 2등이야?"

연진이 눈을 동그랗게 뜨고 물었다.

"골치 아프게 된 거지."

지수가 중얼거렸다.

"왜?"

연진이 영문을 몰라 말했다.

"내가 1등 하면 얘가 집에서 깨지고, 얘가 1등 하면 내가 깨지는 거야. 가자, 1등이 떡볶이 쏜다."

"네가 사는 걸 먹으라고?"

지수가 말했다.

"얘들이 왜 또 이래."

연진이 지수와 은태 팔짱을 꼈다.

"그럼 은태가 떡볶이 사고, 네가 튀김 사면 되겠네. 너네가 아무리 깨진들, 1, 2등을 하고 나만큼 깨지겠냐?"

은태가 연진을 잡아 자기 오른쪽에 세우며 지수와 연진 사이에 끼어들었다.

"아, 왜? 나 지수랑도 팔짱 낄 거야!"

연진이 다시 가운데에 들어왔다. 은태는 어쩔 수 없다는 듯 한숨을 쉬었다.

연진은 떡볶이를 먹으며 중학교 때 왕따 당한 이야기를 털어놓았다.

"이건 너한테도 못한 이야기야."

연진이 은태에게 말했다.

"그때 나 같은 일을 겪는 사람 또 없나 해서 인터넷을 뒤지다가 '늑대인으로 오해받는 사람들을 위한 카페'가 보이기에 가입했거든. 거기에 나랑 비슷한 애들이 되게 많았어. 왜 늑대인 소리를 들어야 하느냐, 이게 다 늑대인들 때문이다, 하면서 늑대인 욕하고 그러는 게시판이 있었어. 거길 보면서 되게 위안을 받은 거야.

하루는 댓글이 엄청 많이 달린 글이 있어서 보니까, 늑대인들을 싸그리 없애야 한다는 내용이었어. 다들 너무 좋은 생각이라면서 산 채로 화형에 처해야 한다는 둥, 끓는 물에 넣자는 둥 온갖 끔찍한 댓글들이 달리는 거야.

사실 거기서 그러는 게 잘못된 일이라는 걸 알고 있었어. 내가 괴롭힘 당했다고 늑대인들에게 그러면 안 되는 건데, 날 괴롭힌 건 반 애들이지 늑대인이 아닌데, 그래서 너한테도 이 이야기는 못했어. 내가 너무 창피해서. 그날 탈퇴했어. 난 말이지, 혹시라도 늑대인을 만나면 잘해 줄 거야."

연진이 입가에 떡볶이 양념을 묻힌 채 해맑게 웃었다.

"다 털어놓으니까 후련하다. 나 속으로 미애가 너한테 나 왕따였다고 이야기하면 어떡하나 많이 무서웠거든."

"미애가 너 괴롭힌 애, 맞지?"

지수가 물었다. 연진이 고개를 끄덕였다.

"이젠 다 지난 일이니까, 괜찮아."

"괜찮긴 뭐가 괜찮아? 볼 때마다 열 받는데 어떻게 할 수도 없고……."

은태가 휴지를 집어 연진의 입가를 닦으며 말했다.

"혹시라도 또 괴롭히면 말해."

지수가 말했다.

"말하면 어쩔 건데?"

은태가 물었다.

"왜? 어쩔까 봐 걱정돼?"

지수가 도발하듯 물었다.

"야, 그만들 해. 암튼 너네 둘 다 너무 고마워."

갑작스레 연진의 눈가에 눈물이 맺혔다.

"아, 나 왜 이러지?"

연진이 쑥스러운지 떡볶이를 들었다.

"울든가 먹든가 하나만 해라."

은태가 말했다.

"너네도…… 나한테 뭐든 말할 거지?"

연진이 말했다. 한순간 침묵이 흘렀다.

"당연하지!"

은태가 화급히 대답했다. 연진은 대답 없는 지수를 바라보았다.

"뭐, 딱히 비밀이랄 게 없어."

지수가 말했다. 은태는 하마터면 웃을 뻔해 헛기침을 했다. 비밀이 있는 건 지수만이 아니다. 연진이 사냥에 대해 어떻게 생각할지 모를 일이다.

"너네 수상하단 말이야. 서로 못 잡아먹어 안달하는 것 같아. 나 모르는 무슨 일 있어?"

"못 잡아먹어 안달이라니, 무슨 그런 서운한 말을 해. 우리 친해."

은태가 떡볶이를 집어 지수 입에 가져다댔다. 지수는 얼결에 받아먹었다.

"봐, 친하지?"

"너네 두고 볼 거야."

연진이 팔짱을 꼈다.

늘 그러듯 연진이 먼저 버스에서 내렸다. 은태와 지수는 말없이 골목을 걸었다. 어느새 하늘이 어두컴컴했다.

"별일 없냐?"

은태가 물었다.

"일은 무슨⋯⋯. 정규리가 지금 날 신경 쓸 겨를이 있겠어? 서울에서는 너네 어머니가 눈이 벌게서 찾아다니고, 경주에서는 기태식이 버티는데?"

"어른 이름 좀⋯⋯! 알았다, 조심히 들어가라."

은태가 같은 말을 반복하기도 지친 얼굴로 말했다. 지수는 대꾸하지 않고 발걸음을 옮겼다.

# #

지수는 집을 향해 걸었다. 집이 가까워질수록 발걸음이 느려졌다. 성적표가 든 가방이 천근만근 무거웠다. 지수는 잠시 멈춰 서서 하늘을 보았다. 그믐이었다. 다시 집으로 걸음을 옮기던 지수는 멈춰 생각할 겨를도 없이 가방을 들어 공격을 막았다. 뒤에서 지수를 친 건 정규리의 무리에 있던 김영주와 이진명이었다.

"뭐야, 너희?"

"골목에서 소란피우지 말자. 온 동네에 늑대인이 산다고 알리고 싶지 않으면 말이지."

김영주가 말했다. 셋은 인적 없는 놀이터로 갔다.

"혁수를 친 게 진짜 너희야? 그런다고 정규리가 경주 우두머리가 될 것 같아?"

"시끄러."

김영주와 이진명이 동시에 늑대로 모습을 바꿨다. 지수는 송아지만 한 늑대 둘을 앞에 두고 말했다.

"너희, 달도 안 떴는데 함부로 모습을 바꾸다간 영영 못 돌아오는 거 몰라?"

"너처럼 약한 것들이나 그렇지."

검은 늑대로 변한 김영주가 몸을 날렸다. 지수는 쓰러지듯 피하며 가방 끈을 당겼다. 끈 안에 감춰 둔 얇은 칼이 튀어나왔다. 이진명이 피를 갈구하듯 사나운 기세로 달려들었다. 지수는 채찍처럼 휘어지는 칼을 휘두르며 도약했다. 김영주가 지수의 발을 노리고 뛰어올랐다. 지수는 다리를 오므려 피하고는 미끄럼틀 꼭대기에 내려섰다.

"하루만 있다 오지 그랬냐?"

김영주가 쇠망치 같은 머리로 미끄럼틀을 들이받았다. 지수는 한 발 늦게 뛰어내렸다. 몸에 진동이 와 제대로 착지하지 못하고 나뒹굴었다. 이진명이 그 순간을 노리고 달려들었다. 더는 방법이 없었다. 지수는 늑대로 변했다. 동시에 이진명의 이빨이 지수의 목을 스쳤다. 이진명이 피 묻은 털을 뱉어 냈다. 잇따라 김영주가 달려들었다. 지수는 그대로 날아가 정글짐에 부딪쳤다. 정글짐이 찌그러졌다. 이진명이 틈을 노려 앞발로 지수를 내리쳤다. 김영주는 지수의 허벅지를 물었다. 지수는 왼발로 김영주를 걷어찼다. 셋은 서로 물고 뜯으며 소리 없는 싸움을 벌였다.

"뭐야? 그 이혁수가 힘겹게 꺾었다기에 기대했더니만 고작 이 정도야?"

김영주가 말했다.

"그래서 늬들이 왔구나? 정규리는 날 상대할 자신이 없나 보지?"

"입만 살아가지고, 넌 이제 끝이야."

이진명이 이를 드러냈다. 마지막 일격을 가할 기세였다. 지수는 허벅지를 다쳐 제대로 서지도 못했다. 이진명이 지수에게 달려드는 순간 은빛 깃이 달린 화살이 날아와 어깨에 꽂혔다. 이진명이 펄쩍 뛰어오르며 울부짖었다.

"사냥꾼이다!"

김영주가 외쳤다. 두 번째 화살이 김영주를 스치고 땅에 박혔다.

김영주는 화살이 날아온 곳으로 시선을 돌렸다. 정확히 김영주의 머리를 겨눈 사냥꾼의 모습이 보였다.

"끼어들지 마. 인간이 다친 것도 아니고 랑인들 간의 일이다."

김영주가 말했다.

"도심 변신 금지 몰라? 너희들 간에 문제가 있으면 눈에 띄지 않는 곳에서 조용히 해결해."

사냥꾼이 대꾸했다. 김영주는 이진명을 보았다. 이진명이 눈짓으로 가자는 뜻을 전했다. 일이 커져 그들이 정규리 무리라는 사실이 알려지면 곤란했다. 김영주는 이진명을 데리고 사라졌다.

사냥꾼이 가까이 왔다. 기은태였다. 지수는 낮게 으르렁거렸다.

"너, 윤지수, 맞지?"

"그래, 저놈들이 먼저 덤벼 어쩔 수 없었던 거야."

지수가 대답했다.

"그랬겠지. 괜찮냐? 너무 뒤엉켜서 도울 수가 없었어."

"사냥꾼의 도움 따윈 필요 없어."

"큰소리칠 때가 아닌 것 같은데?"

은태가 겉옷을 벗어 던지고 뒤돌아 몇 걸음을 걸었다. 뒤에서 계속 늑대가 숨을 몰아쉬는 소리가 들렸다.

"왜 그래? 안 돌아와져?"

은태가 뒤를 돌아보았다. 지수는 다친 다리를 끌며 뒷걸음질 치고 있었다. 은태가 다가가려 하자 이를 드러냈다.

"야, 너⋯⋯."

은태가 어처구니없다는 얼굴을 했다.

"네가 어떻게 여기 있어?"

지수가 물었다.

"엄마가 늦어서, 몰래 컵라면 사 먹고 오는 길이다."

"편의점까지 가는 길이 멀고도 험하지? 활을 가지고 다닐 만큼?"

"이건……."

은태는 그제야 자기가 아직도 활을 들고 있음을 깨달았다. 옷을 입으라고 등을 보였지만 지수가 공격하면 뒤로 돌아 활을 쏠 수 있는 거리를 유지했다.

"너 때문에 가지고 나온 거 아니거든?"

"거짓말."

정곡을 찔린 은태는 대답하지 못했다. 한 동네에 랑인이 있는데 맨손으로 돌아다닐 수가 없었다. 하루에도 수십 번씩 엄마에게 경고해야 하나 고민했다.

"너 피 많이 흘러. 빨리 치료해야 해."

"꺼져."

지수는 짙은 회색 늑대였다. 어둠 속에서 싯누런 눈이 번득였고, 은태 머리만한 앞발에는 강철도 찢어발길 수 있는 발톱이 솟아 있었다. 그리고 다쳤다.

아빠는 언제나 다친 늑대일수록 조심해야 한다고 했다. 물에 빠진 사람이 무시무시한 힘을 내는 것처럼 다친 짐승만큼 위험한 게 없으니 방심하지 말라고 신신당부했다.

은태는 활을 접어 개조한 우쿨렐레 통에 넣은 뒤 땅에 내려놓았다. 더 이상 무기가 없다는 뜻으로 손을 펼쳐 다가갔다. 지수는 달아나려 했다.

"가만있어. 상처 벌어져."

은태는 지수 바로 앞까지 와서 다시 돌아섰다. 지수가 마음만 먹으면 칠 수 있는 거리였다.

"됐지? 마음 가라앉히고 돌아와."

지수는 믿을 수 없다는 듯 은태의 등을 바라보았다. 늑대 모습일 때는 사람 모습일 때보다 감각이 더 예민해졌다. 은태의 심장이 미친 듯이 뛰는 소리가 들렸다. 어깨도 떨렸다. 다른 사람도 아닌 기태식의 아들 기은태가 누구도 내기 힘든 용기를 냈다.

지수는 은태의 겉옷을 집었다. 지수의 키는 168센티미터로 꽤 큰 편인데도 180센티미터가 넘는 은태의 옷은 원피스처럼 몸을 가려 주었다. 지수는 은태를 지나쳐 가방을 찾았다.

"정규리 패거리야?"

은태가 물었다.

"당연한 거 아냐?"

지수는 칼을 챙겼다. 은태는 찢어진 교복과 휘날린 털을 치우고, 피가 고인 곳에 흙을 덮었다.

"맨발로 괜찮겠냐?"

은태가 지수 뒤에서 물었다.

"따라오지 마."

지수가 말했다.

"우리 집도 그쪽이라고 전에 말했지?"

은태는 지수가 무사히 집에 들어가는 모습을 보고서야 돌아섰다. 지수는 은태가 자기 집을 지나쳐 따라온다는 사실을 알았지만 한 번도 돌아보지 않았다.

지수는 최대한 조용히 문을 열었다. 부엌에서 곰국 우리는 냄새가 났다. 지수는 서둘러 방으로 들어갔다.

"지수 왔니? 씻고 나와."

"응."

지수는 욕실에서 상처를 확인했다. 온몸에 멍이 든 데다 까지고 쓸린 자국이 나 있었다. 특히 김영주에게 물린 허벅지 상처가 심했다. 얼굴은 비교적 멀쩡한 게 다행이라면 다행이었다. 지수는 상처에 약을 바르고, 붕대를 감은 뒤 애써 아무렇지도 않은 얼굴로 나왔다. 엄마가 욕실 문 앞에 서 있었다.

"엄마……."

"어떻게 된 거야?"

"엄마, 그게 경주……."

엄마가 성적표를 꺼냈다. 지수는 안도하면서 동시에 화가 났다.

"왜 남의 가방을 뒤져?"

"2등? 인문계 고등학교에서 2등을 하면서, 수석 입학을 어떻게 할 셈이야?"

"다신 안 놓쳐!"

"과외 받으랬지! 왜 말을 안 들어?"

"그 과외 받는 애들, 다 나보다 성적 밑이거든?"

엄마는 순간 말문이 막혔다.

"공부하게 비켜."

지수는 방으로 들어왔다. 허벅지가 아파 제대로 앉을 수가 없었다.

#

학교에 가니 연진의 눈이 퉁퉁 부어 있었다.

"왜 그래, 울었어?"

지수가 놀라 물었다.

"울긴……."

"울었네."

은태가 다가와 연진의 어깨에 손을 얹었다.

"너넨 어떻게 그렇게 공부를 잘해? 넌 어떻게 양궁까지 하면서 전교 1등을 해?"

"그게……."

은태가 뒷머리를 긁적였다.

"어제 울 엄마가 나한테 뭐라 그랬는지 알아? 중간고사까지 반 등수 10등 안으로 못 올리면 자기 딸 아니래. 수학만 좀 어떻게 하면 될 것도 같은데……."

"이야, 세게 나오시네. 음…… 수학 내가 좀 도와줄까?"

은태가 말했다.

"진짜지?"

"당연하지."

은태가 헛기침을 했다. 지수가 자기 쪽을 보자 슬쩍 손가락으로 위를 가리키고 밖으로 나갔다.

"나 화장실 좀."

지수는 일어나 옥상으로 갔다.

"여벌 교복 두고 살아?"

은태가 지수의 교복을 훑으며 말했다.

"남이사. 왜 불렀어?"

"네가 어제 진 건 약해서가 아니야."

"당연하지!"

"사람 말 좀 집중해서 들어. 이혁수는 궁지로 몰았으면서, 그놈들은 못 이긴 이유가 있어. 어제 싸우는 모습을 잠깐 봤어. 분명 힘도, 속도도 널 공격한 놈들보다 훨씬 뛰어났는데도 일방적으로 밀리더라. 왜 그랬는 줄 알아? 깃발 뺏기가 스포츠라면 어젠 전쟁이었거든. 넌 실전에서 싸워 본 적이 없어. 다치는 것보다 다치게 하는 게 무서웠던 거지."

"심리학자 나셨어."

"나도 그랬으니까."

지수는 은태를 노려보았다.

"분명 공격할 기회가 있었을 거야. 그런데 차마 하지 못한 거지. 나도 처음 랑인들과 싸울 때 변신한 랑인이 바로 코앞에서 달려드는데도 넋 놓고 보고만 있었어. 활을 쏘면 미간을 정확히 맞출 자신이 있는데 바로 그래서 꼼짝도 못했어. 죽이는 거니까……."

지수는 처음 가방에서 칼을 꺼낸 순간을 떠올렸다. 정확히 경동맥을 찌를 수 있었는데 빗맞혔다. 자기를 죽이려 덤빈다는 사실을 아는데도 몸이 뜻대로 움직이질 않았다. 누군가를 해친다는 게 두려웠다.

"아버지가 구해 줬지. 조금만 늦었어도 이미 황천길 갔어. 그날 아버지한테 말 그대로 죽도록 맞았어. 약해 빠진 놈이라고……. 다시 할 자신이 없었는데 아버지가 억지로 끌고 갔어. 그때 우리가 당할 뻔했어. 놈들이 우릴 유인하려고 함정을 팠거든. 아버지가 위험하니까 나도 모르게 살이 나가더라."

은태는 지수의 눈을 바라보았다.

"공격과 방어는 얼핏 비슷해 보일지 몰라도 분명 달라. 상대를 해치는 게 아니라 널 지키는 거야. 넌 보호해 줄 무리가 없으니 가장 만만한 먹잇감인데다 한 번 놓치기까지 했으니 다음엔 확실히 해치우려고 더 많이 몰려 올 거야."

은태가 작은 봉투를 건넸다.

"발라."

"필요 없어."

"절뚝이면서 필요 없다고? 연진이는 몰라도 나는 못 속여. 빨리 회복하는 게 좋을 거야. 그놈들 너 다친 거 알잖아. 그거, 효과 좋아. 나도 많이 발라 본 거다."

은태는 억지로 약을 건네고 내려갔다. 지수는 화장실에 들어가 약을 발랐다. 낫기는커녕 온몸이 타들어 가는 듯 아팠다.

'이거 제대로 된 약 맞아?'

지수는 가까스로 교실로 돌아왔다. 어지럽고 졸음이 쏟아졌다. 기은태, 설마…….

"지수야, 어디 아파? 땀 좀 봐. 보건실 가자. 내가 쌤한테 말할게."

연진이 말했다.

"네가 앨 어떻게 부축하냐?"

은태가 와서 지수의 팔을 잡았다.

"야!"

연진이 무안해 소리쳤다. 연진은 155센티미터로 작은 편이었다. 은태는 지수를 부축해 교실을 나왔다.

"너, 나한테 무슨 약, 준 거야?"

지수가 꺼져 가는 목소리로 말했다.

"독약 같은 거 아니니 걱정하지 마. 바를 때 더럽게 아프고, 정신 없이 졸리지만 한숨 자고 일어나면 절뚝이진 않을 거다."

"그걸 왜 이제……."

"네가 말을 곱게 했으면 나도 말해 줬지."

은태는 지수를 보건실에 눕혔다. 지수는 따질 새도 없이 잠에 빠졌다.

#

불안한 하루하루가 지났다. 은태는 가방을 개조해 활을 숨겨 다 녔다. 수학 수행평가에서 은태가 지수를 근소한 차이로 누르며 다 시 1등을 했다.

"내가 1등 하는 게 나아. 네가 하면 울 엄마가 누가 날 제치고 1등을 하는지 알아볼 거야."

은태가 말했다.

"난 법을 어긴 적 없어. 너네 가족은 수호자라며?"

"굳이 불편해질 거 없잖아."

은태가 말끝을 흐렸다. 지수는 자리로 돌아가지 않는 은태를 바라보았다.

"뭐 더 할 말 있어?"

"정규리한테 습격당한 일, 너네 엄마한테 왜 말 안 해? 너네 엄마가 어느 정도인지는 모르지만 어떻든 성인 랑인이잖아. 정규리한테는 무리가 있어. 너 혼자 맞서긴 힘들 거야."

말하면 지금 정규리와 맞서는 건 절대적으로 불리한 만큼 이사 가자고 할 게 뻔했다. 도망치기 싫었다. 아니, 다 핑계였다. 이사 가고 싶지 않았다.

"둘 중 누가 1등 했어? 아냐, 안 들을래!"

연진이 어쩐지 웃음을 참지 못하는 얼굴로 다가 왔다.

"뭐, 떡볶이는 내가 쏜다고 해 두지."

은태가 말했다.

"너는? 잘 봤어?"

지수가 물었다.

"나 처음으로 10등 했어! 그것도 수학 수행평가에서! 은태야, 다 네 덕이야!"

연진이 활짝 웃으며 말했다.

"오, 이연진, 오늘 떡볶이는 네가 쏴야 하는 거 아냐?"

은태가 지수 옆에 바짝 붙으며 말했다. 연진은 기어이 둘 사이를 비집고 들어와 팔짱을 꼈다.

"그래, 오늘은 내가 살게!"

셋은 학교 앞에서 떡볶이를 먹었다. 연진은 먼저 버스에서 내려 차가 사라질 때까지 바라보았다. 이제 1학기 반도 안 지났는데 벌써부터 내년에 다른 반이 되면 멀어질까 걱정이었다.

연진은 날듯이 집으로 돌아와 엄마에게 성적표를 내밀었다.

"10등?"

엄마가 이게 뭐냐는 얼굴을 했다. 언니가 어깨너머로 성적표를 들여다보았다.

"난 또 신나서 돌아오기에……."

언니가 입을 다물었다. 연진의 눈에 눈물이 고였다.

"잘했네, 너무 나무라지 마. 애 울겠다."

언니가 말했다. 연진은 벌떡 일어나 방으로 들어갔다. 언니가 아차 싶은 얼굴을 했다. 거든다는 게 말리는 시누이 짓을 해 버린 것이다.

#

지수도 다르지 않았다. 엄마한테 한참을 시달렸다. 그놈의 호주 수석 이야기도 들어야 했다. 호주에 가고 싶은지 확실하지도 않은데 말이다.

물론 지수도 무리를 갖고 싶었다. 정체를 숨기지 않아도 되는 친구들과 어울려 다니면 때때로 변신을 해서 실컷 몸을 풀 수 있다. 경주에서 깃발 뺏기를 하던 날이 잊히지 않았다. 무리를 이끌고 경

쟁을 하자 아드레날린이 분출했다. 자기 안에 그런 승부욕이 있을
줄 몰랐다.

그러나 선뜻 결심하기에는 지나치게 치열한 세계였다. 우두머리
들은 늘 도전받았다. 자기 아들이나 딸에게 다음 우두머리 자리를
물려주고 은퇴해서 한적하게 지내는 우두머리는 많지 않다. 늙어
약해지면 그 틈을 타 예전에 패한 걸 앙갚음하려는 자들도 있다.

그렇다고 영원히 정체를 숨기며 변두리에서 살고 싶지는 않았
다. 조금만 생각할 시간을 주면 좋을 텐데 엄마는 마음대로 지수의
앞날을 결정했다. 빨리 성인이 되고 싶었다. 어리다는 게 참을 수
없이 싫었다.

문자가 왔다. 연진이었다. 지수는 서둘러 문자를 확인했다. 아까
너무 들뜬 모습이 영 불안했다. 엄마들은 1, 2등 올랐다고 만족해
주지 않는다.

'학교에서 보자.'

이어 연진이 농구대에 묶여 있는 사진이 왔다.

"정규리!"

지수는 방문을 살짝 열어 밖을 확인했다. 엄마가 거실에서 책을
읽고 있었다. 엄마는 언제나 지수가 공부를 마치고 불을 끌 때까지
기다렸다. 지수는 창문으로 나가 은태에게 전화했다. 은태는 전화
를 받지 않았다. 하늘을 보니 보름이었다. 늑대로 변해 뛰고 싶었
다. 사람 다리로 달리는 게 너무 느리고 불편해 미칠 것 같았다. 지
수는 서둘러 택시를 잡았다.

"수천고등학교요, 빨리 가 주세요!"

택시가 출발했다. 지수는 떨리는 손으로 문자를 보냈다.

'하ㄱ교로, 빨리, 연진이 붙자'

붙잡혔다는 말까지 쓸 마음의 여유가 없었다. 지수는 초조하게 창밖을 보다 일단 돈을 꺼내 쥐었다. 기사가 차를 멈추기 무섭게 만 원짜리를 던지다시피 건네고 학교 담장을 넘었다.

기사가 잠깐 멍한 얼굴을 했다. 방금 전에 내린 아이가 보이지 않는 탓이었다.

"밤눈이 어두워졌나."

기사는 다시 차를 몰았다.

지수는 운동장으로 들어섰다. 농구 골대 주위에 봉고차와 랑인 일곱 명이 있었다. 중심에 있는 건 정규리였고, 골대에는 연진이 입을 가린 채 묶여 있었다.

"네 친구 왔다."

김영주가 연진에게 말했다.

"꼴에 인간 친구를 다 사귀었어? 얘 네 정체 모르지?"

정규리가 말했다.

지수의 가슴이 싸하게 식었다. 오는 동안 연진이 위험하다는 생각밖에 하지 않았다. 이제 연진은 지수의 정체를 알게 되었다.

연진은 늑대인을 만나면 잘해 주고 싶다고 말했다. 현실과 상상은 다르다. 지수가 늑대로 변한 모습을 본다면 감당하지 못할 것이다. 심지어 늑대인에게 강제로 붙들리기까지 했다. 더는 연진과 친구로 지낼 수 없을 것이다.

차라리 엄마한테 말하고 떠날걸. 그럼 연진도 다치지 않았을 테고, 정체를 들키는 일도 없었을 텐데.

"일반인은 놔주고 말하자. 가까이에 사냥꾼이 살아."

지수가 말했다.

"사냥꾼은 우리끼리 싸우는 데는 관심 없어. 우리끼리 싸우다 누가 죽든 다치든 좋은 일이라는 거지. 그때 영주와 진명이를 공격한 사냥꾼도 위협만 했다던데?"

정규리가 말했다.

"너 지금 보통 사람을 잡아 두고 있어. 기태식이 지금은 경주에 있을지 몰라도, 본거지는 서울이야."

"그걸 네가 어떻게 알아?"

"헛소리야!"

정규리의 무리들이 너도 나도 외쳤다. 지수는 입술을 깨물었다. 은태의 정체를 밝힐 수는 없었다. 자칫 은태가 위험해진다.

"성인도 아니고 고등학생이야. 쟤가 다치면 사냥꾼들이 다 합세해 너흴 쫓을 거야. 경주에서도 흔적을 지워 보겠다고 불태우는 수고까지 했는데도 결국 들켰잖아? 사냥꾼들을 만만하게 보지 말고 보내. 내가 왔잖아."

"경주에선 갑작스러운 일이라 흔적이 남았지만 얘는 쉬워."

정규리가 영주에게 눈짓했다. 영주가 의미심장하게 웃었다.

"오늘 성적표 나왔지? 얘네 집 앞에서 기다리는데 안에서 성적 때문에 깨지는 소리가 들리더라? 옥상에서 밀어 버리면 돼. 흔한 성적 비관 자살이지."

"연진이 건드리지 마!"

지수의 눈이 황금색으로 변했다. 연진의 얼굴이 하얗게 질렸다. 지수는 저도 모르게 한 발 뒤로 물러섰다.

"응, 쟤 랑인, 너네 표현으로 늑대인이야."

영주가 재밌어 못 견디겠다는 얼굴로 말했다. 지수는 주먹을 쥐었다. 연진에게만큼은 보이고 싶지 않았지만 선택의 여지가 없었다.

"말만 할 거야?"

지수가 말했다.

"쳐!"

규리가 외쳤다. 규리를 제외한 여섯 아이들이 일제히 송아지만 한 늑대로 모습을 바꿨다. 연진이 재갈을 물고 신음 같은 비명을 질렀다. 지수도 허리를 낮췄다. 근육과 짙은 회색 털이 솟으며 삽시간에 늑대로 변했다. 여섯이 지수를 에워쌌다. 지수는 바로 몸을 날려 정면에 있는 늑대의 목덜미를 물어 집어 던졌다. 늑대는 하늘 높이 솟구쳤다가 땅에 부딪치며 새된 비명을 질렀다. 남은 다섯 늑대가 일제히 달려들었다. 지수는 제일 가까이 다가온 늑대의 몸을 머리로 받았다. 뒤에서 공격하는 녀석들은 뒷발로 차고, 앞발이 들어오면 피하는 대신 물었다. 이빨이 부러지며 비릿한 피 맛이 입안을 감돌았다.

"멍청이들아! 무작정 덤비지 말고 떨어져!"

정규리가 외쳤다. 영주와 진명이 당황해서 뒤로 빠졌다. 얼마 전 싸웠을 때만 해도 지수는 아무것도 아니었다. 사냥꾼 때문에 어쩔 수 없이 물러났을 뿐이었다. 오늘 몰려온 것도 혹시나 사냥꾼을 만날 경우에 대비한 거지, 지수 따위를 염려해서가 아니었다.

지수는 작은 틈이라도 보이면 망설이지 않고 공격했다. 이건 공격이 아니라 방어였다. 연진을 지켜야 했다.

늑대들이 뒤로 물러섰다. 규리는 혀를 찼다. 한순간에 무리 둘이 더는 싸울 수 없을 만큼 다쳤다. 혁수가 괜히 애를 먹은 게 아니었다. 남은 넷은 작전을 바꿨다. 치고 빠지는 식으로 지수를 몰아쳤다. 피할 곳 없는 넓은 운동장이라 혼자 싸우는 지수가 단연 불리했다.

"한 번에 잡으려 하지 마. 힘을 빼."

늑대들은 규리의 지시에 따라 작은 공격을 반복했다. 지수의 몸에는 크고 작은 상처가 늘어갔다. 반면 남은 넷은 아직 쌩쌩했다. 영주가 이제 끝낼 때라는 듯 땅을 긁으며 이를 드러냈다. 그때 화살이 영주의 등에 박혔다. 달빛에 은청색 화살대가 빛났다. 영주가 새된 비명을 질렀다.

"사냥꾼이다!"

늑대들이 사방을 경계했다. 은태가 담벼락 위에서 두 번째 화살을 뽑았다.

"거기까지!"

규리가 칼을 뽑아 연진의 목에 댔다.

"활 내려놔."

"건드리기만 해."

은태가 규리를 겨누며 말했다. 여기서 무기를 버리면 연진, 지수, 자기까지 모두 끝이었다. 다른 도리가 없었다. 은태가 규리와 대치한 틈을 타 진명이 달려들었다. 은태는 진명의 발을 맞추고 순식간에 다음 살을 활에 꽂았다.

"너도 가!"

규리가 다른 늑대에게 외쳤다. 은태는 연이어 화살을 쐈다. 규리의 지시를 받은 늑대가 지그재그로 뛰어 화살을 피하며 삽시간에 거리를 좁혔다. 진명도 울부짖으며 이빨로 화살을 부러뜨리려 했지만 단단한 살은 꼼짝도 하지 않았다. 규리가 뛰어와 화살을 뽑았다. 진명이 몸서리를 치며 낑낑댔다.

"엄살 떨 때 아냐! 일어나!"

규리도 짙은 붉은 늑대로 몸을 바꿨다. 사냥꾼의 목소리가 어렸다. 어린 사냥꾼을 어설프게 건드렸다간 어른 사냥꾼이 떼로 몰려온다. 흔적 없이 완벽하게 처리해야 했다.

영주와 다른 늑대는 지수를 노렸고, 진명과 남은 한 늑대가 은태를 상대했다. 은태는 연이어 화살을 날렸다. 화살은 매번 아슬아슬하게 스쳐 지나갔다. 먼저 도착한 늑대가 담을 향해 뛰어 올랐다. 은태는 뛰어내려 피하며 몸을 돌려 화살을 쐈다. 화살은 늑대의 배에 명중했다. 늑대는 땅에 처박혀 몸을 떨었다. 그사이 진명이 도착해 은태의 어깨를 물었다. 은태는 활을 놓쳤다.

지수는 규리가 변하는 틈을 타서 등에 올라타 목을 노렸다. 규리는 몸을 떨며 지수를 떨어뜨리려 했다. 지수는 악착같이 목덜미를 물고 놓치지 않았다. 이어 규리가 몸을 날려 나무에 등을 부딪쳤다. 지수는 규리에게 떨어져 나오며 신음을 흘렸다. 그 틈을 타 영주가 지수의 뒷다리를 물었다. 규리가 지수의 배를 공격했다. 지수는 가까스로 자세를 잡아 앞발로 규리의 머리를 치고 영주를 떼어 냈다.

은태는 오른 발목에서 단검을 꺼내 진명의 어깨를 찍었다. 진명이 은태를 놓쳤다. 은태는 다시 왼 발목에서 칼을 뽑았다. 늑대와 활 없이, 그것도 단둘이 대치하는 건 처음이었다. 이길 수 있을까?

"와 봐!"

은태가 말했다.

지수는 영주의 다리를 물었다. 영주가 몸부림쳤다. 지수는 온 힘을 다했다. 영주의 다리가 부러지는 느낌이 이를 타고 올라왔다. 지수는 영주를 놔두고 규리 앞에 섰다.

"빨간 털? 그렇게 겉모습 따위에 신경 쓰니 혁수에게 밀리는 거다."

"혁수는 죽을 거야."

"너보단 오래 살걸?"

"허세 부리지 마. 넌 내 상대가 못 돼."

규리는 갓 싸움에 들어와 거의 지치지 않았다. 지수는 이미 서 있기도 힘들었다.

"봐줄 때 가라."

지수가 말했다.

"봐줘?"

규리가 웃음을 터뜨렸다.

"상황 파악이 안 되나 본데, 네가 날 봐준다 만다 할 상황으로 보여? 걸을 수는 있어?"

"상황 파악이 안 되는 건 너야. 난 잃을 게 없어. 너는 어떨까? 떠돌이 랑인을 습격했다가 무리 전체가 와해될 위기에 처했다는 소문이 퍼지면?"

지수가 말했다. 규리의 눈에 망설임이 스쳤다. 규리는 주위를 살폈다. 무리 중 둘은 전투 불가였고, 셋이 다쳤다. 멀쩡하게 서 있는 아이는 하나뿐이었다. 규리에게 남은 무리는 이 여섯이 전부였다. 다른 애들은 혁수의 숨통을 확실히 끊지 못하자 뒤탈이 두려워 달아나거나 이영우와 기태식에게 당했다.

지수는 곁눈으로 은태는 괜찮은지 보았다. 은태와 대치 중인 늑대도 섣불리 덤비지 않고 망설이고 있었다. 사냥꾼을 없앨 거면 뒤처리까지 확실히 해야 한다.

"사냥꾼이라 봐야 인간이야. 활 없이 우릴 상대할 수 있을 것 같아?"

규리가 말했다.

"그럼 끝까지 해보든가."

지수는 규리가 이대로 가길 바랐다. 지금 상태로 이길 수 있을지 확신이 없었고, 은태가 칼 두 자루로 변신한 랑인을 상대해 얼마나 싸울 수 있을지도 알 수 없는 노릇이었다. 하지만 다른 방법이 없다면…….

"할 말 다 했지?"

지수는 마음을 정하고 앞발로 땅을 긁었다.

"잠깐."

규리가 말했다. 지수는 예상 외로 실력자였다. 혁수가 애먹을 만했다. 진명과 영주가 사냥꾼만 아니면 해치웠다고 떠벌리는 걸 곧이곧대로 믿지 말아야 했다. 그렇다고 질 리야 없겠지만 다치기라도 하면 자기만 손해였다. 호주 대학에 갈 때를 생각해서라도 측근으로 있어 줄 무리가 필요했다. 전 세계에서 날고 기는 랑인들이 올 텐데 혼자서는 우두머리로 인정받기 힘들었다.

"아직 끝난 게 아니라는 것만 명심해. 봐주는 건 나야."

규리는 사냥꾼을 불렀다.

"랑인들 간의 일에 인간을 끌어들인 건 사죄하겠다. 여기 있는 인간은 놀랐을 뿐 다친 게 아니야."

은태는 지수를 살폈다. 멀리서 봐도 부상이 가볍지 않았다. 정규리가 물러날 의사를 밝힌 이상 여기서 멈추는 게 낫다. 은태는 받아들이겠다는 뜻으로 한 발 물러났다. 진명이 은태를 경계하며 규리에게 돌아갔다.

규리는 인간 모습으로 돌아왔다. 진명도 모습을 바꿨다. 규리는 다친 아이들을 봉고에 태우더니 직접 차를 몰아 사라졌다. 은태는 화급히 연진을 묶은 줄을 풀었다.

"괜찮아?"

"저리 가!"

연진이 은태를 걷어차며 물러섰다.

"너네 뭐야? 이게 다 무슨 일이야?"

"연진아, 미안해, 정말 미안해. 내가 다 설명할게. 일단 가자."

은태가 연진을 달래 부축했다. 연진은 몇 걸음 걷다 멈춰 여전히 늑대 모습인 지수를 바라보았다.

"정말 저게…… 지수야?"

"그래."

은태가 가자는 듯 연진을 잡았다.

"지수는?"

"알아서 갈 거야."

"다쳤잖아."

"랑인들은 회복이 빨라."

"그렇다고 혼자 놔두고 가? 걔네가 다시 오면?"

"그러니까 빨리 가자는 거야."

"지수는?"

"네가 먼저야!"

은태가 소리쳤다.

"난 수호자야. 겁도 없이 사람들을 습격하는 랑인들을 막는 게
내 일이야."

"지수는 우리 친구잖아."

"랑인이야! 지수는 랑인이라고! 안 그래도 네가 지수랑 어울리
는 게 불안했어."

연진은 순간 넋이 나갔다.

"알고 있었어?"

"그래, 뭐든 다 설명해 줄 테니 제발 가자."

"지수는 왜 원래 모습으로 돌아오질 않아?"

은태는 대답하지 않았다.

"봐봐!"

연진이 은태를 뿌리쳤다.

"지수는 왜 안 돌아오는데? 저 모습으로는 못 가잖아."

"겁먹어서 그래. 두렵거나 너무 흥분한 상태에서는 못 돌아와."

"지수가 왜 겁을 먹어? 걔들 갔잖아."

"너한테 정체를 들켰으니까."

은태는 놀란 연진을 보며 나직하게 한숨을 쉬었다.

"그러니까 우리가 빨리 가는 게 나아. 몸이 돌아오면 엄마한테라도 연락하겠지."

은태가 문득 생각난 듯 겉옷을 벗어 던졌다.

"알아서 갈 수 있지?"

지수가 낮게 으르렁거렸다.

"그렇대, 가자."

"아까도…… 아까 그 빨간 늑대가 으르렁거렸을 때도…… 넌 뭐라고 하는지 알아듣는 거 같더라?"

"난 배웠으니까."

"정말로 괜찮다고 말한 거 맞아?"

"너도 잘 들어봐. 어릴 때 강아지 키웠잖아. 강아지가 밥을 달라는지 놀아 달라는지, 대충 알아들었지? 비슷해. 자세한 내용까지는 이해하지 못해도 느낌은 올 거야. 야, 연진이한테 가라고 해."

은태가 말했다. 지수가 힘겹게 목을 울려 소리를 냈다. 괜찮으니 가라는 소리로 들렸다.

연진은 갈 수 없었다. 연진이 학교에 다녀오면 엄마는 늘 인사처럼 별일 없었느냐고 물었다. 연진은 매번 없다고 대답했다. 어느 날은 같이 저녁을 먹던 언니가 요즘 얼굴이 왜 이렇게 어둡냐며, 혹시 왕따 당하냐고 물었다. 기겁하며 아니라고 했다. 왕따 당하는 걸 들키느니 죽어버리는 게 나았다. 도와달라고 말하고 싶었다. 학교에 못 가겠어, 애들이 무서워 라고 말하고 싶었다. 별일 없다고, 괜찮다고 말한다고 진짜 괜찮은 게 아니었다.

지수는 미애가 또 괴롭히려 들자 막아 주었다. 늑대인이라고 오해받는 것만으로도 학교에서 왕따가 될 정도로 늑대인이라는 게 밝혀지면 사실상 학교를 그만둬야 하는데도 그랬다. 이번에는 자기가 도울 차례였다.

"다쳤잖아. 어떻게 그냥 가."

연진이 떨리는 다리로 지수에게 다가갔다. 지수가 상체를 일으켰다. 연진은 화들짝 놀라 멈춰 섰다. 지수는 등에 올라탈 수도 있을 만한 크기에 손가락만큼 굵은 이빨에는 피가 묻어 있었다.

"가지 마. 새끼 고양이도 다치고 겁에 질렸을 때는 가까이 가는 거 아니야."

"새끼 고양이가 다쳤으면 돌봐 줘야지."

"새끼 고양이도 육식동물이야! 하물며 지수는 랑인이라고! 저 꼴을 보면서도 못 알아들어? 지수랑 어울리니까 네가 이런 일을 겪은 거야!"

"지수랑…… 어울려서?"

연진은 지수를 보았다. 아까 그 늑대인들은 연진을 미끼로 지수를 불러냈다. 지수는 연진을 구하러 달려와 정체를 드러내면서까지 싸웠다. 연진은 지수에게 가까이 갔다.

"괜찮아, 나야, 겁먹지 않아도 돼."

지수의 호흡이 가빠지며 동공이 커졌다.

"지수야, 어떡해……. 괜찮아, 나랑 같이 집에 가자."

연진은 낯선 금속 소리에 뒤를 돌았다. 은태가 활을 주워 살을 끼웠다.

"너, 뭐하는 거야? 그거 뭐야?"

연진이 파랗게 질려 물었다.

"널 보호하는 거야. 정 그렇다면 천천히 가 봐. 내가 보고 있을 테니 염려 말고."

"그거 안 치워?"

"못 치워. 이 이상은 양보 못해. 넌 랑인을 겪어 본 적 없잖아."

"지수는 나 다치게 안 해."

"그럼 내가 이걸 쓸 일도 없겠지."

"그걸 겨누는데 애가 마음이 풀리겠어? 겁먹지 않아야 돌아온다며? 당장 치워!"

연진은 석궁을 뺏으려 들었다. 둘은 실랑이를 벌였다.

"네가 랑인에 대해 뭘 안다고……!"

은태의 눈에 누운 지수의 모습이 보였다. 은태는 석궁을 위로 올리더니 고개를 돌렸다.

"가봐."

연진은 뒤를 돌았다. 지수가 사람 모습으로 돌아와 있었다.

"지수야!"

연진은 허둥지둥 은태의 겉옷을 입혔다.

"여기 있어봐, 교실에서 체육복이랑 운동화 가져 올게."

"야!"

은태가 불렀다.

"지수 잘 지켜!"

연진은 은태가 뭐라 말할 새도 없이 사라졌다. 은태는 지수를 내려다보았다. 옷이 금방 피로 물들었다.

"집에 구급약 있지?"

"있든 말든 랑인 따위 알 바 아니잖아."

"선택의 여지가 없어. 알잖아."

은태가 나직하게 말했다. 지수는 은태를 올려다보았다. 은태의 커다란 눈동자에는 한 치의 흔들림도 없었다.

"과연 듬직한 인간들의 수호자. 너흰 아무것도 염려할 필요 없겠어."

"비꼬지 마."

연진이 체육복을 들고 왔다.

"그거 지수 체육복 아냐?"

은태가 물었다.

"내 게 애한테 맞겠어?"

"너네 사물함 비밀번호도 공유해?"

은태가 어처구니없다는 목소리로 말했다.

"이 피 좀 봐. 어떡해."

"괜찮아."

지수가 말했다. 셋은 택시를 탔다. 연진이 우겨 셋은 지수의 집부터 갔다.

"좀 도와줘야겠다."

지수가 죽었다 깨어나도 하고 싶지 않은 말을 뱉었다. 은태는 지수가 담을 넘어 창문으로 들어가게 잡아주었다.

지수는 방으로 들어갔다. 책상에 하교하자마자 만들었던 중간고사 공부 계획이 붙어 있었다. 지수는 불을 껐다. 잠시 후 엄마가 방으로 들어가는 소리가 들렸다. 지수는 엄마가 잠들기를 기다렸다가 화장실에 들어가 씻었다. 상처가 깊었다. 지수는 한참을 망설이다 저번에 은태가 준 약을 발랐다.

연진도 집에 들어갔다.

"어디 갔다 이제 와? 전화는 왜 안 받아? 야단 좀 쳤다고 유세 떠니? 다 너 걱정되어 하는 소리잖아. 딸 무서워서 어디 말 한 마디 하겠니?"

엄마가 속사포처럼 쏘아붙였다. 연진은 꿈이라도 꾸는 것처럼 엄마를 바라보았다. 10등을 하고 칭찬받을 생각에 들떠 집에 왔다. 엄마는 고작 이게 뭐냐는 얼굴을 했고, 언니는 비아냥거렸다. 잠이 오지 않았다. 확 가출하고 싶었다. 편의점에 가서 콜라라도 사 마시려고 나갔다. 어둠 속에서 누군가 잡아챘고 정신 차려 보니 학교 운동장이었다. 지수가 달려왔다. 늑대로 변해 연진을 구했다. 은태가 사냥꾼이었다. 혹은 수호자거나······.

"나 피곤해, 그만 잘래."

연진이 멍한 얼굴로 말했다.

"그래, 집에 왔으니 됐지, 자라 그래."

언니가 엄마를 잡았다.

연진은 침대에 누워 휴대전화를 들었다.

'지수야, 괜찮은 거지? 내가 집에 오면서 은태한테 그러는 거 아니라고 단단히 뭐라 그랬어.'

지수도 휴대전화를 확인했다. 약기운으로 눈이 가물가물했다.

'그럼, 괜찮지.'

'이제 우리 비밀 없는 거지?'

지수의 눈가에 눈물이 맺혔다. 지수는 양 엄지를 움직였다.

'당연하지, 내일 학교에서 보자.'

지수는 잠이 들며 변두리에서 사는 것도 나쁘지 않을지도 모른다는 생각을 했다.

#

오전 7시가 되자 어김없이 알람이 울렸다. 연진은 알람을 껐다. 온몸이 부서지듯 아팠다. 어제 있었던 일이 현실 같지 않았다. 지수는 습관처럼 눈을 떴다. 아직 몸이 낫지 않았다. 학교에 가지 않으려면 엄마에게 어제 일을 설명해야 했다. 지수는 이를 악물고 일어나 교복을 입었다. 은태도 잠에서 깨 아무 일도 없는 것처럼 아침을 먹었다.

지수는 교문에서 은태와 맞닥뜨렸다. 둘은 약속이라도 한 듯 못 본 척 고개를 돌렸다. 그때 연진이 달려와 둘 사이에서 팔짱을 꼈다.

"인사들 안 해?"

"안녕."

은태가 입속말처럼 말했다.

"어, 안녕."

지수도 마지못한 듯 말했다. 연진이 활짝 웃었다.

커닝 왕

전건우

지금 이 순간 시간을 허비하고 생산적

인 일을 뒤로 미루면서도 무언가에 몰두

해 더없는 행복감을 누리는 모든 청춘들

에게 이 작품을 바칩니다.

제一장. 파란(波瀾)

강호(江湖)에 파란이 일었다. 중원(中原)중학교 게시판에 붙은 방(榜) 하나가 발단이었다.

용자(勇者)들께 아뢰오. 다음달 열하루에 열리는 한자(漢字) 시험에는 부정행위를 용인하는 바, 능력껏 재주와 비기(祕技)를 사용하여 시험에 임 하시오. 단 적발 시에는 빵점으로 처리된다는 사실, 부디 잊지 마시오.
　　－ 한문 선생, 나무협 백(白)

"올 것이 왔군."

방을 보며 윤이 중얼거렸다. 올해도 중학교 2학년을 상대로 '천 하제일 부정자(天下第一 不正者)'를 뽑는 한자 시험이 시행되리라 는 소문이 돌았다. 소문은 사실이 되었다. 윤이 손꼽아 기다리던 순간이었다.

중원중학교에서는 해마다 중간고사 직후 2학년을 대상으로 특이한 시험이 열린다. 바로 커닝이 공공연히 허락되는 한자 시험이었다.

규칙은 간단했다. 커닝은 할 수 있다. 단, 들키면 빵점이 된다. 그야말로 누구의 기술이 더 우월한지를 겨루는 시험. 물론, 점수가 성적에 반영되지는 않는다. 허나 만점을 받은 이에게는 '커닝 왕'이라는 영예로운 칭호와 함께 뷔페 2인 식사권이 제공된다.

다음달 열하루라면 마침 여자 친구와의 백일 즈음이다. 게임 머니에 용돈을 탕진한 윤에게는 뷔페 2인 식사권이 꼭 필요했다. 게다가…… 윤에게는 식사권이 아니고라도 이번 시험에서 꼭 우승해야 할 이유가 있었다.

"하하하, 기다리던 순간이군."

변성기를 한참 전에 지난 굵고 낮은 목소리가 뒤에서 들려왔다. 윤은 고개를 돌렸다. 방을 바라보던 인파가 양쪽으로 갈라지며 최가 나타났다. 장대 같은 키에 투실한 몸을 자랑하는 최는 2학년에서 둘째 가라면 서러워할 망나니였다.

약한 아이들 삥 뜯기, 선생님 괴롭히기, 친구들 때리기, 그리고 기타 등등 악(惡)과 관계된 일이라면 앞장서서 실천하는, 자칭 '암흑군주(暗黑君主)'였다.

"우리도 도울 테니까 잘해 봐."

"커닝이라면 네가 천하제일이지."

최의 옆에서 감언이설을 쏟아내는 놈들은 쌍둥이로 각각 '똥'과 '파리'라는 별명으로 불렸다. 놈들은 세 치 혀를 놀려 최의 측근이 되었고, 최 못지않게 악행을 일삼았다. 어떤 때에는 오히려 최보다 더 악랄했다. 그야말로 둘이 합쳐 '똥파리'라 불릴 만했다.

"이번 시험은 내가 제패한다."

최는 가슴을 당당히 펴고 선언했다.

놈이라면 가능할 것이다.

윤은 냉철하게 분석했다. 시험은 2학년 전체 학생을 대강당에 모아 놓고 치른다. 인원은 모자람 없이 딱 150명. 매의 눈을 가지고 부정행위를 막는다 해서 '맹장(猛將)'이라 불리는 나무협 선생이라 해도 모든 학생을 감시하지는 못할 터. 우수한 학생들 중 몇 명만이라도 최에게 답을 가르쳐 준다면 만점은 손쉬운 일이 될 것이다. 최는 그 정도의 무력(武力)을 갖고 있었다.

윤이 기댈 곳은 남다른 지혜, 즉 잔머리뿐이었다. 누구도 예측하지 못한 방법을 쓴다면 최와 박빙의 싸움을 벌일 수도 있으리라.

재미있는 대결이 되겠군.

윤은 생각했다.

"야, 넌 혼자서 뭘 그리 실실 쪼개냐?"

혼자만의 생각에 빠져 있던 윤은 최의 말에 흠칫했다.

"아, 아니, 재밌겠다 싶어서."

윤은 심중에 둔 생각을 겉으로 드러내지 않은 채 얼버무렸다. 미리 야심을 드러낼 필요는 없다. 겉으로 떵떵 큰소리를 치는 건 하수(下手)나 하는 짓이다. 게다가…… 쓸데없는 소리를 해서 매를 벌 필요는 없다.

"너 같은 똥멍청이는 이길 수가 없으니까, 일찌감치 포기해."

최의 말에 윤은 딱히 반박할 수가 없었다. 똥명청이까지는 아니라도 자신은 평범한 명청이 그 자체였으므로. 성적도 중간, 운동 실력도 중간, 얼굴도 중간, 신장도 중간, 싸움은 하위권. 대단한 배짱도 없고 머리가 썩 좋지도 않다. 다만 눈치가 좀 빨라 최의 패거리나 교실마다 꼭 한 명씩은 있는 무뢰배들에게서 자신을 보호할 줄은 안다.

은신술(隱身術).

그것이 윤이 선택한 방법이었다. 그 누구의 눈에도 띄지 않기, 있는 듯 없는 듯 살아가기, 아니 살아남기.

윤은 최가 다른 친구를 붙잡고 으르렁거리는 사이, 슬그머니 빠져나왔다.

다음달 열하루라면 준비할 시간은 충분하다. 다른 건 다 몰라도 이번만큼은 꼭 이기고 싶었다. 마지막 순간을 멋지게 장식하고 떠나고 싶었다. 윤은 단전(丹田)에 힘을 모으고 눈을 감았다. 온몸 구석구석으로 은은하게 달궈진 기(氣)가 퍼져 나갔다.

"야, 눈 감고 뭐해? 찐따같이."

우르르 몰려가는 아이들에게 부딪치며 윤은 망상에서 깨어났다.

옥상 위로 청명한 바람이 불었다. 정의 짧은 치맛자락이 나풀나풀 날렸다. 정은 옥상 난간에 기대 아래를 내려다보는 중이었다.

'명지바람이여, 조금 더 힘을 내시게.'

윤의 기대와는 달리 바람은 물탱크 위를 휘돌아 나가며 곧 잠잠해졌다. 정이 윤을 향해 돌아섰다. 동그랗고 맑은 눈이 똑바로 윤을 향했다. 평범함, 그 자체인 윤이 유일하게 특별해지는 순간은 정과 함께할 때였다. 윤에게 정은 천군만마(千軍萬馬)요 한 줄기 햇살이었다. 정을 위해서라면 하지 못할 일이 없었다.

"그게 그렇게 중요해? 우리 여학생들은 별로 신경도 안 쓰는데 너희 남자애들은 다 난리더라?"

정이 고개를 갸웃거리며 말했다. 단발머리가 찰랑거렸다. 정은 중원중학교에서도 둘째 가라면 서러운 요조숙녀(窈窕淑女)였다. 얼굴도 예쁘고 공부도 곧잘 했다. 그런 정이 왜 한낱 천부(賤夫)에 지나지 않는 윤을 택했을까? 학생들은 물론이고 선생들까지 수 군거렸다. 제일 궁금한 사람은 윤 자신이었다. 언제 정이 떠나갈지 몰라 전전긍긍하기를 몇 개월. 허나 정은 주변의 이목에도 아랑곳없이 윤을 남자 친구로 대했다. 그런 정을 위해서라도 꼭 필요했다. 뷔페 2인 식사권과 커닝 왕이라는 명예가.

"이건 자존심 싸움이야."

윤이 말했다. 무식하게 치고받는 것도 아니고, 운동으로 겨루는 것도 아니고, 단순하게 성적으로 겨루는 것도 아닌 오로지 기술로만 천하제일에 오르는 대결. 사내라면, 그것도 야심을 품은 사내라면 누구나 관심을 가질 만했다.

"그래서 넌 어떡할 건데?"

"수련을 해야지. 그 누구도 따라올 수 없고, 그 누구도 밝혀 낼 수 없는 재주를 익히기 위해."

윤의 의지는 활활 불타올랐다. 그러고 보니 이렇게 간절했던 적은 처음인 듯하다. 다른 친구들은 이미 수련에 들어갔으리라 생각하니 초조했다. 그런 윤의 마음을 읽은 듯 정이 옥상 문 쪽으로 다가가며 말했다.

"천하제일 커닝 왕이 되길 기대할게. 넌 할 수 있을 거야."

정은 한 떨기 수선화처럼 웃었다. 그 모습에 윤은 심장이 내려앉을 만큼 감동했다. 정이 내 여자 친구라니 믿을 수가 없었다. 어제도 믿을 수 없었고, 오늘도 믿을 수 없으며, 아마 내일도 마찬가지리라.

정이 먼저 떠난 후 윤은 생각에 잠겼다. 커닝의 방법이야 다양하다. 윤 역시 초등학교 때부터 자주 해 왔다. 그리고 한 번도 걸리지 않았다. 무릇 커닝이란 도박과 같아서 하면 할수록 빠져든다. 선생 몰래 커닝을 할 때의 짜릿함과 성공 후의 만족감은 그 무엇과도 바꿀 수가 없었다. 물론, 그렇다고 성적이 획기적으로 오르지는 않았다. 세상사 유득유실(有得有失)이라, 커닝에 신경 쓰다 보면 아는 문제도 놓치는 경우가 비일비재했다.

"이번에는 그리하면 안 될 것이다."

윤은 중얼거렸다. 이번에는 만점을 노려야 한다. 그러기 위해서는…….

"너도 참가하는 거냐? 후후."

귀에 익은 목소리에 뒤를 돌아보니, 이가 어느 새 5보(步) 앞까지 다가와 있었다. 윤은 흠칫 놀랐다. 이의 기척을 전혀 느끼지 못했다. 역시 은둔(隱遁) 고수다운 실력이었다. 중원중학교 학생들은 이를 일컬어 괴짜 혹은 외계인이라 불렀다. 다른 차원에서 왔다 하여 '이계인(異系人)'이라 부르는 학생들도 많았다.

"다른 건 몰라도 커닝이라면 겨뤄 볼 만하지."

윤이 말했다.

"아서라. 심안(心眼)에 눈 뜬 내게 이길 자는 아무도 없다."

"심안?"

"마음의 눈으로 보면 밝혀내지 못할 것이 없다. 본좌가 한 번 맞춰 볼까? 너는 지금 동요하고 있을 것이다. 지력도, 지략도, 권력도, 무력도 없는 네가 끼어들 판이 아니라는 사실에 무력감을 느끼면서, 하하."

이의 말은 맞았다. 허나 반만 맞았다. 정의 응원을 받은 윤은 두려움보다도 자신감이 앞섰다.

"아니, 내게는 지켜야 할 여자가 있다! 사내는 그럴 때 알 수 없는 힘을 낸다는 사실, 너 역시 잘 알고 있겠지? 아니…… 혹시 모를지도."

윤은 여자 친구가 없는 이에게는 비수 같을 한 마디를 남기며 옥상을 내려왔다.

"으아악!"

옥상에서 분노에 찬 이의 일성(一聲)이 들려왔다. 윤은 씨익 웃었다. 가슴이 중원을 내달리는 한 마리 흑마처럼 격렬하게 뛰었다. 바야흐로 전쟁이 시작되었다.

눈을 감았다 떴다. 한 줄기 섬광처럼 야구공이 날아왔다. 윤은 눈을 부릅뜨고 그 하얗고 매끈한 표면을 주시했다. 공은 곧바로 날아오는가 싶더니 오른쪽으로 크게 휘어졌다.

"야! 커브를 던지면 어떻게 해?"

윤은 박을 향해 외쳤다. 일요일 오후, 모자에다가 야구복까지 다 챙겨서 나와 준 친구가 고맙기는 했지만 커브며 싱커를 던지는 탓에 제대로 된 수련을 할 수가 없었다.

"난 변화구 전문 투수라고!"

박이 볼멘소리를 했다. 박은 중원중학교 야구부의 후보 선수였다. 요리조리 변화구를 잘 던지기는 하지만 그뿐이었다. 둘 다 그저 그렇다는 점에서 윤이나 박이나 오십보백보였다. 그리하여 두 사람은 1학년 때부터 관포지교(管鮑之交)를 맺어 왔다. 비정하고 잔인한 중원에서 서로의 배후(背後)가 되어 주었다.

"바보라고 적었는데 그것도 못 알아보면 어떻게 하려고?"

박의 말이 맞았다. 안구를 단련하고 또 단련해야 하는데 고작 커브 따위에 흔들린다면 목표를 달성할 수 없었다.

윤이 생각해 낸 커닝은 지금껏 중원, 아니 동서고금을 통틀어 한 번도 쓰인 적이 없는 비기였다. 윤은 그리 자신했다. 허나 그것을 익히기가 너무도 어려웠다. 수련에 수련을 거듭해도 과연 성공할 수 있을지 자신이 없었다.

"자, 다음 공 간다."

박이 와인드업을 한 다음 힘차게 공을 던졌다. 백색의 구체가 허공을 가르며 날아왔다. 안구에 모든 신경을 집중했다. 윤의 눈에서 형형한 안광이 뿜어져 나왔다. 다행히 이번에는 직구였다. 야구공은 곧장 뻗어 왔다. 이번에는 희미하게나마 글자가 보였다.

"머⋯⋯."

거기까지였다. 나머지 글자를 읽기도 전에 승부는 끝이 나 버렸다.

"제길!"

윤은 땅을 치며 좌절했다.

"답은 멍청이였다, 멍청이. 그 정도 실력으로 어찌 커닝 왕 자리를 탐하는가?"

박이 보무도 당당하게 걸어와 엎드린 윤을 향해 일갈했다. 박은 운동부라 시험을 치지 않아도 됐다. 멍청이 중에서도 가장 강대한 박에게 그런 이야기를 들으니 윤은 수치심에 얼굴이 벌게졌다.

"다시 한 번, 다시 한 번만 하자."

윤은 포기하지 않았다.

"이번에는 아까보다 더 빨리 던져. 커브든 뭐든 상관 없다!"

설령 눈깔이 빠진다 해도 글자를 읽어 낼 작정이었다. 그래야만 비기, 안구회전(眼球回轉)을 완성할 수 있다.

박은 다시 공을 던졌다. 윤은 눈에 기를 모아 글자를 읽었다. 한낮에 시작된 수련은 밤이 이슥하도록 계속됐다. 두 소년이 흘린 땀 방울이 땅바닥에 떨어져 냇물을 이루었다.

"이제 그만하자. 바보, 멍청이, 개똥아!"

박이 1천하고도 456구째 공을 던졌을 때 윤은 글자를 완벽히 읽어 냈다. 박은 팔을 늘어트린 채 마운드에 무릎을 꿇었다. 윤은 기뻐하는 것도 잠시 벗을 향해 달려갔다.

"훗, 하얗게 불태웠어."

박은 무아지경(無我之境)에서 헤어나지 못한 채 혼잣말처럼 중얼거렸다. 수증기로 변한 땀이 하늘로 올라가며 은은하고 신비로운 운무(雲霧)를 만들어 냈다.

"고맙다. 내 꼭 성공해서 너에게 보답하마."

윤이 눈물을 글썽이며 말했다.

"친구끼리는 보답이란 말을 쓰지 않는 것. 행운을 빌어 주마."

윤은 끝내 울음을 터트렸고, 박도 함께 눈물을 쏟았다. 그리하여 또 다른 냇물이 야구장을 눈물바다로 만들었다.

윤은 수련의 효과와 우정의 확인으로 잔뜩 들떠서 집으로 향했다. 그런데 학교 후문을 막 빠져 나가려는 순간 이상한 소리가 들렸다. 기합 같기도 하고 신음 같기도 한 오묘한 소리였다. 윤은 그 소리에 이끌려 자기도 모르게 학교 건물 뒤편으로 갔다.

'아!'

윤은 그곳에서 예상 외의 광경을 목격했다. 사위는 사물의 분간이 어려울 정도로 어둑했다. 하지만 그런 것쯤 상관하지 않고, 누군가 열심히 수련을 하고 있었다.

네모 반듯하게 접은 종이가 날아간다. 몇 미터 앞에는 자그마한 컵 세 개가 놓여 있다. 아무래도 목표 지점은 그 컵인 듯했다. 접은 종이는 아슬아슬하게 컵을 비켜났다.

"제기랄, 이래선 안 돼! 이러선 안 된다고!"

최가 양손으로 무릎을 짚으며 자괴감에 찬 일성을 내뱉었다. 그렇다. 사내는 분명 최였다. 천하의 악당이요 암흑 군주인 사내가 얼굴에서 땀이 뚝뚝 떨어지도록 수련에 수련을 거듭하는 중이었다.

"보고 말았구나."

옆에서 들려온 목소리에 윤은 고개를 돌렸다. 쌍둥이 중 하나가 서 있었다.

"최는 저래 봬도 노력파야."

반대쪽에서 다른 하나가 말했다. 둘 중 누가 똥이고 누가 파리인지 분간하기 힘들었다.

"최는 이번 시험에 모든 걸 걸었어."

"병든 아버지에게 처음으로 100점짜리 시험지를 보여 드릴 작정이거든."

"최는 전교 1등부터 3등에게 모두 쪽지를 날려 정답을 받을 생각이야."

"쉽지 않은 일이지."

쌍둥이들이 번갈아 이야기를 했지만, 윤은 여전히 누가 누구인지 분간하기 힘들었다. 다만 악당인 줄로만 알았던 최에게도 사연이 있다는 사실은 확인했다.

"쪽지는 어떻게 회수할 생각이야?"

윤이 물었다. 쌍둥이의 눈가가 촉촉해졌다. 인두겁을 쓴 악마인 줄로만 알았던 '똥파리'가 눈물을 흘리다니! 이 역시 윤에게는 신선한 충격이었다. 하기야 중원에 사연 없는 인물이 몇이나 되겠는

가. 모두 괜찮다고 가장(假裝)하며 살아갈 뿐 그 속은 공허(空虛)이거나 암흑(暗黑)인 경우가 태반이었다. 중학교 2학년의 삶에는 운기조식(運氣調息)할 틈조차 없었다. 그리하여 누군가는 주화입마(走火入魔)에 빠지기도 하고, 누군가는 식견의 급이 낮아 충분히 채울 수 없다 하여 급식충(級識蟲)이라 불리기도 한다.

"우리가 최를 위해 희생하기로 했다."

쌍둥이 중 한 명이 말했다.

"뭐?"

"시험을 포기하고 나가겠다고 하면서 쪽지를 수거해 최에게 전할 것이다."

'아……'

윤은 둘의 의리 앞에 할 말을 잃었다.

'이것이 충(忠)이란 말인가?'

혼자 중얼거리며 걷기 시작한 윤의 등 뒤에서 핫, 핫, 핫 열심히 수련을 하는 최의 목소리가 밤하늘에 울려 퍼졌다.

윤은 잠시 마음이 흔들렸다. 아픈 아버지를 위해 노력하는 최의 모습이 뇌리를 떠나지 않았다. 허나…….

"승부는 정정당당해야 하는 법."

스스로를 다잡으며, 윤은 하늘을 올려다봤다. 구름 낀 흐린 밤하늘 사이로 몇 점의 별이 아련하게 반짝이고 있었다.

제三장. 고수(高手)

"커닝에도 예(禮)와 도(道)가 있다. 알겠느냐?"

나무협 선생은 지휘봉으로 자신의 손바닥을 탁탁 치며 학생들 사이를 왔다 갔다 했다. 시험 전날, 150인의 학생들은 대강당에 모여 주의 사항을 전달 받았다. 나무협 선생의 목소리에는 내공(內功)이 실려 있었다.

"에이, 커닝은 커닝이지 무슨……."

천둥벌거숭이 하나가 주둥아리를 함부로 놀렸다. 나무협 선생의 송충이 눈썹이 꿈틀, 했다.

"갈(喝)!"

나무협 선생의 벼락같은 호령에 강당은 일순 침묵에 휩싸였다. 윤 옆에 앉은 정이 살짝 얼굴을 찡그리며 말했다.

"선생님도 그렇고 너희도 그렇고 너무 진지해."

"이건 단순한 시험이 아니야. 이미 그 경계를 넘었어."

윤의 말에 정은 고개를 절레절레 저었다.

"커닝은 하되 남에게 피해를 주지 않는 것이 예요, 커닝 후 겸손한 마음으로 뉘우치는 것이 또한 도다."

학생들은 숙연해졌다. 윤도 마찬가지였다. 커닝 그 자체만을 위해 달려온 지난 며칠이 못 견디게 수치스러웠다.

"특히 남의 답안지를 고스란히 베끼는 것이 가장 최악의 커닝이다. 이것이야말로 커닝의 예와 도를 흐트러뜨리는 일이니 지양하도록. 알겠느냐?"

윤은 나무협 선생의 말을 들으며 최를 힐끔 바라봤다. 최가 하려는 커닝이야말로 나무협 선생의 말에 의하면 예와 도에 모두 어긋나는 짓이었다.

"이상. 건투를 빈다. 모두 내일을 위해 잘 준비하도록. 미리 말해 두지만 내 눈을 피하는 것은 아주 어렵다, 으하하."

음공(音功).

분명히 그것이었다. 쩌렁쩌렁 울리는 나무협 선생의 목소리에 학생들은 귀를 막아야 했다. 내공이 약한 학생 중에는 혼절하는 이도 있었다. 나무협 선생은 태연하게 걸어 나갔다. 그 뒷모습이 태산(泰山) 같았다. 나무협이 보여준 노화순청(爐火純靑, 화로의 불이 뜨거워지면 파랗게 변하듯 무공의 경지가 극에 달한 모습)한 모습만으로 커닝을 결심했던 3분의 2가 떨어져 나갔다. 윤은 간신히 버텼다. 윤은 내공이 높지도 않고 타고난 강골도 아니었다. 다만 자신이 약하다는 사실을 알기에 최선을 다할 뿐이었다. 그리하여 비기를 익혔다. 이제는 더 이상 뷔페 식사권에 일희일비(一喜一悲)하지 않게 되었다. 커닝 왕이라는 칭호를 못 받아도 상관없었다.

'나무협의 경계를 뚫고 다른 고수들의 기와 술을 뛰어넘어, 내 비기를 시험해 보고 싶다.'

그 순정한 바람만이 윤의 머릿속을 가득 채웠다.

"이토록 불타오르긴 처음이다."

어느 새 다가 온 김이 떨리는 목소리로 말했다. 김은 눈을 반짝이고 있었다. 윤은 내심 놀랐다. 김이 누구인가? 중원에서 뛰어난 공부 실력으로 이미 정평이 나 있는 자였다. 그가 커닝 왕에 도전할 줄은 꿈에도 몰랐다. 윤의 속마음을 알아챈 듯 김이 후후, 웃으며 말했다.

"나는 도전을 즐기는 사내다. 이렇게 가슴 뛰는 도전 앞에 고개를 숙이고만 있으면 안 되지. 어차피 할 일도 없잖아?"

"너는 공부를 잘하잖아."

윤이 말했다. '공부'라는 단어를 입에 올린 순간, 저 멀리 중원을 누비던 소협(小俠)에서 일개 중학교 2학년생으로 다시 돌아온 기분이었다.

"공부라······. 그래 봐야 어중간한 성적인 걸. 3학년이 되어도, 고등학교에 올라가도 별로 달라지는 일은 없을 거야. 10등 안에서 근근이 버티겠지. 그것도 아무것도 안 하고 공부만 했을 때 이야기야. 이번이 마지막이라고."

김은 들뜬 표정으로 강당을 휘돌아봤다. 김에게서는 상쾌하고 맑은 기가 쏟아져 나왔다. 시원하고 깨끗한 한 줄기 냇물처럼, 혹은 솔향기 가득 머금은 솔바람처럼. 그 순수한 기운에 동화된 것일까, 윤은 넌지시 자신의 계획을 털어놓았다.

"네 이야기도 공감하지만, 이번에는 내가 우승이야. 내 비기는 절대 들킬 리 없어."

"호오, 상당히 자신하는군. 본좌는 말이야, 최첨단 기기를 준비하기로 했다네. 나무협은 무예는 출중하나 기계에 대해서는 잘 모르더군. 일전에는 선풍기 리모컨을 조작 못 해 쩔쩔매는 모습도 봤지. 그 허점을 공격할 것이야."

김은 그 말을 끝으로 강당을 나갔다.

선풍기라…….

윤은 천장에 달린 선풍기를 묵묵히 올려다봤다. 모두 세 개, 대강당을 시원하게 만들기에는 턱없이 부족한 숫자였다. 내일도 마찬가지이리라. 선풍기는 온 힘을 다해 돌아갈 것이고, 그럼에도 학생들은 더위에 지쳐 갈 것이다. 어쩌면 그 더위마저 나무협의 계산 아래 있는 것일지도 모른다.

윤은 다시 옥상으로 올라갔다. 언제나 그랬던 것처럼 정이 기다리고 있었다. 윤은 정을 볼 때마다 감동했다. 비단 정의 외모 때문만은 아니었다. 정은 늘 약자의 편에 섰다. 작은 일에도 마음을 썼다. 바람이 불 때마다 포르르 날아오르는 민들레처럼 희고 가볍고 아름다운 정. 그런 정에게 윤은 마지막 말을 할 참이었다.

"시간 괜찮아? 너 커닝 준비해야 되잖아."

정은 그리 말해 놓고 쿡 웃었다. 아, 그 모습마저 어찌 그리 아름다운지…… 하마터면 와락 끌어안을 뻔했다.

어느 새 해거름이었다. 저녁놀이 흩어지면서 꽃구름이 하늘을 뒤덮었다. 붉게 물든 한 줄기 햇살이 옥상까지 날아와 윤과 정, 두 연인의 얼굴에도 홍조를 만들었다.

"할 말이 있어."

윤이 말했다.

"그럴 줄 알았어. 너, 지난달부터 조금 이상했거든."

"그런데 왜 묻질 않았어?"

"널 믿었으니까. 내가 왜 너를 좋아하게 됐는지 아니?"

윤은 진심을 담아 고개를 저었다. 정말로 모를 일이었다. 중원의 그 누구도 모를 일이었다. 깊은 통찰로 학생들의 한계의 한계까지 시험하며 조회 시간을 질질 끄는 교장이라면 알지도 모르겠다.

"넌 좋아하기에 좋은 사람이거든. 너랑 함께 있으면 누군가를 좋아하는 게 정말 좋은 일이라는 사실을 매번 새로 깨달아. 무슨 말인지 알겠니?"

"대충. 나는 널 보면 감동을 받아. 그래서 매일이 감동이지. 그 마음과 비슷할 거야."

"역시 우리는 통하네."

정이 설핏 미소를 지었다. 정은 이미 예감하고 있는 듯했다. 여자의 감은 아무리 뛰어난 무공으로도 막을 수 없다. 기를 뚫고 내공을 허물며 심중으로 곧바로 날아오는 것이 여자의 감이자, 암기(暗器)였다.

"근데 나 너한테 줄게……."

윤은 손을 들어 정의 말을 막았다.

"나…… 전학 가. 아버지가 저 멀리 지방으로, 땅 끝으로 발령을 받으셨어. 온 가족이 함께 가기로 했어. 이번 학기 지나면 나는 천하(天下)를 주유(周遊)할 수밖에 없어."

윤은 어렵사리 말을 꺼냈다. 바람에 펄럭이는 깃발처럼 주체할 수 없을 정도로 목소리가 떨렸다. 눈물을 짓지 않으려 주먹을 꽉 쥐었다. 몸 안의 기가 마구 헝클어지려 하고 있었다.

"괜찮아."

정은 의외로 담담했다. 그저 주황빛 낙조를 바라볼 뿐이었다. 홀연히 불어온 바람 한 줄기가 정의 머리카락을 날렸다. 툭. 정의 뺨을 타고 눈물 한 방울이 떨어졌다. 비수(匕首)가 날아와 윤의 가슴에 꽂혔다.

"못 만날 곳으로 가는 것도 아닌데, 뭐. 핸드폰도 있고 마음만 먹으면 어떻게든 만날 수 있잖아."

정은 애써 웃었다. 이런 상황에서 어떻게 해야 하는지 교과서에는 나오지 않았다. 삼각함수보다도, 톰과 제니의 영어 대화보다도 백배는 더 어려운 문제 앞에서 윤은 말없이 서 있을 뿐이었다.

"내일 시험 잘 쳐. 아니, 커닝 꼭 성공해. 난 널 믿어."

정은 그렇게 말한 뒤 윤의 뺨에 뽀뽀를 하고는 비누 냄새만을 남긴 채 표표히 사라졌다.

아, 이토록 달콤한 이별이라니…… 이토록 잔인한 상황이라니…… 그리고 입술이면 더 좋았을 미련이라니…….

"흥, 알고 봤더니 연애 고수군."

윤이 정의 뽀뽀에 아련히 취해 있을 때 어김없이 이가 나타났다. 아무래도 옥상은 이의 주서식처인 듯했다. 머리를 빡빡 깎고 맨살에 교복 재킷만 입은 이의 모습은 도인처럼도, 괴인처럼도 보였다.

"남의 사생활을 엿보는 이는 천하의 무뢰한이다."

"들리는 걸 어떡하나? 그나저나 네 놈이 말하던 비기는 모두 익혔는가?"

윤은 말없이 고개를 끄덕였다. 그 모습을 보던 이가 돌연 눈을 부릅뜨고선 윤의 재킷을 가리키며 웃었다.

"뭐, 뭐지?"

당황한 윤이 물었다.

"그 재킷 주머니에 커닝 페이퍼가 들어 있구나."

"아니! 어떻게……."

윤은 진심으로 놀랐다. 윤은 어젯밤을 꼬박 새며 시험에 나올 한 자 200개를 추려 종이 한 장에 빼곡하게 적어 보관하고 있었다. 아직 친구인 박에게도 이야기하지 않은 것이었다.

"내가 말했잖은가. 심안이 개안(開眼)했다고!"

윤은 이를 바라봤다. 머릿속으로 최와 김의 모습도 스치고 지나 갔다. 자신을 포함해 4파전이 될 확률이 컸다. 커닝 왕의 칭호는 전교 1등에게는 주어지지 않는다. 만점을 받은 후 자신의 커닝 기술을 밝혀 모두를 경악에 빠트리는 이에게만 그 영예가 돌아간다.

넷 중 누군가가 반드시 왕이 될 것이다. 윤은 그런 예감에 사로 잡혔다.

제四장. 대결(對決)

"개시요!"

2학년 학생회장의 우렁찬 목소리로 시험이 시작되었다. 150명이 일제히 시험지를 받아드는 모습은 그야말로 장관(壯觀)이었다. 팽팽한 긴장감이 대강당 안을 맴돌았다. 시위가 당겨진 활처럼 언제 툭 끊어질지 모를 긴장감이었다.

"자, 그럼 시작해 볼까?"

나무협 선생이 마치 경공(輕功)이라도 쓴 듯 높다란 단상에서 바닥으로 사뿐 내려앉았다. 나무협 선생에게서 뻗어 나오는 기에 찌릿찌릿 피부에 닭살이 돋을 지경이었다.

　윤은 눈을 감았다 떴다. 시험지를 내려다봤다. 당연히, 필연적으로, 예상했던 그대로, 운명처럼, 하나도 모르는 문제였다. 비기를 준비하느라 공력을 쏟아부어서 그런지 더욱 생각이 나지 않았다. 문제는 총 100개, 시험 시간은 딱 60분. 그 안에 비기를 사용하여 답을 채워 나가야 한다. 윤은 일단 시험지에 집중하는 척했다. 처음부터 커닝을 시도하는 것은 솔봉이(나이가 어리고 촌스러운 티를 벗지 못한 사람)들이나 하는 짓. 허나 하수들은 그런 것을 모른다.

　"21번, 동작 그만! 당장 손바닥을 편다."

　나무협 선생의 불호령이 떨어졌다. 21번 남학생은 하얗게 질린 얼굴로 손을 폈다. 손바닥에 답을 적어와 몰래 가르침을 받는다 하여 일명 '서장훈(書掌訓)'으로 불리는 기술. 하수들이나 쓰는 기술로 나무협의 눈을 피할 수는 없다.

　"퇴장!"

　21번은 찍소리도 못하고 쓸쓸히 시험장 밖으로 나갔다. 축 처진 어깨를 보니 남 일 같지 않았다. 윤은 다른 고수들의 동태를 살폈다. 이는 눈을 부릅뜨고 시험지를 뚫어져라 바라보고 있었다. 이의 말에 의하면 심안으로 답을 알 수 있다 했다. 개똥같은 소리라 생각했지만 혹시 모를 일이었다. 최는 나무협 선생의 눈치를 슬금슬금 보고 있었다. 금세 작전을 실행할 모양이었다. 가장 이해할 수 없는 이는 김이었다. 한 손으로는 턱을 괴고 안경 너머로 시험지를 무심히 보고 있을 뿐이었다. 꿍꿍이가 있긴 한 것 같은데 도무지 어떻게 풀어낼지 알 수가 없었다.

"79번, 동작 그만! 밑장 빼기냐?"

또 한 명 걸렸다. 그것도 가장 초보적인 밑장 빼기로. 미리 예상 문제를 뽑아 종이에 적은 뒤 감독관이 한눈을 파는 사이 책상 서랍에서 몰래 훔쳐보는, 커닝 기술 중 최하위 기술이다. 예상 문제를 일일이 다 적느니 그 시간에 공부를 하는 게 더 효과적이라는 밑장 빼기는 걸릴 확률 또한 높았다. 79번 여학생은 눈물을 흘리며 떠나 갔다.

그 뒤로도 수많은 학생들이 적발되었다. 방수 처리된 천에다가 답을 적고 입 안에 넣은 뒤 돌돌 빼내는 '개구리 인술(忍術)'도 나무협 선생의 눈을 속일 수는 없었다. 긴 목을 십분 이용해 앞뒤 양옆 사람의 시험지를 훔쳐보는 '모가지(謀假識)' 역시 단골 적발 대상이었다. 졸지에 수십 명이 낙방했다. 남은 자들은 진짜 공부를 잘 하거나, 아무 생각이 없거나, 윤처럼 때를 기다리는 고수들뿐이었다.

"이쯤 되면 슬슬 활동을 시작할 만도 한데, 흐흐흐."

나무협이 말했다. 그 역시 알고 있는 것이다. 시험 시작 후 20여 분이 흐른 지금, 슬슬 고수들이 움직이기 시작하리라는 사실을.

윤은 힐끗 고개를 돌렸다. 최의 움직임을 감지한 것이다. 최는 수련 때처럼 흰 종이를 네모 반듯하게 접었다. 모두 석 장. 이제 목표물을 향해 날리는 일만 남았다. 전교 3등은 최의 대각선 바로 옆이었다. 전교 2등은 같은 열 오른쪽 구석. 문제는 전교 1등이었다.

전교 1등은 나무협 선생이 주로 왔다 갔다 하는 맨 앞자리였다.

나무협 선생이 등을 보인 채 단상 쪽으로 걸어가는 찰나, 최가 전교 3등을 향해 종이를 날렸다. 휘익. 허공을 가르는 미세한 소리와 함께 종이는 전교 3등의 책상 위에 사뿐히 내려앉았다.

"응?"

나무협 선생은 이상을 눈치 채고 재빨리 고개를 돌렸지만 잡아내지 못했다. 윤은 속으로 탄식을 뱉었지만 한편으로 안도하기도 했다. 어느 새 최를 응원하고 있는 이 이율배반적인 마음은 도대체 어디서 기인하는가?

이번에는 이를 향해 눈길을 돌렸다. 이는 선풍기 바람 아래서도 땀을 줄줄 흘리고 있었다. 아무래도 과도하게 집중한 탓에 진기(津氣)가 빠져 나간 모양이었다. 몇 분 사이에 뺨도 홀쭉해졌다.

"어이, 이계인! 너 괜찮은가?"

나무협 선생이 이에게 물었다. 말라비틀어진 입으로 이가 내뱉은 말은 포기 선언이었다.

"소인, 패배를 인정합니다. 선생님의 기에 눌려 심안을 개안하지 못했습니다. 몇 갠가 답이 떠올랐지만, 그마저 정답이 아닐 듯합니다."

그 말을 남긴 뒤, 이는 책상에 얼굴을 박고 깊고 깊은 잠에 빠져들었다.

"쯧쯧, 분수에 넘치는 수련을 했군."

나무협 선생이 이에게 정신이 팔려 있을 때 최가 전교 1등을 향해 마지막 쪽지를 날렸다. 쪽지는 기가 막히게 날아갔다. 잘 벼른 표창처럼 목표물을 향해 일직선으로 뻗어 나가더니…….

"누구냐!"

휘익, 척!

나무협은 공중에서 쪽지를 잡아챘다. 그야말로 초절정 고수의 움직임이었다. 순간, 최의 얼굴이 일그러졌다. 나무협은 도깨비 같은 표정으로 얼마 남지 않은 학생들을 하나하나 노려봤다. 누가 날렸는지는 보지 못했다. 최로서는 천만다행이었다.

"이따위 하찮은 수는 내게 먹히지 않는다!"

나무협 선생은 그리 말했지만 한 가지 간과한 게 있었다. 바로 똥파리의 존재였다. 언제쯤 똥파리들이 움직여 전교 2등과 전교 3등의 답을 취합할지 윤이 눈여겨보는 동안 시간이 훌쩍 흘렀다.

뒤늦게 그 사실을 깨달은 윤은 자신의 어리석음을 탓했다. 이럴 때가 아니었다. 이제 시간이 얼마 남지 않았다. 서둘러 비기를 선보일 때였다.

윤은 깊고 크게 심호흡을 한 뒤 고개를 들었다. 제일 먼저, 그리 높지 않은 회색빛 천장이 눈에 들어왔다. 천장에는 선풍기가 매달려 있었다. 바람은 시원하지 않고 쓸데없이 크기만 한 선풍기였다. 선풍기는 빙글빙글 돌아갔다. 윤은 집중했다. 단전에 모아둔 기를 천천히 끌어올려 눈으로 보냈다. 눈두덩이 뜨뜻해졌다. 윤은 눈을 부릅떴다. 번쩍, 눈앞이 밝아졌다!

'비기, 안구회전(眼球回轉)!'

속으로 크게 외쳤다.

수련을 통해 단련된 윤의 어마어마한 동체시력이 선풍기 날개에 적어놓은 답을 포착했다. 어젯밤, 시험에 나올지도 모를 한자 200

백 개를 박과 함께 선풍기 날개에 빼곡하게 적어 두었다. 그 깨알 같은 글씨들이, 날개가 회전하는 중에도 똑똑히 보였다. 비기가 완성되는 순간이었다.

'좋았어!'

윤은 시험 문제와 예상 문제를 맞춰 보며 답을 적어 내려가기 시작했다. 안구회전은 갈수록 탄력을 받아 선풍기 자체가 느리게 돌아가는 것처럼 보였다. 한자들이 눈앞으로 획획 튀어나왔다. 그야말로 신기(神技)였다. 윤은 단전에서부터 뜨거운 무언가가 올라오는 것을 느꼈다. 전학 가기 전 마지막을 이렇게 뜨거운 마음으로 장식하다니…….

그 때였다. 윤의 눈에 김의 모습이 들어왔다. 김은 여전히 같은 자세였다. 한 가지 다른 점은 시험지에 무언가를 적고 있다는 사실이었다. 햇살을 받아 김의 안경이 반짝, 빛났다. 그러고 보니 이상했다. 김은 어제까지만 해도 안경을 쓰지 않았다.

설마?

윤은 전율했다. 최첨단 기기를 준비하겠다던 김의 말이 떠올랐다. 안경은, 카메라였다! 김은 실시간으로 누군가에게 시험지를 보여 주고 있었던 것이다. 귀에는 아마 리시버를 꽂고 있겠지.

전음입밀(傳音入密).

목소리를 어느 특정한 사람에게만 들리게 하는 수법. 김은 기계 장치를 이용해 궁극의 기술을 시전하고 있었다.

이렇게 되면 김이 확실히 우위를 점하게 된다. 김은 그야말로 손도 안 대고 코를 푸는 격이었다. 윤이 전전긍긍(戰戰兢兢)하던 바로 그 순간에 똥파리가 동시에 일어났다. 누가 똥이고 누가 파리인지는 여전히 헷갈렸지만, 각자 전교 1등부터 3등까지를 지나 자연스럽게 최를 거쳐 밖으로 나갈 수 있는 위치에 앉아 있었다.

"뭔가?"

나무협 선생이 물었다.

"똥이 마렵습니다."

"배탈이 났나 봅니다."

"배탈? 둘이 동시에?"

"저희는 쌍둥이라……."

"한 명이 아프면 같이 아픕니다."

"그렇다면 시험을 포기한단 말인가?"

똥파리는 동시에 고개를 끄덕였다. 똥파리의 의지는 결연했고 얼굴에는 비장함마저 감돌았다. 비록 전교 1등의 도움은 받지 못할지언정 2등과 3등의 쪽지는 최에게 꼭 전하고 말겠다는 기세였다.

"네."

"포기합니다."

쌍둥이는 배를 움켜쥐고 천천히 걸었다. 배와 손 사이에는 분명 쪽지가 있으리라. 병든 아버지에게 최고의 모습을 보이고픈 최. 그리고 그런 최를 도와주려고 한 마음이 되어 희생하는 쌍둥이들. 그야말로 눈물 없이는 볼 수 없는 사나이의 드라마였다. 윤은 가슴 속에 차오르는 벅찬 감동을 누르지 못하고 최에게 도움의 손길을 내밀었다.

"선생님."

손을 들어 나무협 선생을 불렀다.

"뭔가?"

나무협이 윤을 향해 고개를 돌리는 1초도 안 되는 그 짧은 순간, 쌍둥이는 쪽지 두 개를 최의 책상에 던지듯 놓고 강당을 나갔다. 최와 윤의 눈빛이 얽혔다. 최는 고개를 끄덕였다. 윤도 마주보고 씩 웃었다.

"뭐냐니까?"

나무협이 다시 한 번 물었다.

"아, 아닙니다. 소인도 배가 살짝 아팠는데, 그냥 시험을 치르겠습니다."

나무협은 찌를 듯한 시선으로 윤을 훑어본 뒤 단상 쪽으로 향했다.

됐다…… 됐다…… 이것으로 됐다.

문득 그런 생각이 들어 윤은 혼자 미소를 지었다. 더 이상 김이 신경 쓰이지 않았다. 김 역시 철저히 준비해 자신과의 싸움을 벌이고 있는 것이다. 최도 마찬가지. 외공(外功)만 특출 났던 최가 머리를 써서 커닝을 준비하기까지 얼마나 고생을 했을까. 그리고 또 다른 인물들 역시 이 피 말리는 시험에서 승리하기 위해 최선을 다하고 있다.

최선(最善).

까마득한 옛날에 들어 본 단어. 최선이 주는 기쁨을 알게 된 것으로 이미 충분했다. 윤은 해탈(解脫)의 경지에 이르렀다. 눈이 트이고 오장육부가 제자리를 찾았으며 머릿속에 광대무비(廣大無比)한 우주가 펼쳐졌다.

아, 깨달음은 한낱 야동이나 게임이 주는 즐거움보다 얼마나 큰 가……

윤은 눈을 뜨고 선풍기를 바라봤다. 날개가 무심히 돌아가고 있었다. 그 위에서 한자 하나하나가 별처럼 반짝였다. 윤은 저도 모르게 그것들을 받아 적었다. 시험지의 빈칸이 점점 줄어들었다. 만점이로구나. 무아(無我)의 경지에서 헤매며 윤은 직감했다.

그 순간, 나무협 선생의 음성이 날아들었다.

"왜 이렇게 더워?"

그 말이 끝나는 것과 동시에 붕, 하는 소리가 들렸다. 윤은 화들짝 놀라 정신을 차렸다. 선풍기가 '강풍'으로 바뀌었다. 선풍기 날개가 더욱 맹렬한 기세로 돌아갔다.

"아!"

윤은 이를 악물며 탄식을 뱉었다. 강풍은 안구 회전으로도 도저히 따라갈 수 없는 경지였다. 아무리 안광을 쏘아 보내도 미친 듯이 도는 날개에 튕겨 나오고 말았다. 윤은 눈을 부릅떴다, 더욱 크게. 깨달음의 경지에 이른 것과 욕심을 버리는 것은 별개의 문제였다. 뷔페 2인 식사권과 커닝 왕이 걸렸다. 정에게 뽀뽀까지 받았다. 정을 위해서라도, 헤어짐을 멋지게 장식하기 위해서라도 만점이 필요했다.

윤은 눈에 핏발이 서도록 기를 그러모았다. 희미하게 보이기 시작했다.

으아악!

더욱 기합을 넣었다. 주위의 다른 것은 보이지 않았다. 오직 선풍기와 자신뿐이었다. 나무협도, 최도, 김도, 일찌감치 나가떨어진 이도 안중에 없었다.

물아일체(物我一體).

선풍기가 윤이 되고, 윤이 선풍기가 되는 경지에 이르렀을 때 맑고 청아한 종소리가 들렸다.

"그만!"

나무협 선생의 일성과 함께 한자 시험은 끝이 났다.

제五장. 결착(決着)

후회는 남지 않았다. 다만 섭섭할 뿐이었다. 정의 말처럼 핸드폰만 있다면 언제든 연락을 주고받을 수 있다. 허나 그것이 오래 이어지지 않으리란 사실쯤은 윤도, 정도 알고 있었다. 윤은 발걸음을 재촉했다. 전학 가기 전 마지막 등교일이자 한자 시험 결과가 발표되는 날이었다.

한자 시험.

우리는 왜 그토록 열심히 달려들었을까? 윤은 시험이 끝난 후 최와 김, 그리고 이와 함께 그런 이야기를 나누었다. 넷은 결국 친구가 되었다. 마지막까지 남은 이들 사이의 끈끈함이라고나 할까, 아니면 고수들끼리의 유대라고나 할까…….

"무언가에 홀렸던 게 틀림없어."

최가 말했다.

"아버지는 괜찮으셔?"

윤이 물었다.

"응. 보통 맹장염으론 돌아가시지 않으니까."

'그런 것이었군.'

이제 따져봐야 소용없는 노릇, 윤은 아버지의 쾌유를 축하하며 허허 웃었다.

"그렇게 열심히 했으니 우리들 중에 만점이 나오겠지?"

김이 물었다. 김은 시험 이후 기운이 다한 듯 쇠약해진 모습이었다. 그러고 보니 최도 살이 빠졌다. 원래 비쩍 마른 이는 말할 것도 없고, 윤 자신도 기력이 달렸다. 그만큼 집중하고, 그만큼 최선을 다한 것이다.

"좀 있으면 발표가 나겠지."

이가 말했다. 그러고 이틀이 지났다.

윤은 삼인과 나눴던 한담(閑談)을 추억하며 대강당으로 들어섰다. 정이 먼저 와 있었다. 윤은 왠지 모르게 어색해 주뼛주뼛 정 옆에 섰다. 그러자 정이 윤의 팔을 확 잡아당겼다.

"모르는 사람처럼 왜 그래. 우리 영영 헤어지는 거 아니잖아."

왈칵, 눈물이 쏟아질 것 같았다. 정과 한자 시험이 없었다면 중학교 2학년 1학기가 얼마나 삭막했을까. 윤은 정의 옆에 붙어 섰다. 정에게서는 좋은 향기가 났다. 윤은 더 이상 갈등하지 않기로 했다. 미리 걱정해 봐야 아무것도 해결되지 않는다. 수련에 수련을 거듭해 경지에 이르렀듯 사랑 역시 얼마나 최선을 다하는가에 달려 있다.

사랑…….

참, 좋은 말이었다.

"자, 결과 발표를 하겠다."

어느 새 등장한 나무협 선생이 위풍당당하게 외쳤다. 우렁우렁한 목소리가 대강당에 울려 퍼졌다. 나무협 선생은 종이 한 장을 들고 있었다. 거기에 만점자 이름이 적혀 있으리라.

윤은 마른침을 삼켰다. 신경을 안 쓰려야 안 쓸 수가 없었다. 정과의 최후의 만찬이 달려 있는 결과 발표였다. 윤은 나머지 3인의 안색을 살폈다. 이는 이미 포기한 듯했고, 최와 김은 나무협 선생의 몸짓 하나하나에 신경을 곤두세우고 있었다.

나무협 선생이 종이를 높이 펼쳐 들었다. 그의 형형한 눈이 좌중을 훑었다. 그러고는 큼지막하게 미소를 지었다.

윤은 심장이 터질 것 같았다. 저 미소의 의미는 무엇인가. 나와 눈이 마주쳤던가. 아니면 다른 이와…….

"이번 시험의 만점자는 정이다."

그 순간, 150명의 술렁임이 파도처럼 대강당을 덮쳐 왔다. 나무협 선생은 소동이 가라앉기를 기다려 천천히 입을 열었다.

"확인한 바, 정은 커닝을 하지 않았다. 따라서 미리 준비한 뷔페 2인 식사권만 하사하겠다. 이로써 올해의 커닝 왕은, 없다. 으하하."

윤은 옆에 선 정을 멍한 표정으로 바라봤다.

"어, 어떻게……?"

정은 싱긋 웃으며 말했다.

"난 그 시간에 공부를 했어. 그게 확률이 더 높거든."

'윽, 그렇게 간단한 방법이……'

윤은 그 자리에 주저앉았다. 뒤쪽에서 비탄에 젖은 최의 울부짖음이 들려왔다. 지금까지 자신을 지탱해 온 끈이 툭 끊어진 느낌이었다.

"너무 상심 말거라. 커닝 왕이 되기 위해 기울였던 너희들의 노력은 헛되지 않았다. 이제 뜨거운 여름을 마음껏 즐겨라. 으하하하!"

나무협 선생이 말했다.

"들었지? 꼭 커닝 왕이 못 되면 어때? 넌 덕분에 즐거운 시간을 보냈잖아. 이제 맛있는 거 먹으러 가자. 알지? 이게 너와 나의 마지막 만찬이 아니라 첫 번째 만찬이라는 거!"

정이 말했다. 헛헛했던 윤의 마음에 기쁨이 차오르기 시작했다. 그리고 말로는 설명할 수 없는 묘한 감정이 그 뒤를 따랐다. 윤은 함께 커닝 왕 자리를 두고 다투었던 친구들을 한 명 한 명 바라봤다. 그들 역시 윤과 비슷한 표정으로 상대방을 보고 있었다.

바야흐로 여름이 시작되고 있었다.

정명섭

조선 소년 탐정단 - 사역원 피습 사건

「조선 소년 탐정단」은 아랍인 소년 아람을 주축으로 한 아이들이 힘을 합쳐서 사역원에서 벌어진 의문을 사건을 해결한다는 내용이다.

"옷차림이 저게 뭐야! 동네 거지도 저렇게는 안 입겠다."

"생긴 것도 괴상해."

아람은 꾹 참으라던 아버지 말을 떠올리며 무시하고 계속 걸어
갔다. 하지만 기세가 오른 아이들이 아람의 터번을 벗기려고 하
면서 얘기가 달라졌다. 짜증이 난 아람이 돌아서는데 눈에서 불
이 번쩍했다. 뒤통수를 노리고 던진 돌이 이마에 맞은 것이다. 얼
굴을 감싼 채 그대로 주저앉은 아람의 귀에 또 다른 목소리가 들
렸다.

"이놈들! 뭐 하는 짓들이야!"

그러자 꾀죄죄한 차림의 아이들이 우르르 흩어져 버렸다. 겨우
눈을 뜬 아람은 또래의 소년 둘이 자신을 바라보는 걸 봤다. 조건
(皁巾, 검정 두건)에 백저포(白紵袍, 흰모시 또는 흰무시로 만든
반소매 두루마기 형태의 겉옷)를 입은 두 소년 중에서 키가 크고
얼굴이 하얀 소년이 걱정스러운 얼굴로 물었다.

"괜찮아?"

아람은 터번이 그대로 있는 것을 확인하고는 고개를 끄덕거렸다. 그러자 그 옆에 있던 약간 까무잡잡한 얼굴을 한 소년이 손을 내밀었다.

"옷차림이 달라서 놀림거리가 된 모양이야."

두 소년의 호기심 어린 눈길에 아람은 자신의 옷차림을 설명했다.

"머리에 쓴 건 터번이고, 이건 카프탄(터키나 아랍 사람들이 입는 헐렁한 겉옷)이야."

얼굴이 하얀 소년이 희미하게 웃었다.

"옷차림도 그렇고 생김새를 보니 회회인(回回人, 고려 시대에 중앙아시아 출신 회교도를 이르던 말)이로구나."

"응. 내 이름은 모하메드 압둘 알 라시드야. 보통은 줄여서 아람이라고 불러."

아람의 얘기를 들은 소년이 자신과 친구를 소개했다.

"내 이름은 이시현이고, 애는 김도철이야. 우리 둘 다 열네 살인데, 넌 몇 살이니?"

"나도 올해 열네 살."

그렇게 아람은 두 친구를 얻게 되었다. 조선 사람들은 자신과 다른 외모와 옷차림을 가지고 놀리거나 도망치기 바쁜데 두 소년은 그렇지 않았다. 시현과 도철이 아람의 눈빛에 담긴 의문을 눈치채고는 앞다투어 입을 열었다.

"우린 역관 집안이거든. 그래서 회회인 얘기는 많이 들었어."

"우린 아버지가 승정원에서 조보(朝報, 승정원에서 펴내던 관보로 전근대적인 형태의 신문) 만드는 일을 하셔서 세상 돌아가는 일은 잘 알고 있지. 그런데 넌 어디 가는 길이니?"

도철의 물음에 아람이 대답했다.

"아버지 심부름으로 영실이 아저씨네 갔다 오는 길이야."

"영실이 아저씨면 물시계 만드는 장인 맞지?"

"아는 사람이야?"

"조보에서 봤어. 동래현 노비 출신인데 손재주가 좋아서 명나라까지 갔다 와서 어명으로 뭘 만든다고 하던데."

"맞아. 엄청나게 큰 물시계를 만드는 중이야."

아람이 두 팔을 벌려서 아까 본 물시계를 설명해 주자 소년들의 눈이 반짝거렸다. 한참 얘기를 나누다가 시현이 아람에게 말했다.

"내일 우리 집에서 잔치가 열리는데 놀러 올래?"

"잔치?"

"응. 형이 역과(譯科, 조선 시대에 통역관을 뽑는 잡과 시험)에 합격했거든. 잔치 크게 열기로 했으니까 꼭 놀러 와. 혜정교 넘어서 약방이 하나 있는데, 거기 골목으로 쭉 와서 제일 끝 집이야."

#

다음날, 아람은 조심스레 시현의 집으로 들어섰다. 크지도 작지도 않은 대문을 열고 들어가자 차양이 드리워진 마당에 돗자리가 깔려 있는 게 보였다. 왁자지껄하게 웃고 떠드는 소리도 들려왔다. 아람이 들어서자 몇몇 어른들이 하던 얘기를 멈추고 아람을 바라봤다. 다행히 대청에 앉아 있던 시현과 도철이 아는 척을 했다. 두 소년이 집안 어른들에게 아람을 소개하자 마당을 감돌던 어색함이 어느 정도 가셨다. 마당에선 시현의 형 시환이 어사화를 꽂은 관모를 쓰고 사방에서 쏟아지는 축하를 받는 중이었다. 조선은 신분에 따라 일할 수 있는 직업이 정해져 있다. 소 잡는 일 같은 몇몇 일들은 이상하게 천하게 여겨 그 일을 하는 사람도 낮은 대우를 받았다. 아람은 이해가 가지 않아서 아버지와 작은아버지에게 물어 봤지만 알라의 뜻이라는 대답이 돌아왔다. 시현과 도철이 사기그릇에 먹을거리를 잔뜩 담아 왔다.

"뒷마당이 조용해."

시현을 따라가자 좁은 마당과 쪽마루가 나왔다. 셋은 쪽마루에 걸터앉아 부침개를 먹으면서 이런저런 얘기를 나눴다. 주로 시현과 도철이 아람에게 물었다.

"고향은 어디야?"

"명나라. 아버지가 장사하러 왔다가 거기서 어머니를 만나셨어. 그리고 세 살 때 왜로 갔다가 여덟 살 때 조선으로 왔어."

"우와!"

두 아이의 눈이 휘둥그레졌다. 대부분의 조선인들은 태어난 도시나 마을에서 일생을 마쳤다. 농사를 짓고 살기 때문에 다른 곳으로 가야 할 이유가 없었다. 하지만 아람의 아버지 고향이 모래사막뿐이라서 떠날 수밖에 없는 운명이라고 말했다. 낯선 곳에서 눈에 띄는 삶을 사는 게 괴롭긴 하지만, 아람의 아버지와 작은아버지는 조선 정도면 살 만한 곳이라면서 만족해하는 눈치였다.

이런저런 얘기를 나누는데 마당 쪽이 소란스러워졌다. 그쪽을 바라보던 시현이 반색을 하면서 뛰어나갔다.

"삼촌!"

대문에는 회색 도포에 검정색 발립(鉢笠, 고려 후기부터 조선 초기까지 썼던 철모처럼 위가 둥글고 납작한 갓)을 쓴 남자가 보였다. 그를 본 집안사람들의 표정은 하나같이 어두웠다. 발립을 쓴 남자는 다가온 시현에게 애매한 웃음을 지어 보였다.

"시현이구나. 오랜만이다."

그때 시현의 아버지가 호통을 쳤다.

"네 놈이 어쩐 일이냐!"

"조카가 역과에 합격했다고 해서 축하해 주러 왔습니다."

남자의 볼멘소리에 시현의 아버지가 고개를 저었다.

"집안의 명예를 더럽힌 놈이 무슨 낯짝으로 여길 오느냐. 썩 물러가라."

결국 발립을 쓴 남자는 돌아가고 말았다. 그러면서 잔치의 흥도 깨지고 말았다. 아람도 두 소년도 밖으로 나와야만 했다. 시현이 두 소년에게 말했다.

"미안. 대신 내일 낮에 혜정교에서 만나자. 내가 맛있는 엿 사 줄게."

"그래."

세 명은 그렇게 다음날 다시 만나기로 했다.

#

하지만 다음날 아람이 약속 장소에 갔을 때에는 초조한 표정의 도철밖에는 보이지 않았다.

"시현이는?"

"그, 그게."

김도철은 아람의 손을 끌고 시현의 집으로 가면서 입을 열었다.

"어젯밤에 시현이 형이 사역원(司譯院, 조선 시대에 외국어 번역과 통역을 맡아 보던 기관)에서 누군가에게 맞아서 의식을 잃었대."

"대체 누가 그런 짓을 저지른 거래?"

아람의 물음에 도철은 대답 대신 고개를 저었다.

시현의 집에 도착하자 어제의 활기찬 분위기는 찾아볼 수 없었다. 조심스럽게 문을 열고 들어서자 매캐한 한약 냄새가 코를 찔렀다. 눈이 퉁퉁 부은 채 대청에 걸터앉아 있던 시현은 두 아이를 보고는 반색을 했다.

"얘들아."

"대체 어찌 된 거야?"

아람의 물음에 시현은 한숨과 함께 얘기를 털어놨다.

"어젯밤에 사역원에서 형을 불렀거든. 그래서 갔는데 새벽에 연락이 온 거야. 형이 사역원 앞에서 쓰러져 있다고 말이야."

"강도를 당한 거니?"

"나갈 때 빈손이었어."

"그런데 밤중에 왜 사역원으로 간 거야? 밤에는 밖에 못 돌아다 니잖아."

한양에서는 성문이 닫히는 저녁부터 다음날 새벽까지 바깥출입을 금한다. 순라군이 순찰을 돌면서 어기는 사람들을 붙잡기 때문에 해가 떨어진 이후에는 바깥출입을 하지 않는 편이다. 그런데 밤중에 나갔다니 의문이 생긴 아람이 물었다.

"누가 부른 건데?"

시현은 주저하다가 입을 열었다.

"모르겠어. 심부름꾼은 처음 보는 얼굴인데 선상노(選上奴, 지방에서 중앙 관청으로 올려 보내는 노비)라서 그럴 때가 있거든."

시현의 얘기를 들은 아람은 고개를 갸웃거렸다.

그때 안방의 문이 열렸다. 한 손에 보따리를 든 의원이 뒤따라 나오는 시현의 아버지에게 말했다.

"머리에 피가 뭉쳐 눈을 못 뜨고 있습니다."

"그럼 어찌합니까?"

"일단 처방한 대로 탕약을 먹여 보십시오. 하지만 언제 눈을 뜰지는 저도 장담하기가······."

의원이 말끝을 흐리자, 시현의 어머니가 그 자리에서 털썩 주저앉아서 눈물을 쏟고 말았다. 그 모습을 본 시현도 울음을 터트렸다.

아람이 시현의 등을 토닥이며 말했다.

"나랑 같이 사역원에 가 볼래?"

"거긴 왜?"

"뭐라도 찾아봐야지. 누가 네 형을 저렇게 만들었는지 말이야."

아람의 말에 시현이 울음을 멈추고 바라봤다.

"우리가 찾을 수 있을까?"

그러자 도철이 나섰다.

"나도 도울게."

아이들의 얘기를 들은 시현이 말했다.

"따라와. 사역원으로 가자."

#

사역원은 경복궁 앞 육조거리 구석에 있었다. 생각보다 규모가 컸다. 사역원 앞은 부하들을 거느리고 범행 현장을 살피는 무관을 구경하는 사람들로 가득했다. 전립을 쓰고 철릭을 걸친 무관이 한 손에 나무 몽둥이를 들고 소리쳤다.

"이게 역관을 해친 몽둥이다. 보아하니 울타리에서 뽑은 것 같으니 주변을 샅샅이 뒤져 보아라."

그 모습을 본 도철이 중얼거렸다.

"의금부 사람들이야."

"의금부에서 이 사건을 조사하는 거야?"

아람의 물음에 도철이 대답했다.

"궁성 코앞에서 관리가 피습을 당한 거잖아. 임금님이 크게 노하셔서 얼른 범인을 잡으라고 하셨나 봐."

"우린 일단 사역원으로 들어가 보자. 어제 누가 시현이 형을 불렀는지 알아봐야지."

"따라와. 심부름을 여러 번 와서 아는 역관들이 제법 많아."

시현이 두 소년들을 끌고 사역원 안으로 들어갔다. 문지기가 시현을 알아보고는 안으로 들여보내 줬다. 시현을 따라 큰 전각들 사이를 이리저리 돌아 나가자 눈앞에 전각 한 채가 나타났다. 시현이 전각을 가리키며 말했다.

"저기가 우어청(偶語廳)이야."

때마침 우어청에서 누군가 나오는 게 보였다. 시현이 반색을 하면서 뛰어가자 상대방도 아는 척을 했다.

"이게 누구냐? 이 역관 댁 시현이 아니냐?"

"네, 잘 지내셨어요. 우 역관 아저씨."

"나야 잘 지내지. 그나저나 형은 좀 어떠냐?"

"아직이요."

시현이 시무룩한 목소리로 대답하자 우 역관이 혀를 찼다.

"어떤 놈인지 모르지만 천벌을 받고 말게다."

"어제 저녁에 여기서 시현이 형을 부르지 않았나요?"

뒤에 서 있던 아람이 불쑥 끼어들었다. 우 역관은 낯선 생김새와 옷차림에 적잖게 놀라는 눈치였다. 시현이 회회인 친구라고 말하자, 그제야 떨떠름한 표정을 풀고 대답했다.

"안 그래도 그것 때문에 아침나절에 난리가 났었다. 사역원에서는 부르지 않았어."

"그럼 누가 부른 겁니까?"

"낸들 알겠냐. 누가 사역원에서 불렀다고 거짓말을 한 것 같아."

우 역관의 얘기를 들은 아람이 중얼거렸다.

"하긴, 사역원의 누군가가 해칠 생각이었다면 여기 이름을 대지는 않았겠지. 그러면 왜 밤중에 사역원에서 오라고 했을 때 아무 의심 없이 따라간 걸까요?"

아람의 질문에 우 역관이 잠시 고민하다가 입을 열었다.

"시험을 본다고 불렀을지 모르겠다."

"한밤중에요?"

"일종의 벼락시험이지. 역과에 합격한 후에 공부를 게을리 하는 역관들이 늘어서 갑자기 불러서 시험을 보곤 한다."

"역과에 합격했는데 시험을 또 본다고요?"

"역과에 붙었다고 다 역관이 되는 건 아니란다. 사역원에 들어와서도 달마다 배운 것을 시험 본단다. 그뿐인 줄 아느냐. 여기 우어청에서는 자기가 배운 말만 쓰게 되어 있단다."

우 역관의 설명을 듣던 도철이 끼어들었다.

"아버지가 쓰신 조보에서 본 기억이 나요."

우 역관이 소년들에게 설명했다.

"그래야 말을 빨리 배울 수 있다는 어명이 있었지."

설명을 들은 아람이 물었다.

"그런데 사역원에서는 부르지 않았다고요?"

"아무튼 우린 아니란다."

우 역관은 거듭 부인한 뒤 자리를 떴다. 잠시 생각에 잠겨 있던 아람이 시환에게 물었다.

"재물을 노린 것도 아니고, 뭔가 다른 이유가 있었던 거 같은데. 혹시 짐작 가는 거 있니?"

"없어. 형은 나처럼 밖에 나가지도 않고 집에 들어박혀서 공부만 해. 술도 안 마시고 기방 출입도 안 해."

시현의 얘기를 들은 아람은 더더욱 의문이 들었다. 어릴 때부터 궁금한 게 있으면 그냥 넘어가지 못하는 성격 탓에 아버지 라시드를 걱정하게 만들었지만 작은아버지 만수르는 그런 아람을 보고 크게 될 인물이라면서 흐뭇해했다. 도철이 생각에 잠겨 있던 아람의 어깨를 두드렸다.

"밖에서 무슨 소리가 나."

#

사역원 밖으로 나온 세 소년의 눈에 의금부 관리와 부하들이 어디론가 뛰어가는 모습이 보였다.

"무슨 일이지?"

아람이 중얼거렸다. 셋은 일단 그들을 따라가 보기로 했다. 그들이 향한 곳은 사역원 뒤쪽에 있는 작은 초가집이었다. 백운동천 옆에 자리 잡은 초가집은 일반적인 집들과는 달리 주변에 이상한 석상들과 깃발들이 어지럽게 놓여 있었다. 집 주변에 둘러쳐진 울타리에도 부적 같은 것들이 붙어 있었다. 그걸 본 시현이 말했다.

"점집 같은데?"

의금부 관리의 호령에 부하들이 집 안으로 들이닥쳐서는 붉은 옷을 입은 나이 든 여인과 덥수룩한 수염이 난 중년 사내 둘을 끌어냈다. 바닥에 내동댕이쳐진 나이 든 여인이 의금부 관리를 올려다보면서 물었다.

"대, 대체 무슨 일이십니까?"

"몰라서 묻느냐? 네 놈들이 사역원 앞에서 사람을 해쳐 가며 강도짓을 벌이지 않았더냐."

의금부 관리의 호통에 나이 든 여인이 날벼락이라도 맞은 표정을 지었다.

"가, 강도라니요?"

그러자 의금부 관리가 턱으로 초가집 주변의 울타리를 가리켰다.

"저 울타리에서 나무 몽둥이를 뽑아 흉기로 사용한 것을 모를 줄 알았느냐!"

"그게 무슨 말씀이십니까? 저희는 전혀 모르는 일입니다요."

나이 든 여인과 중년의 사내들은 모른다는 말만 연거푸 내뱉었다. 뒤늦게 집 안에서 세 소년 또래의 여자 아이가 끌려나왔지만 나이가 어린 탓인지 아무도 눈길을 주지 않았다. 아람은 빨간 댕기를 한 소녀가 오들오들 떠는 모습을 눈여겨보았다.

의금부 관리가 부하에게 건네받은 몽둥이를 그들 앞에 내밀었다.

"여기 끝에 묻은 피가 보이느냐? 사역원 앞에서 벌어진 강도 사건에 쓰인 몽둥이다."

"그게 저희랑 무슨 상관이란 말씀이십니까?"

나이 든 여인의 하소연에 의금부 관리는 부하에게 몽둥이를 건넸다. 그러자 부하가 울타리로 다가가 바닥에 난 구멍에 몽둥이를 끼워 넣었다.

"구멍에 꼭 들어맞습니다. 나리."

"명백한 물증이 있는데도 발뺌을 하느냐!"

서슬 퍼런 의금부 관리의 호통에도 세 사람은 억울하다는 얘기만 반복했다. 소녀가 가족들은 죄가 없다며 의금부 관리의 발목을 붙잡고 늘어지며 목소리를 높였지만 결국 세 사람은 의금부로 끌려가고 말았다.

나이 든 여인은 끌려가면서도 소녀를 말리기에 바빴다.

"영아야! 그러지 말아라."

세 명이 끌려가고 나자 구경꾼들도 흩어지고 말았다. 그 광경을 지켜보던 도철이 시현의 어깨에 손을 올렸다.

"범인들이 잡혔네."

두 소년이 얘기를 주고받는 사이, 아람은 울고 있는 소녀를 가만히 바라보다 울타리 쪽으로 다가갔다. 몽둥이로 쓴 나무가 뽑혀 나간 자리가 선명하게 남아 있었다. 이 집에 살던 사람들이 울타리에서 뽑은 몽둥이로 이시환의 머리를 내리쳐서 쓰러뜨리고 강도짓을 벌였다. 그러다가 쓰러진 이시환이 빈털터리라는 사실을 알자 몽둥이를 버리고 돌아갔다. 머릿속으로 생각을 정리한 아람은 이내 고개를 저었다.

"뭔가 이상해."

"무슨 뜻이야?"

언제 왔는지 도철이 물었다.

"아버지 고향 속담에 도둑은 바람과 같다는 말이 있대. 자기 집 근처에서 강도짓을 하고 이렇게 태연히 집에 있다는 게 영 이상하잖아."

"안 들킬 줄 알았겠지."

"그냥 숨어 있다가 강도짓을 한 것도 아니고 굳이 사람을 시켜서 불러 낸 것도 이상하잖아."

"하긴."

아람의 얘기에 두 소년 모두 고개를 끄덕거렸다. 발걸음을 옮기려던 아람은 뭔가에 걸려서 비틀거렸다. 시현이 붙잡아 준 덕분에 간신히 넘어지는 것만은 피했다.

"괜찮아."

"응. 고마워."

아람은 자신의 발에 걸린 것이 옆으로 넘어진 석상이라는 것을 알아차렸다. 아람이 석상을 넘어가 울타리 앞에 섰다. 몽둥이로 쓰느라 뽑아 낸 자리였다.

"여기로 오다가 석상에 걸려서 넘어진 모양인데."

뭔가 아니라는 생각이 계속 들었는데 확실하지가 않았다. 고민을 거듭하던 아람의 머릿속에 묘안이 떠올랐다.

"그렇지."

반짝이는 아람의 눈빛을 본 시현이 물었다.

"범인이 누군지 알겠어?"

"물어볼 사람이 있어. 따라와 봐."

아람은 카프탄 자락을 휘날리며 발걸음을 떼었다. 그 뒤로 두 소년이 허겁지겁 따라갔다.

#

"어서 오너라."

자격루 위에 설치된 항아리를 살펴보던 장영실이 활짝 웃으면서 아람을 맞이했다. 두 소년은 자격루의 어마어마한 크기에 압도당해서 입을 다물지 못했다. 아람이 계단을 타고 내려온 장영실에게 두 친구를 소개한 뒤 물었다.

"도움이 필요하면 언제든 오라고 하셨죠?"

"그럼. 내가 도울 일이 있니?"

장영실의 선선한 대답에 아람은 오늘 겪었던 일을 털어놨다. 중간 중간 시현과 도철이 설명을 덧붙였다. 장영실은 의자에 앉아 인형을 만지작거리며 세 소년의 이야기에 귀를 기울였다. 이야기가 끝나자 장영실이 물었다.

"그러니까 그 집 사람들은 범인이 아닌 거 같다, 이거지?"

"네."

"왜 그렇게 생각했느냐?"

장영실의 물음에 아람은 머릿속에 담아 뒀던 얘기들을 꺼냈다.

"우선 범죄를 저지르고 근처에 있는 자기 집에 그대로 머무른다는 게 아무래도 이상해요. 거기다 사역원에서 밤중에 시험을 친다는 걸 어떻게 알고 시현이네 집으로 사람을 보냈는지도 의심스럽고요."

"지금 얘기한 것들은 정황에 불과하다. 사역원 앞에 살고 있으니까 갑자기 시험을 본다는 것을 알고 있었을 것이다. 역과에 합격한 사람의 집을 알아내는 것도 그리 어려운 일은 아니지. 사역원 앞에서 기다리고 있다가 뒤따라가든지 아니면 어느 집 누구인지 물어보면 되니까 말이다."

"그럼 그들이 범인이란 말씀인가요?"

아람의 물음에 장영실은 손에 들고 있던 인형을 탁자 위에 눕혔다.

"내가 동래현에서 관노로 있을 때 시신을 검시하는 오작인 노릇을 한 적이 있었단다."

두 소년은 물론 장영실을 아는 아람도 처음 듣는 얘기였다. 씁쓸한 표정을 지은 장영실은 자격루로 시선을 돌리면서 말을 이어갔다.

"사실 관리들은 백성들의 죽음에 관심이 없단다. 원래 검시를 할때에도 지켜봐야 하지만 시신을 보기 싫다고 담장 너머에서 오작인이 들려주는 얘기만 듣는 경우도 있었지."

끌려가면서도 연신 억울하다고 외치던 무당 가족들을 떠올린 아람이 물었다.

"이번에도 그렇게 될까요?"

"아마도."

짧게 대답한 장영실에게 아람이 힘주어 대꾸했다.

"죄도 없는 사람이 억울하게 처벌받으면 안 되잖아요."

"그들이 정녕 죄가 없다고 믿느냐?"

"네."

"그렇다면 진짜 범인을 잡아라."

"제가 말입니까?"

아람의 반문에 장영실이 시현과 도철을 바라보면서 대답했다.

"너희들이지."

그 얘기를 들은 세 소년은 서로를 바라봤다. 시현과 도철이 고개를 끄덕거리자 아람이 장영실에게 말했다.

"우리들이 진범을 잡겠습니다."

"현장을 살펴봤지? 이리 와 보아라."

탁자에 앉은 장영실이 종이를 펼친 다음 붓을 들었다.

"여기가 사역원이고, 그 앞에서 사건이 벌어졌다고 했지? 범인으로 잡힌 무당의 집은 어디쯤이었느냐?"

"이쯤이오."

아람이 찍어 준 곳에 장영실이 초가집 모양을 그렸다.

"주변에 뭐가 있었느냐?"

아람은 기억나는 모습들을 얘기했고, 그때마다 장영실은 능숙한 솜씨로 그림을 그려 나갔다. 그 모습을 본 시현과 도철이 감탄하자 장영실이 피식 웃었다.

"기계를 만들려면 그림을 잘 그려야만 한단다. 이게 무당의 집 근처 모습이지? 뭐가 이상한지 알겠느냐?"

두 소년이 고개를 갸웃거리는 사이 아람이 아까 봤던 광경을 떠올리면서 대답했다.

"몽둥이가 뽑혀 나간 자리 앞에 석물이 넘어져 있었습니다."

"집 쪽으로 넘어졌느냐 아니면 바깥쪽으로 넘어졌느냐?"

"집이 있는 방향입니다."

장영실이 붓을 내려놓고 세 소년들에게 자신이 그린 그림을 보여 줬다. 사역원과 피습 장소, 그리고 초가집의 모습이 생생히 그려진 그림을 본 소년들은 아무 말도 하지 못했다. 의자에서 일어난 장영실이 기지개를 켜면서 말했다.

"이 그림 안에 답이 있단다."

"이 안에요?"

도철이 묻자, 장영실이 자격루 계단을 밟고 올라가면서 대답했다.

"무당과 그 가족들이 범인이 아니라는 증거 말이다. 그렇다고 무당과 그 가족들이 풀려날 수 있다는 얘기는 아니다. 진짜 범인을 잡아야만 그들이 풀려날 수 있을 것이야."

쐐기를 박듯 말한 장영실은 다시 자격루를 손보기 시작했다. 그림을 들여다보던 아람이 물었다.

"어떻게 말입니까?"

"이번 일과 관련된 사람들을 만나서 얘기를 들어 보아라. 어차피 돈이 이번 일의 목적이 아니라면 사람들 사이에 그 이유가 숨어 있을 게다. 이번 일로 이득을 보는 자가 누구인지 찾아보아라."

얘기를 마친 장영실은 자격루의 물 항아리를 들여다봤다. 그러자 도철이 다가와 말했다.

"잡혀간 무당의 손녀딸 말이야. 가서 만나볼까?"

아람이 고개를 돌리자 도철 옆에 서 있던 시현이 입을 열었다.

"죄 없는 사람이 감옥에 갇히는 것은 보고 싶지 않아."

#

　점쟁이의 손녀딸 영아는 다행히 집을 지키고 있었다. 처음에는 아람의 외모와 낯선 옷차림을 보고 놀랐지만, 세 소년이 진범을 잡으려고 움직인다는 사실을 알자 자신이 아는 것을 모두 털어놨다.

　"그날 저녁? 다른 때랑 똑같았어. 할머니는 밤새 치성을 드렸고, 아버지랑 작은아버지는 술을 드시고 일찍 주무셨어."

　"넌 아무 소리도 못 들었니?"

　아람의 물음에 영아는 고개를 저었다. 무당 가족들은 사건이 벌어진 날 밤에 밖에 나가지 않은 것이 확실하지만 증명할 방법이 없었다. 영아는 어린 소녀인데다가 가족인지라 아무도 믿지 않을 게 뻔했다. 얘기를 들은 아람은 울타리 바깥의 석상을 가리키면서 물었다.

　"저건 언제부터 넘어져 있었어?"

　"어제까지는 똑바로 서 있었어."

　영아의 얘기를 들은 아람은 넘어진 석상 앞에 섰다. 이 석상이 중요한 단서가 될 것 같다는 생각이 들었지만 넘어진 석상이 무엇을 의미하는지는 아직 불분명했다. 고민에 빠져 있는 아람에게 시현이 다가왔다. 사역원에 다녀온 터였다.

　"우 역관 아저씨가 들어와도 된대."

　아람은 시현과 도철과 함께 사역원 안 우어청으로 향했다. 문 앞에서 기다리던 우 역관이 짜증스레 말했다.

　"바쁜 사람 붙잡고 자꾸 귀찮게 하지 말고 꼭 필요한 것만 묻고 돌아가거라."

"시현이 형이 저렇게 되면 누가 이득을 얻는 거죠?"

아람의 단도직입적인 물음에 우 역관은 눈살을 찌푸렸다.

"사람을 저렇게 만들어 놓고 무슨 이득을 얻는다는 게냐? 가진 걸 빼앗으려고 강도가 한 짓이겠지."

"시현이 형은 집을 나올 때 빈손이었대요."

아람의 얘기에 우 역관이 고개를 끄덕거리면서 대답했다.

"하긴, 밤중에 시험 볼 때 굳이 뭘 가져올 필요가 없지."

"이번에 역과에 합격한 건 시현이 형뿐이었습니까?"

"그렇지. 우리야 역관들을 많이 뽑아 주면 좋지만 녹봉을 줘야 하거든. 이번에 왜어 역관을 뽑은 것도 첨정(僉正, 사역원의 종4품 관직) 어르신 바짓가랑이를 붙잡고 늘어져서 겨우 허락을 받았단 말이다. 그런데 이런 일이 터져 버렸으니."

혀를 찬 우 역관이 사역원 쪽을 바라봤다. 해가 저물어 가는 중이라 또렷하지는 않지만 누군가 서성거리는 게 보였다. 그걸 본 우 역관이 아람에게 말했다.

"이제 가 봐야 하니 그만 물어보아라."

세 소년을 뒤로 한 채 바쁘게 걸어가는 우 역관을 보던 시현이 눈을 반짝거렸다.

"어, 삼촌이네!"

시현이 손을 흔들면서 열심히 아는 척을 했지만 삼촌 이명남은 우 역관에게 인사를 하고는 그를 따라가 버렸다. 이명남이 그냥 떠나 버리자 시현이 시무룩하게 말했다.

"날 못 봤나 봐."

아람은 고개를 갸우뚱거렸다. 해가 저물고 있긴 하지만 얼굴을 못 알아볼 정도, 그것도 어제 인사를 나눈 조카를 알아보지 못할 정도는 아니었다. 무엇보다도 이명남은 이쪽을 힐끔 쳐다보지도 않았다. 어제는 그리도 반가워하던 조카를 오늘은 일부러 외면하는 게 아무래도 이상했다. 아람은 두 소년에게 말했다.

"쫓아가 보자."

아람의 옷차림은 금방 눈에 띄기 때문에, 두 소년이 먼저 가고 아람은 먼발치에서 따라갔다. 우 역관과 이명남은 개천(開川, 청개천의 옛 이름)을 건너 동대문 쪽으로 걸어갔다. 뒤따라가던 시현이 중얼거렸다.

"동평관으로 가는 거 같은데?"

"왜인들이 머무는 곳?"

아람의 물음에 시현이 고개를 끄덕거렸다.

"응. 아버지 얘기로는 얼마 전에 왜인 사절단이 한양에 올라와서 아직 머무르고 있대."

시현의 얘기를 들은 아람은 우 역관이 했던 얘기가 떠올랐다.

"그래서 왜어 역관을 뽑아 달라고 조른 거구나."

"왜인들은 거칠고 사나운데다가 툭하면 이런 저런 요구들을 많이 해서 역관들이 싫어한다고 들었어."

"그 일을 네 형한테 시키려고 했던 거구나. 네 형이 저리 되니 네 삼촌에게 시키는 거고."

"그런가 봐. 삼촌도 동래에서 역관 노릇을 했다고 들었어. 우리 집안은 대대로 역관 일을 해서 다들 왜어나 여진어, 중국어 중 하나는 할 줄 알거든."

얘기를 주고받는 사이, 세 소년은 동평관에 도착했다. 칼을 찬 왜인이 문 앞에서 서성이다 우 역관과 이명남을 맞았다. 우 역관은 왜인과 몇 마디 얘기를 나누고는 돌아섰고, 이명남은 동평관 안으로 들어갔다. 그걸 본 아람이 시현에게 말했다.

"네 삼촌이 동평관으로 들어가네."

아람의 말이 무슨 뜻인지 눈치챈 시현이 펄쩍 뛰었다.

"설마 그것 때문에 삼촌이 우리 형을 해코지 했다는 얘기야? 말도 안 돼! 거기다 왜인들을 상대하는 일은 생기는 것도 없이 귀찮기만 하다고 아버지가 그랬단 말이야."

시현의 얘기를 들은 도철이 끼어들었다.

"아버지가 조보를 집으로 가져와서 가끔씩 읽는데 거기서 밀무역 얘기를 본 거 같아."

"그게 뭔데?"

시현의 물음에 도철이 대답했다.

"왜인들이 나라에서 사사로이 사고팔지 못하게 한 유황이나 화약 같은 것들을 비싼 값으로 사들이려고 하다가 적발되었다고 적혀 있었어."

도철의 얘기를 듣던 시현이 목소리를 높였다.

"이번 사건이 그 일과 연관이 있단 말이야?"

둘 사이를 아람이 끼어들었다.

"일단 조보 내용을 확인해 보고 다시 얘기하자."

"그럼 내가 집에서 조보를 찾아볼게. 아침에 혜정교 해시계 앞에서 보자."

도철의 말을 마지막으로 셋은 뿔뿔이 흩어졌다. 집으로 돌아온 아람은 하녀가 챙겨 준 저녁을 먹고 잠자리에 들었다. 아버지와 작은아버지는 수정을 캐러 지방으로 내려간 터라 집 안에는 아무도 없었다.

#

다음날 아침, 아람은 눈을 뜨자마자 혜정교 앞으로 갔다. 개천과 운종가를 잇는 혜정교에서는 장사꾼과 행인들이 쉴 새 없이 오가면서 아람에게 호기심 어린 시선을 던졌다. 혜정교에는 영실이 아저씨가 만든 해시계가 놓여 있어서 오가는 사람들이 시간을 확인할 수 있었다. 해시계 근처에서 서성거리던 아람에게 시현과 도철이 다가왔다. 도철이 소매에서 둘둘 말린 종이를 꺼내서 아람에게 보여줬다.

"어제 밤새 찾았어."

"이게 뭔데?"

"조보라는 거야. 승정원에서 매일 발행하면 관청의 기별서리들이 와서 베껴 가서 조정의 소식을 알리는 거지."

"근데 글씨를 못 알아보겠어."

조선 사람들은 중국에서 건너온 한자를 썼다. 어릴 때 배운 덕분에 어느 정도는 읽고 쓸 줄 알았는데 조보에 적힌 글씨는 도저히 알아볼 수 없었다. 고개를 갸우뚱거리는 아람에게 도철이 말했다.

"이건 기별체라고 부르는 글씨체야. 빨리 써야 해서 흘려 쓰거든."

"우와! 이걸 알아볼 수 있단 말이야?"

시현이 감탄하자 도철이 어깨를 으쓱거렸다.

"어릴 때부터 봐서 잘 알지. 여기 아래 찾던 게 있어."

도철이 깨알 같은 글씨가 적혀 있는 조보의 아래쪽을 가리켰다.

"작년 봄에 동래의 왜관에서 밀무역 사건이 벌어졌었어. 그 일에 연루된 역관을 하옥하고 유배를 보내라는 지시를 내렸다는 내용이야."

도철의 설명을 듣는 순간 아람의 머릿속에 어떤 생각이 퍼뜩 떠올랐다.

"그 역관이 설마……."

"맞아. 시현이 삼촌 이명남이야."

"그래서 집에 찾아왔을 때 어른들 반응이 싸늘했던 거구나."

아람의 말에 시현이 시무룩한 표정을 지었다.

"난 그런 줄도 모르고 좋아했네."

아람은 도철의 설명을 듣고 나니 생각이 정리되기 시작했다.

"왜 시현이 형을 공격했는지 알겠어."

"정말 삼촌 소행일까?"

시현의 조심스러운 물음에 아람은 다리를 오가는 사람들을 바라보면서 입을 열었다.

"원래대로면 시현이 형이 동평관에서 왜인들을 상대해야지. 그런데 사고가 나서 시현이 삼촌이 들어가게 되었잖아."

"삼촌이 동평관에 들어가려고 우리 형을 공격했다고?"

시현이 믿기지 않는다는 듯 되묻자 아람은 도철이 들고 있던 조보를 펼쳐 들었다.

"이명남은 지난번처럼 왜인들과 결탁해서 밀무역을 하려는 모양이야. 그러려면 왜인들이 있는 동평관에 드나들어야 하는데 시현이 형이 방해가 되었던 거지."

"아무리 그래도 어떻게 조카를……."

시현이 믿기지 않는다는 듯 중얼거리자 도철이 조심스럽게 입을 열었다.

"다들 그렇게 생각할 거야. 물증이 없으면 아무도 우리 말을 믿지 않을 거야."

"방법이 있어."

골똘히 생각하던 세 소년은 등 뒤에서 들려오는 낯선 목소리에 깜짝 놀랐다. 고개를 돌려보니 의금부에 끌려간 무당의 손녀 영아가 서 있었다.

"여긴 어떻게 온 거야?"

"아침에 네가 지나가는 걸 보고 따라왔어. 할 얘기가 있어."

"뭔데?"

"넘어진 석상 말이야. 할머니랑 아버지가 끌려가기 전, 그러니까 엊그제까지는 그대로 서 있었거든."

영아의 얘기를 들은 아람이 대답했다.

"그랬다고 했던 거 기억나."

"그 석상이 넘어진 쪽 울타리가 뽑혀서 흉기로 쓰였어."

그 순간 아람은 장영실이 그려 준 그림을 떠올렸다. 그림 안에 답이 있다는 장영실의 얘기와 석상이 넘어진 방향을 기억해 냈다.

"석상이 울타리 안쪽으로 넘어져 있었어. 만약 그 집에 사는 사람이었다면 마당 안에서 뽑았을 테니까 석상에 걸려서 넘어뜨렸다면 울타리 안쪽이 아니라 바깥쪽으로 넘어졌겠지."

아람의 얘기를 들은 영아가 덧붙였다.

"맞아. 거기다 그 석상은 몇 년 전부터 거기 있었어. 우리 식구라면 아무리 밤중이라고 해도 거기에 걸릴 일은 없다고."

아람은 눈을 감고 사건 현장을 떠올려 봤다.

어두운 밤, 사역원 근처에서 몸을 숨기고 있던 이명남이 흉기를 마련하려고 영아네 초가집 쪽으로 걸어간다. 그러다가 어두운 밤이라 미처 석상을 보지 못하고 발이 걸려 비틀거린다. 석상은 울타리 방향으로 넘어진다. 이명남은 투덜거리면서 울타리에서 몽둥이를 뽑아 들고 사역원 앞으로 돌아온다. 그러고는 아무것도 모르고 사역원으로 온 이시환의 뒤통수를 내리친다. 이시환이 쓰러진 걸 확인하고는 피 묻은 몽둥이를 옆에 던져놓고는 그대로 어둠속으로 사라진다.

아람의 얘기를 들은 시현은 입을 다물지 못했다.

"맙소사."

그러고는 한동안 침묵이 흘렀다. 이윽고 도철이 입을 열어 침묵을 깨뜨렸다.

"그런데 어떻게 증명하지? 우리 얘기를 어른들이 믿어 줄까?"

아람은 그 물음에 대답하지 못했다. 조선에서는 무조건 어른들 말이 정답이었다. 그중에서도 신분이 높은 자나 관리의 말에 무게가 더 실렸다. 이방인인 회회인의 아들과 역관과 중인 집안의 아들, 거기다 범인으로 지목된 무당의 손녀딸 말을 믿어 줄지 자신이 없었다. 눈에 보이는 명확한 물증이 있어야만 했다.

"그렇지!"

아람이 갑자기 소리를 지르자 시현이 놀라서 물었다.

"왜 그래?"

"그 석상 말이야. 그 정도 석상이 넘어질 정도로 세게 부딪쳤다면 다리에 상처를 입지 않았겠어?"

아람의 말에 두 소년 모두 고개만 끄덕거리는 가운데 영아가 입을 열었다.

"다리에 상처가 있는 걸 확인하면 물증으로 삼을 수 있다, 이거지?"

영아의 얘기를 들은 시현이 퍼뜩 고개를 들었다.

"삼촌이 동평관에서 나올 시간이야. 가서 살펴보자."

아람과 시현, 도철과 영아는 오가는 사람들을 헤치고 동평관으로 뛰어갔다. 정신없이 뛰느라 도착할 무렵에는 다들 말도 못할 정도로 숨이 찼다. 숨을 몰아쉬던 아람의 눈에 어제 봤던 왜인의 배웅을 받으며 동평관을 나서는 이명남이 보였다. 이명남은 아람 일행을 보더니 걸음을 멈췄다.

"너희들이 여긴 어쩐 일이냐?"

서로 눈을 맞춘 소년들은 일제히 이명남에게 달려들어 바지를 걷어 올렸다. 하지만 양쪽 정강이나 무릎 모두 아무 상처가 없었다.

"멀쩡한데."

실망감에 가득한 시현의 말에 다들 맥이 풀리고 말았다. 소년들을 밀치고 일어난 이명남이 호통을 쳤다.

"뭐하는 짓이야!"

나름 완벽하다고 믿었던 추론이 무너진 탓에 아람은 할 말을 잊었다. 시현이 더듬거리면서 변명을 하는 와중에 우 역관이 나타났다.

"이게 무슨 소란인가?"

"모르겠습니다. 꼬맹이들이 갑자기 덤벼들지 뭡니까?"

이명남이 굽실거리면서 얘기하자 우 역관이 눈살을 찌푸렸다.

"어린 것들이 떼로 몰려다니면서 해괴한 짓거리를 벌이다니, 혼쭐이 나기 싫으면 어서 돌아가거라."

우 역관의 호통에 고개를 숙이던 아람의 눈이 가죽신에 가 닿았다. 오른쪽 앞코가 심하게 구겨져 있었다. 아람은 고개를 들어 영아와 눈을 마주쳤다. 아람이 눈짓으로 우 역관의 오른쪽 신발을 가리키자 눈치 빠른 영아는 대번에 무슨 뜻인지 알아차렸다. 영아가 치마를 살짝 걷더니 바람처럼 달려가 우 역관의 오른쪽 정강이를 걸어찼다. 그 순간 우 역관이 두 손으로 정강이를 움켜잡은 채 쓰러졌다. 아람은 얼른 쓰러진 우 역관의 바지를 걷었다. 정강이에 피멍이 생긴 게 보였다. 뜻밖의 결과에 아람과 도철, 시현과 영아는 서로의 얼굴만 바라봤다.

#

　우 역관은 의금부에 끌려가서도 끝까지 잡아떼려 했지만, 이명남이 자백하면서 진상이 밝혀졌다. 우 역관 역시 밀무역에 발을 담그고 있었다. 꼬리를 밟힐까 두려워서 이명남을 대신 내세우려 했는데, 시현의 형 이시환이 역과에 합격하면서 일이 꼬이고 말았다. 그래서 이시환을 해하고 역관이 없다는 핑계로 이명남을 다시 불러들인 것이다. 강도로 위장하려고 무당 집의 울타리에서 몽둥이를 뽑아 흉기로 쓰긴 했다. 하지만 어두운 밤이라 그 앞에 있는 석상을 보지 못하고 부딪치는 바람에 큰 상처가 남은 것이다.

　"강도 소행으로 보이게끔 만들어서 자기는 슬쩍 빠져 나간 거죠."

　장영실이 내놓은 떡을 우물거리면서 아람이 말했다.

　"삼촌은 사실 시키는 대로 한 것뿐이고 우 역관이 밀무역을 주도했대요."

　이시현이 덧붙였다.

　둘의 얘기를 들은 장영실이 빙그레 웃었다.

　"어디 우 역관뿐이겠느냐. 배후를 캐면 더 많은 역관들이 관여하고 있을 것이다."

　"걸리면 크게 처벌 받을 일을 왜 하는 거죠?"

　아람의 물음에 장영실이 거의 완성되어 가는 자격루를 바라보면서 대답했다.

　"어른이 되면 욕심도 같이 자라난단다. 그 욕심의 방향이 사람마다 다른 것이지. 내 욕심은 시간을 찾는 데 있고, 우 역관의 욕심은 재물을 모으는 데 있던 거지."

"처음에 제 얘기 듣고 우 역관이 범인이라는 거 아셨죠?"

"우 역관인 줄은 몰랐다. 다만 누군가 강도의 소행으로 보이려고 애를 쓴다는 건 알 수 있었지."

시현과 영아가 감탄할 얼굴을 하고선 차례로 입을 열었다.

"그나마 삼촌이 주범이 아니라서 다행이에요. 형도 정신을 차려서 한시름 놨고요."

"할머니랑 아버지도 바로 풀려났어요. 조금만 늦었어도 고문에 못 이겨 자백을 할 뻔하셨대요."

"참으로 다행이구나. 너희들이 서로 힘을 합한 덕분이다."

장영실의 칭찬에 아람은 쑥스러움을 감추지 못했다. 그때 문이 벌컥 열리면서 도철이 들이닥쳤다.

"아람아! 큰일 났어."

"무슨 일?"

"대여섯 살 정도 된 여자 아이가 용산 강가에서 발견되었는데 두 발이 다 잘려 있대."

"뭐라고?"

아람이 깜짝 놀라 벌떡 일어났다. 그 모습을 본 장영실이 말했다.

"어서 가서 살펴보지 않고 뭘 하는 게냐?"

아람은 시현과 영아, 그리고 도철과 차례로 눈이 마주쳤다. 그러고는 모두 같은 생각인 것을 확인한 뒤, 장영실에게 말했다.

"그럼 갔다 올게요."

"잊지 말거라. 살펴보고 생각해 봐야 한다. 누가 범죄를 통해서 이익을 얻는지, 어떤 자가 비밀을 감추고 있는지 말이다."

장영실의 얘기에 아람이 힘주어 대답했다.

"꼭 밝혀낼게요."

주원규

역사는 그 방 옆에서 자란다

역사의 주인 자리는 늘 그렇듯 어른들과 이긴 자들의 몫이었습니다. 그들에게는 잃어버린 또 하나의 얼굴인 진실의 역사는 보이지 않는 법이죠. 이긴 자들의 역사가 아닌 함께하는 자들의 역사에 관심 한 번 가져줬음 좋겠습니다.

오늘 저녁도 스낵면이다.

내 친구 X가 화장대 앞에 앉아 있다. 화장대란 말은 X가 편의상 붙인 이름이다. 보증금 없이 월 50에 뭉개고 있는 내 원룸에 화장대가 있을 리 없다. 물론 내가 여자라면 무리해서라도 마련했을지 모른다. 하지만 불행인지 다행인지 나는 남자다.

X는 녀석 맘대로 화장대라고 부르는 앉은뱅이책상에 앉아 손거울로 제 얼굴을 보고 있다. 녀석은 팩을 하거나 아이라인을 그리거나 아무튼 얼굴에 어떤 투자도 하지 않는다. 박피 제거만 해도 얼굴이 확 달라 보일 텐데 말이다.

X는 앉은뱅이책상에 앉아 꼼짝도 하지 않는다. 내가 스마트폰으로 실시간 메이저리그 경기를 시청하면서 동시에 스낵면도 끓이고 상도 펴고 밑반찬까지 준비하느라 눈코 뜰 새 없이 분주한데도 녀석은 아무것도 하지 않는다. 이러다가 조리가 끝나 상 위에 스낵면 냄비를 놓으면 슬금슬금 기어올 것이다. 자라 거북이 같은 녀석.

"왜 하필 스낵면이야?"

그냥 먹어도 봐줄까 말까 한데 내 취향을 갖고 불만을 쏟아 내다니. 나는 어이없다는 표정을 지으며 한동안 녀석을 노려본다. 하지만 X는 고개를 푹 숙이고서 라면 먹는 데만 집중한다. 그런 녀석이 알미워 나는 퉁명스럽게 답한다.

"그냥 주는 대로 먹어."

"오늘은?"

"오늘, 뭐?"

"오늘은 일 안 나가?"

X가 고개를 든다. 벽에 시계가 걸려 있지 않은데도 녀석은 습관처럼 고개를 들어 시간을 확인하려 한다. 그런 녀석에게 나는 시간까지 알려 줘 가며 질문에 답한다.

"지금 일곱 시밖에 안 됐어."

"저녁 일곱 시면 나가야 되는 거 아니야?"

"내가 저녁 일곱 시에 나가는 거 봤어?"

"그렇군."

"제대로 관심 좀 갖고 질문해. 항상 이런 식이잖아."

"뭐가 이런 식인데?"

"너와 내가 함께 지낸 지 벌써 석 달째야."

"그래서?"

"이쯤 됐으면 내가 몇 시에 일하러 나가는지 감이라도 잡아야 하는 거 아니야?"

X는 젓가락질을 멈춘다. 10대 중반, 피 끓는 질풍노도 청춘인 나

랑 동갑인 녀석은 또래 녀석들보다도 훨씬 마른 체형이지만 정말 이지 먹성 하나만큼은 스모 선수 저리 가라다. 그래도 생각해서 네 개나 끓였는데, X의 젓가락질 몇 번으로 냄비는 벌써 바닥을 드러 낸다. 그러고도 녀석은 못내 아쉬운지 젓가락을 입으로 쪽쪽 소리 내어 빨며 뜬금없이 제가 처음 했던 질문으로 돌아간다. 내 마지막 질문엔 답하지도 않은 채.

"왜 스낵면이냐고! 신라면도 있고, 짜파게티도 맛있잖아."

#

X와 함께 있는 건 일종의 보험 같은 거다. 난 기본적으로 사람을 좋아하진 않는다. 하지만 X 같은 룸메이트를 두는 것은 이 도시에 서는 거의 필수 사항이다. 아니, 더 정확히 말해 누군가가 함께 살 지 않으면 불안해 일을 나갈 수가 없다. 그러니 X가 필요한 건 어 쩔 수 없는 일이다. 일을 나가려는 저녁 아홉 시쯤만 되면 손이 바 싹 마르고 불안이 밀려온다. 약속이라도 한 듯 손과 얼굴이 차갑게 굳어 간다. 심지어 온 몸의 털이란 털이 고슴도치처럼 바싹 돋아 올라 한순간도 긴장을 늦출 수가 없다.

결국 나는 간이침대 위에 벽을 보고 돌아누운 X의 옆으로 은근 슬쩍 다가가 녀석이 덮고 있는 국방색 모포 속으로 들어간다. 그러 면 녀석은 짧은 한숨과 함께 하소연하듯 말하곤 한다.

"꼭 이럴 때만 이러지."

X와 같은 룸메이트가 긴장감을 풀어줄 때, 몸 속 잠재된 불안이

사라지는 걸 보면 신기하기만 하다. X처럼 있어 주는 것만으로 긴장감을 풀어 주고 불안을 덜어 주는 선택받은 룸메이트들이 이 도시에 흔하지 않게 서식하고 있다. 그건 정말이지 의학, 과학, 심지어 미신의 힘으로도 입증된 바가 없다. 하지만 엄연한 사실이다. 편하게 말해 위로생물체라 불리는 X와 같은 녀석들은 알고 있다. 자신들이 그저 옆에 있는 것만으로도 코앞에 테스트를 둔 나와 같은 사람들의 불안 지수를 현저히 줄게 해 준다는 사실을.

이런 내 약점을 일찌감치 파악한 X는 갈수록 기고만장해졌다. 내가 반드시 하루에 한 번은 자신의 손을 붙잡아야 불안 지수가 떨어지는 것을 아는 X는 자신을 먹여 주고 재워 주는 것쯤은 당연하다고 생각하는 것이다. 녀석은 날이 갈수록 방에서 꼼짝도 하지 않고 아무 일도 하지 않는다. 명색이 룸메이트인데도 청소 한 번 하는 꼴을 보지 못 했고 밀린 공과금 한 번 낸 적 없다.

\#

단지 손 한 번 잡은 것뿐인데, 마음 속의 불안과 두려움, 심장을 두들기는 긴장감이 거짓말처럼 가라앉는다. 이렇게 허탈할 수가. 설명할 길 없는 울화를 달래기 위해 김빠진 콜라를 두 캔째 마시고 있다. 그사이 화장실에서 나온 X가 방 이곳저곳을 어슬렁거리며 묻는다.

"김빠진 콜라 그렇게 마셔도 돼?"

"남이야. 콜라를 마시든 말든 무슨 상관이실까."

"왜 상관이 없어. 보니까 지난 달 전기 요금도 안 낸 것 같던데."

"정 그렇게 걱정되면 한 달 치만 내 주든가."

"나 비싼 몸이야."

그렇게 말한 녀석이 얄밉게도 내가 마시던 콜라 캔을 빼앗아 제입으로 가져갔다. 아무리 김빠진 콜라라 해도 절반이나 남은 거다. 이 도시에서 콜라 구하기가 얼마나 힘든 줄 아는가.

나는 타는 목마름을 그대로 끌어안은 채 자리에서 일어선다. 어느새 저녁 열 시가 다 되어간다. 이젠 정말 일하러 나가야 한다.

국방색 모포를 걷어낸 나는 간이침대에서 몸을 박차고 일어선다. 이제 밖으로 나가기만 하면 된다. 뭐든 확실히 작심하지 않아 그렇지, 결심만 단단히 하면 나갈 수 있고 일도 할 수 있다. 그러면 월 50 하는 월세도 제때 낼 수 있고, 밀린 공과금도 해결할 수 있다. 어떻게든 살아갈 수 있는 것이다.

이렇게 밖으로 나가려던 내 발목을 X가 다시 한 번 붙잡는다. 녀석이 난데없이 질문을 던진 것이다.

"오늘도 옆방 문 안 열어 줄 거야?"

나는 녀석의 질문에 짜증스럽게 대꾸한다.

"또 그 소리야? 이제 그만할 때도 됐잖아."

"난 그냥 상식 수준에서 묻는 거야. 그래도 매달 꼬박꼬박 월 50씩 들여 가며 지내는 투룸 기숙사인데 방 하나를 통째로 안 쓴다는게 말이 돼?"

"방문 열면 어쩔 건데?"

"어쩌긴 뭘 어째. 나만의 방으로 쓰는 거지."

"뻔뻔스러운 새끼."

X는 뻔뻔하다고 한 내 말을 알아듣지 못했는지 기대에 찬 몽환적 눈빛으로 자물쇠로 굳게 잠가 놓은 옆방을 바라보며 말을 잇는다.

"쪽팔려서 얘기 안 하려 했는데 말이야. 사실 나 한 번도 내 방을 써 본 적이 없어."

"그래서?"

"그래서는 뭐가 그래서야. 말이 그렇다는 거지."

X가 말을 흐린다. 나는 저 방은 절대로 안 된다고 분명히 일러두고 싶지만 시간을 너무 지체했다는 생각에 더 이상의 설명은 생략한다. 나는 그대로 방문을 열고 방에서 벗어나 일터로 향한다.

♯

점령군의 중심에는 언제나 약간은 촌스러운 스타일의 청소년들이 있다. 그들은 이제 열외나 주변이 아니다. 그들은 점령군의 비호를 받으며 도심 한복판을 기세 좋게 진군해 나간다.

점령군은 정규직과 동의어다. 나는 그럴싸한 교복을 위아래로 걸쳐 입긴 했지만 아쉽게도 정규직은 아니다. 기관총도 배급받았고, 최근 유행하는 청소 작업의 필수품, 화염방사기도 어깨에 둘렀지만 여전히 계약직 신세다.

소박하지만 나름 절박한 목표가 있다면, 이달 말 정확히 1주일 후에 있을 계약직 심사 테스트에서 정규직 자격과 동일한 점령군 지위로 승격되는 것이다.

목표 성취를 위해 나는 나름 열심히 일해 왔다. 캄캄한 밤만 되면 점령군들의 틈바구니에 끼어서 논현동과 역삼동 아파트 일대를 발에 땀띠가 나도록 돌아다녔다. 물론 강남 일대의 방범 시스템이 무너진 지 오래여서 먼저 차지하는 이들이 임자이긴 하다. 그래도 현관문 걸어 잠그고 아파트 안에 뉴트리아처럼 징그럽게 숨어든 변종들을 찾아내는 것은 생각만큼 쉬운 일이 아니다. 그럼에도 나는 계약직들 중에서 단연 뛰어난 성과를 거두었다. 변종들을 찾아내는 데 놀라운 기량을 보여주었던 것이다.

#

변종 색출 작업은 밤에만 진행된다. 과학적으로 증명된 건 아무것도 없지만 혁명이 일어난 후 특히 강남구, 송파구 일대에 집중 서식하는 변종들은 밤이 되어서야 변종의 증거인 길고 도톨도톨한 융기가 돋은 악어 꼬리 같은 것을 드러낸다. 때문에 밤이 아니면 변종을 색출할 방법이 없다. 최근 들어 요령이 생긴 변종들은 해가 지면 자신들의 신분을 은폐하기 위해 필사적이 되곤 했다. 자신이 변종이란 걸 알게 된 이들은 꼬리가 돋지 않는 낮 시간에는 철저히 변종이란 사실을 숨기다가 밤만 되면 어디론가 쥐 죽은 듯 숨어 지내며 목숨을 이어갔다.

이런 식의 변종의 탄생은 운명의 장난인지 아니면 역사의 필연인지, 혁명이 성공한 이후에 약속이라도 한 듯 발생했다.

이름도, 빛도 없는 어느 강북 변두리 출신 공업 고등학교 학생이

불굴의 구국 신념으로 봉기한 혁명이었다. 그 혁명이 남북통일을 우습게 이룩하고 내친 김에 중국과 일본의 코를 납작하게 만드는 일명 광개토 동북아 해방 전쟁을 일으키고 심지어 지구촌 보안관을 자임하던 미국과 핵무기를 가지고 자웅을 겨루는 혁혁한 성과를 낳게 될 줄은 대한민국 사람 중 단 한 명도 예상하지 못했을 것이다.

나 역시 그랬다. 기초 생활 수급자인 부모님 덕에 강남 임대 아파트에 살면서 최고 교육을 자랑하는 강남의 고등학교에 다니던 게 나란 인간이었다. 그렇게 근근이 살다가, 감히 봉기를 꿈꾸던 강북 공고 학생이 혼자 활동하며 강남의 학교를 어슬렁거리며 자치학도병을 모집한다고 설레발칠 때까지만 해도 지나가는 개가 웃을 일이라며 코웃음쳤으니까 말이다.

지금에 와 돌이켜보면 땅을 치고 후회할 일이다. 그 때 속는 셈 치고 공고 녀석이 모집한 자치 학도병에 가입만 했어도 지금쯤 정년이 보장되는 정규직 점령군이 되어 잘 먹고 잘 살 수 있었을 텐데 말이다. 하지만 그 땐 정말이지 전혀 예측할 수 없었다. 어떤 언론도 몽상가 공고생의 별 볼일 없는 소동극에 혁명이니 민중 봉기니, 최소한 쿠데타란 말조차 사용하는 걸 아까워했으니까. 주류 신문에서부터 시작해 지라시급 언론까지 공고생의 난동을 종말론적 이상 현상쯤으로 취급했으니 말 다한 거 아닌가.

\#

하지만 현실은 불과 1년 만에 완전히 달라졌다. 공고생의 해프닝으로 시작된 강남구 자치 학도병의 학생 운동은 서울 전역에 산불처럼 번지더니 그것도 모자라 경기도를 장악하고 내친 김에 부산, 광주, 대전, 제주 끝으로 인천의 군사 요지까지 죄다 휩쓸어 버리는 믿기지 않는 혁명이 일어난 것이다. 역사는 이제 보잘 것 없는 한 공고생에 의해 새롭게 쓰이게 되었다.

그런데 공고생은 새 역사를 기록해야 할 중차대한 임무를 기성 지식인, 교수, 어른들에게 맡기지 않았다. 공고생은 자신을 전혀 주목하지 않은 소위 배웠거나 힘있다는 지식인들, 원로들, 군인들, 먹물들, 경찰들, 엘리트들, 상위 0.1프로들, 공인들, 교수들, 배우들, 아이돌들, 브레인들 모두 역사의 중심에서 몰아냈다. 대신 순수하고 때묻지 않은 지지리도 가난한 가정의 어리고 못 배운 청소년들을 혁명 역사의 전면에 내세웠다.

그렇게 배운 것도 가진 것도 없는 청소년들이 이른바 청소 작업이라며 사회 정화 운동을 시작하려던 때였다. 그 때와 발맞추며 약속이라도 한 듯 변종이 나타난 것이다. 해가 지고 어둠이 오면 엉덩이에서 악어 꼬리 같은 것이 불현듯 정체를 드러내는 변종.

변종들이 등장하자 공고생은 거 보라면서 방송 연설을 시작했다. 연설을 통해 자신의 혁명이 얼마나 위대하고 예언적인 것이었는지 떠들어댔다.

변종임을 증명하는 꼬리는 정말이지 혐오스럽다. 2미터가 족히 넘는 꼬리가 항문에 달라붙어 걸음을 옮길 때마다 마치 몸의 일부처럼 흐느적거리는데, 아무리 편견 없이 봐주려 해도 그것만 보면 사람들은 모두 못 볼 꼴을 본 듯 비명을 지르거나 심지어 혼절하기도 하는 등 극도의 혐오감을 드러냈고, 그러다 보니 변종들을 사회에서 영원히 격리하는 게 윤리적으로도 옳은 것 같다는 사회적 합의가 형성되었다.

#

이 정도가 저간에 벌어진 사회적 급변 상황의 전말이다. 좀 더 자세한 정황을 말해 보면 퇴역 군인들은 변종들을 제거하는 소개 작업과 동시에 남북한 통일 전쟁을 본격화했고, 이를 반대하는 중국과 일본과도 불장난을 일으켰다는 것 정도가 고작이다. 북한으로 진군하고 보니 지구 하나쯤 가루로 만들 정도의 핵무기가 발견되었고, 그것을 운 좋게 입수한 공고생의 놀라운 패기로 동북아시아의 미래는 다 죽자고 덤벼드는 공고생과 그를 따르는 극빈층 청소년들이 이끄는 한반도의 수중에 놀아나게 된 것이다. 상황이 이쯤 되니 허울뿐인 평화에 불철주야 골몰하는 미국 역시 핵무기를 손에 쥔 공고생의 한반도 임시 혁명 정부를 우습게 볼 수 없게 되었다. 이런 시국 속에서 나는 위대한 혁명 역사에 계약직이 아닌 정규직으로 참여하고픈 강한 의지를 불태우는 것이다.

#

그렇게 하루하루 열심히 변종들을 잡아다가 시청이나 구청 앞에 마련된 혁명 광장에 끌고 오던 나는 이 분야, 다시 말해 변종 색출

가라는 직업에 썩 어울린다는 평을 듣게 되었고, 그간의 공을 인정받아 정규직 승진을 코앞에 두고 있는 상황이다. 하지만 뭐든 안심할 수 없이 급변하는 사회를 살아가는 청소년인 나는 그럴수록 더욱 매일매일 혀가 바싹 마르는 긴장감으로 변종들을 잡아들이는 데 광분했다. 이제 1주일 후 테스트만 무사히 통과하면 정규직이 된다. 그러면 사회적으로 훨씬 더 안정된 지위를 누리게 될 게 확실하다. 그런 생각으로 나는 매일 밤 죽기 살기로 대치동, 역삼동 아파트 일대를 미친개처럼 뛰어다니며 변종들 수색에 사력을 다했다. 그리고 그런 나의 노력은 오늘 밤 달콤한 결실이 되어 돌아오는 듯했다.

한 마리, 두 마리. 편의점 탈의실에 숨어 있던 20대 유학생 여자 변종, 단란주점 화장실에 숨어 있던 50대 치과의사 변종, 고층 빌딩 금고 안에 뚱뚱한 몸을 숨기던 3선 국회의원 변종을 딱 한 시간 만에 잡아낸 것이다.

그렇게 소개 작업이 본격화되는 심판의 시간인 새벽 세 시가 되기 직전, 세 명의 변종 색출만으로는 성이 차지 않던 내 눈에 들어온 변종이 있었는데 그는 바로 내 아버지이다.

24시간 PC방 카운터 밑에서 검은 꼬리가 살랑살랑 꿈틀거리는 게 눈에 뜨이는 순간 나는 속으로 만세를 불렀다. 변종 색출 작업이 1년이 다 되어가자 이젠 베테랑들도 하루에 두어 명 잡아 내면 대박 소리를 듣는데, 오늘만 벌써 네 마리째 아닌가. 나는 꼬리를 발견하자마자 옳다구나 그것을 단박에 움켜쥐었는데, 그 때 꼬리의 주인공과 눈이 마주치고, 나는 그만 흠칫 놀라고 말았다. 한때 불량 청소년계의 대부로 활동하다가 시민운동가 소리까지 듣고, 그러다 내친 김에 시의원까지 되겠다고 선거 운동 하던 중에 날벼락 같은 혁명을 맞은 나의 아버지일 줄은 정말이지 상상도 하지 못했다.

나는 PC방 카운터 밑에 숨어 있던 아버지를 한참이나 내려다본다. 시간은 새벽 세 시가 다 되어 가고, 이제 와 내가 아버지를 봐준다 해도 아버지는 변종 색출에 광분해 있는 또 다른 계약직들에게 붙잡힐 게 불을 보듯 훤하다. 뭘 어떻게 해야 할지 난처하기만 하다. 그런 내 흔들리는 마음을 눈치챈 걸까. 아버지가 내게 통사정하듯 다급한 목소리로 말을 한다.

"날 그냥 못 본 척 보내 줘. 그럼 잘 살 수 있을 것 같아."

난 답답한 마음에 비록 낮은 목소리지만 힘주어 다그치듯 아버지의 말을 받는다.

"무슨 수로 잘 살 수 있어! 이렇게 빌어먹을 꼬리가 살랑살랑거리는데."

다른 변종들의 꼬리도 볼 때마다 혐오스러운데 내 핏줄인 아버지의 꼬리를 보니 혐오감은 극에 달했다. 할 수만 있다면 꼬리를 단칼에 토막내고 싶었지만 소용없는 일이라는 걸 안다. 아무리 꼬리를 잘라도 하루만 지나고 또 어둠이 찾아오면 꼬리가 나올 테니까. 나는 답답한 심경을 가득 담아 아버지에게 묻는다.

"언제부터 이랬어?"

"한 달 더 됐어."

"엄마는?"

"니 엄마도 마찬가지지. 부부는 일심동체잖아."

"씨발. 자랑이다."

"이봐. 아들. 부탁이 있어."

"뭔데?"

"날 풀어줘."

"풀어주면?"

"맹세코 안 잡힐 자신 있어. 한 달 정도 되니까 나름 노하우가 생기더라. 아들같이 영민한 놈들이나 날 잡지. 다른 녀석들은 어림도 없어. 나 말이지, 이제 정의의 탈옥수 신창원, 회개한 조폭 조양은, 대도 조세형 저리 가라야. 장난 아니라니까."

#

아버지 말을 믿는 게 아니었다. 혈통의 중요성 운운하며 풀어달라고 통사정한 아버지의 눈물어린 호소에 아직까지는 피도 눈물도 없는 혁명 정신보다 애매한 가족애가 남아 있던 나는 결국 변종 아버지를 풀어주고 말았다.

하지만 그렇게 탈출을 자신하던 변종 아버지는 내 손아귀에서 도망치자마자 그대로 다른 계약직 녀석에게 덜미를 잡히고 말았다. 지하 PC방에서 벗어나기 위해 천장 점검구를 뚫고 천장에 숨어 있으려 한 게 아버지의 계획이었지만 PC방 한구석에 잠복 중이던 계약직 청소년 녀석에게 맥없이 붙잡힌 것이다.

그렇게 변종 아버지는 내가 보는 앞에서 끌려갔다. 나는 걱정이 앞섰다. 사실 아버지가 광장으로 끌려가 청소 작업의 희생양이 되건 말건 그건 크게 염려되지 않았다. 급변 사회 속에서 딱 1년만 살아보라. 부모의 정이니, 인간의 윤리니 하는 상식과는 이별하는 법이다. 내가 걱정하는 건 내 구역 점령군의 우두머리 노릇을 하고 있는 장수란 촌스러운 이름을 가진 극빈층 출신 청소년의 시선이다. 빨간색 추파춥스를 열심히 빨아대고 있는 장수는 변종 아버지를 붙잡고도 놓아주던 내 모습을 죄다 지켜보고 있었던 것이다. 녀석은 웃는 것도 우는 것도 아닌 포커페이스를 하고서 추파춥스만 죽어라 빨며 나를 바라본다. 그 순간 나는 1주일 후에 있을 최종 테스트가 떠오른다. 이번 최종심에서 불합격하면 정규직 승진이 영원히 어려워질지도 모른다. 그런데, 그런 중대한 최종 심사를 코앞에 두고 심사를 결정하는 결정권자인 자본과 속세에 물들지 않은 극빈의 아들 장수가 보는 앞에서 피에 이끌리는 반혁명적 가족애를 들켜 버리다니. 순간 눈앞이 캄캄해지는 막막함에 나는 괜스레 X를 향한 분노가 치민다. X에게 있는 정성, 없는 정성 다 쏟아 부어 액막이를 했건만 아무 소용도 없었다는 허탈감 때문이다.

결국 나는 1주일 후에 있을 최종 테스트에 대한 치명적인 불안을 가슴에 가득 담은 채 여명의 새벽, 논현동 다세대 나의 월세 방으로 터덜터덜 발걸음을 옮긴다.

#

X는 나의 피로감 따위는 안중에도 없다는 듯 자신과 엇비슷하게

생긴 친구 여러 명을 나의 투룸으로 데리고 왔다. 그들 역시 이 도시에 서식하는 위로생물체들이 틀림없다.

스마트폰을 이용해 하우스 뮤직도 그럴듯하게 틀어 놓고, 냉장고에 있는 건 모두 뒤졌는지 품귀 현상을 빚는 콜라 캔들이 반지하 열린 창가에 즐비하게 놓여 있다.

X의 친구들과 눈이 마주칠 때마다 나는 화들짝 놀란다. 녀석들의 얼굴이 죄다 X의 이목구비와 놀랍게 닮아 있기 때문이다. 그런데, 이를 반대로 물어보면 자신이 없어진다. 당신이 과연 X, 이 녀석의 얼굴 생김새에 대해 자신 있게 묘사할 수 있느냐고 누군가 묻는다면 자신감은커녕 한 마디도 제대로 답하지 못할 게 분명하기 때문이다. 돌아누운 X의 유난히 새하얀 손과 남자 녀석 치고는 특별히 제모한 것도 아닌데 털이 없는 맨송맨송한 턱의 특징은 분명히 알겠으며, 공들여 끓인 스낵면을 처먹을 때 게걸스럽게 벌려 대던 유난히 큰 입에 대한 이미지까지는 기억나는데 그 외 부위, 눈, 코, 이마, 턱 등은 기억나지 않는다.

이런 궁리까지 하느라 더욱 피곤해진 나는 음악 소리 좀 줄이라는 상투적인 경고만 남긴 뒤 녀석들의 광란의 몸짓은 뒤로 한 채 벽을 바라보는 자세로 돌아눕는다. 잠시 후 X는 돌아누운 내게 이상한 입 냄새를 풍기며 말한다. 워낙 음악 소리가 큰 탓인지 녀석의 목소리는 평소 때 크기와 동일했지만 귀 기울여 듣지 않으면 안 될 정도로 작게 들려온다.

"내가 다 데리고 왔어. 손잡고 싶으면 언제든 손잡아도 돼."

녀석의 그 말이 하도 기가 막혀 나는 벌떡 몸을 일으킨 뒤 녀석의 싱글싱글거리는 입을 바라보며 쏘아붙인다.

"나 지금 피곤한 거 안 보여? 그런데 뭐? 손잡고 싶으면 잡으라고? 내가 손 못 잡으면 불안해 미치는 놈인 줄 알아?"

"난 그냥 룸메이트로서 가능한 최상의 서비스에 대해 말해 주는 것뿐이야. 왜 이렇게 예민하게 굴어? 사람 민망하게."

서비스 운운하던 X가 여전히 심드렁한 내 얼굴을 바라보며 퉁명스럽게 한 마디 더 내뱉는다.

"그러니까 진작 나만의 방을 주면 좋았잖아. 그럼 이렇게 한 방에서 시끄럽게 굴 일도 없을 테고 말이야."

적반하장도 유분수지. 나는 녀석의 말을 듣는 순간 그 속담을 떠올린다. 당장 X를 내보내고 싶지만 끝내 나는 당장 꺼지라는 말을 하지 못한다. 지금은 백 번, 천 번이라도 X를 쫓아낼 수 있겠지만 다음 날 저녁, 일을 하러 나갈 시간만 되면 녀석을 찾게 될 것이다. 설명하기 힘든 불안과 긴장감을 떨쳐내기 위해 녀석의 부드러운 손을 잡아야 한다는 말이다. 나는 끝내 이 무례한 녀석과의 결별을 고하지 못하고 대신 국방색 모포를 머리끝까지 뒤집어쓰고 최대한 몸을 웅크려 녀석들의 저 말도 안 되는 파티 음악을 듣지 않으려고 필사적인 노력을 기울인다. 이것이 고작 내가 할 수 있는 최선이다.

＃

1주일이 지나고 대망의 정규직 점령군이 되기 위한 최종 관문이 다가왔다. 나는 정규직 면접을 위해 한때 내가 다니던 강남 고등학교 별관에서 대기 중이다. 시청, 구청, 도서관, 이른바 공공 건물은 죄다 고등학생 학도병이 점령한 탓에 점령군 승격 심사는 각 지역 고등학교에서 진행되고 있다. 서울시 같은 곳에서는 구청, 10만이 조금 넘는 지방 소도시에서는 초등학교가 그 역할을 대신한다.

새삼 느끼는 것이지만 혁명 정부가 들어서기 전에는 학교가 이토록 화려한 시설인 줄 미처 몰랐다. 언론이 하도 떠들어대 그냥 그런가 보다 했지 막상 공무원들이 죄다 쫓겨나고 기관총을 어깨에 멘 점령군 몇이 어슬렁거리는 공간으로 돌변하자 어떻게 이렇게 비효율적인 공간이 있을 수 있나 싶은 자괴감이 들 정도이다. 그 비효율적인 공간에서 나는 내 인생에서 가장 중요한 점령군 승진 테스트를 기다리고 있다.

나를 알고 있는 주변 사람들은 내가 점령군이 될 것을 의심하지 않았다. 변종 색출 작업에 있어 남들과 비교도 할 수 없는 혁혁한 공을 세웠고, 매일 밤마다 휴일도 반납하고 미친개처럼 변종들 꼬리만 찾으러 돌아다닌 성실함도 인정받았으니 점령군 승진은 따 놓은 당상이나 다름없다고 말해 주었다. 하지만 최종 면접이 한 시간, 두 시간, 세 시간이 걸려도 아무 말도 없이 늦춰지는 꼴을 당하고 보니 점점 불안이 밀려 온다.

내내 마음에 걸렸던 1주일 전 아버지 사건. 변종이 된 아버지를 눈앞에서 놓아준 그 장면이 하필 순진무구한 극빈의 아들 장수의 유독 큰 눈에 목격되다니.

혁명 이후, 정세는 그야말로 급변이란 말이 어울릴 만큼 예측 불가의 특성으로 전개되었다. 청소년들, 그 중에서도 극빈층 아이들이 한 사람의 인생을 좌우하는 일에 절대 전권을 쥐고 주도하니 아무리 실적이 좋고 성실해도 녀석들의 기분에 의해 당락이 좌우된다는 게 문제이다. 최종 면접관인 장수, 이 녀석은 약속 시간 따위는 우습게 변경하거나 취소하는 걸로 악명이 높다. 지금도 원래 약속된 면접 시간을 네 시간이나 초과한 상태다. 불안해지는 건 어쩔 수 없다.

#

다섯 시간이 지나서야 장수가 나를 찾는다. 그런데 불안은 오히려 이때 결정적으로 본격화된다. 장수가 나를 부른 곳은 구청 안이 아니라 밖, 광장이기 때문이다. 장수는 변종들을 한꺼번에 불태우고 혁명에 대해 불순한 언행을 일삼는 소위 배운 것들을 즉결 심판하는 광장으로 나를 끌고 나온 것이다.

대낮 광장에는 꽤 많은 사람들이 모여 있다. 광장 중앙에는 중세시대 마녀 화형식을 연상케 하는 나무 기둥과 짚단이 쌓여 있는데, 꽤 많은 변종들이 끌려 나와 일명 변종 청소를 기다리고 있다. 신기한 것은 대낮, 태양 아래 노출된 그들은 누구 하나 꼬리를 갖고 있지 않은 멀쩡한 사람들이란 사실이다. 그들 중 아버지가 유독 눈에 띈다. 그러고 보니 아버지는 언론에도 줄곧 노출 된데다 청소년 문제로 1급 공무원, 국회의원, 심지어 대통령까지 나랏일 한다는 어르신들과 수시로 접촉하며 공인 흉내 내고 다녀서 그런지 사람들이 적잖이 알아보는 눈치이다.

내가 나온 걸 확인한 장수는 혁명 핵심위원만 앉을 수 있는 테두리가 화려한 금박으로 도색된 그 이름도 거창한 혁명 순수영혼 의자에 앉은 뒤 아버지를 손으로 가리키며 나를 이 곳으로 데리고 나온 이유를 말하기 시작한다.

"네 아빠가 너한테 할 말이 있다는데."

"무슨 말?"

나는 아버지를 보며 따지듯 묻는다. 아버지는 잔뜩 주눅 든 사람처럼 고개를 숙이고 뭐 마려운 강아지처럼 안절부절못한다. 장수가 말을 잇는다.

"네 아빠가 한 말이 사실인지 아닌지 판단한 뒤 너의 점령군 승진을 결정하려고."

"하지만 장수."

"왜? 뭐 잘못됐어?"

"아니 잘못된 건 아닌데, 저 사람은 변종이야. 너도 봤잖아."

"그러니까 일단 말이나 들어보자고."

장수가 건방진 미소를 지으며 말을 마친 뒤 도미노 피자를 통째로 삼키기 시작한다. 나는 단숨에 아버지에게 다가가 그를 내려다보며 퍼붓는다.

"뭐? 할 말이 뭔데? 아버지가 나랑 무슨 상관이냐고?"

내가 대차게 밀어붙이자 아버지도 발끈했던지 고개를 들고서 말문을 연다.

"이건 불공평해."

"뭐가?"

"난 밤마다 꼬리가 나오는데 넌 왜 안 나와?"

"그럴 수도 있지. 그게 무슨 상관인데?"

"왜 상관이 없어. 넌 나와 피를 나눈 부자지간이야. 꼬리가 나와
도 같이 나와야지. 이게 말이 되냐고."

그 어처구니없는 말을 장수가 거든다.

"듣고 보니 그런 것도 같아. 아빠가 변종이면 아들도 변종이어야
하는 거 아니야?"

나는 깊은 한숨을 내쉰 뒤 장수를 보며 사정하듯 말한다. 1년 전
만 같았어도 저런 시건방진 어린 녀석은 당장에 두들겨 패주었을
텐데, 지금은 급변 시대이고, 별 볼일 없는 고딩의 시대이고, 극빈
층 청소년들의 시대이고, 초도덕, 초상식의 시대이다. 때가 때이
니만큼 알아서 처신하지 않으면 승진은 고사하고 목숨 부지하기도
어려운 시대인 것이다.

"아니야, 장수. 그건 오해야."

"무슨 오해?"

"아빠가 변종이고 아들이 변종 아닌 경우는 많아도 아들이 변종
인데 아빠가 변종 아닌 경우는 없어."

나의 말장난에 워낙 멍청한 장수가 현혹된 걸까. 녀석은 내 말을
다 듣고도 아무 대꾸도 없이 큰 눈만 끔벅끔벅 거린다. 나는 그 때
를 놓치지 않고 아버지가 시작한 궤변을 나만의 궤변으로 재해석
한다.

"그러니까 내 말은 혁명이란 어떤 경우든 대물림이 아니라 이
말이지. 대물림은 아니지만, 그렇다 해서 현실 세대의 과오에 대

해 현실 세대를 싸질러 놓은 윗세대의 책임 또한 아니지 않단 말이야."

지어낸 말이기는 하지만 내 이론은 제법 그럴싸했다. 아마 내 이런 이론을 이러저러한 경로를 통해 공고생이 전해 듣게 된다면 그는 어쩌면 나를 문화체육혁명특무장관에 임명할지도 모른다.

장수는 예상대로 내 말에 넘어간다. 들어보고 그럴듯해 보이는 말은 뭐든 옳다는 식이다. 녀석은 그렇다.

나는 '이 가족애도 뭣도 없는 새끼. 애비를 팔아먹고도 네가 정규직 점령군이 될 줄 아느냐. 어림도 없다 이놈아. 지금이라도 늦지 않았으니까 같이 죽자. 같이 죽어!'라며 길길이 날뛰는 아버지를 뒤로 한 채 광장을 벗어난다.

\#

아버지의 악담은 전부는 아니지만 일부는 용한 점성술사의 타로 점괘처럼 정확히 들어맞았다. 아버지의 말처럼 나는 결국 승진하지 못했다. 장수는 아버지가 변종이고 나는 변종이 아닌 건 맞는 것 같은데, 그래도 아버지를 이런 식으로 냉정하게 내모는 걸 보니 점령군으로선 어울리지 않겠다는 식의 말도 안 되는 이유로 나를 불합격시켰다. 그렇지만 이 급변하는 시대에선 오직 순진무구 소년의 말을 거역할 수 없는 법이다. 묻지도 따질 수도 없는 것이다.

나는 결국 테스트에서 탈락했다. 점령군으로 승진하지 못한 것이다. 그래도 간신히 목숨은 건졌다. 이제 또 미래를 기약할 수 없는 채, 변종 사냥만 죽어라 계속해야 할 것이다. 그래야만 간신히 계약직 신분을 유지해 매달 월세와 공과금을 낼 수 있을 테니까.

#

내가 먼저 걷어차려 했는데, X가 먼저 떠나 버렸다. 들고 온 옷가지 몇 개와 세면도구, 약간의 돈을 챙겨든 채 자취를 감춰 버렸다. 웃긴 건 녀석이 원래 내 것이 틀림없는 접이식 간이침대까지 가져가 버렸다는 사실이다.

엉망이 되어 버린 방 한구석에 주저앉은 나는 녀석이 남긴 메모지 한 장을 집어 든다. 그러고는 곰팡이 가득한 천장 모서리를 바라볼 수 있는 위치에 몸을 눕히고서 녀석의 못난 글씨체가 압권인 메시지를 소리 내어 읽는다.

"넌 너무 이기적이야."

녀석에게 문제는 저 굳게 닫힌 옆방이었다. 내가 이기적인 건 딱한 가지뿐이니까. 저 방을 열어주지 않았다는 것. 엄연히 방이 하나 더 있음에도 전혀 생산적으로 활용하지 않았다는 것. 그게 X를 결정적으로 실망시킨 원인이었던 것이다.

이건 내 주관적인 판단이 아니다. 이번 녀석 전에 함께 했던 룸메이트도 마찬가지 이유로 떠나버렸으니까. X들은 모두 자기만의 방에 집착하는 모양이다.

나는 여전히 누구에게도 저 방을 내어 줄 생각이 없다. 그렇다 해서 내가 저 방을 사용하는 일도 없을 것이다. 내버려둘 생각이 다. 방 하나쯤 아무 의미 없이 버려두는 것도 괜찮지 않겠는가.

#

차가운 바닥에 엎드려 한 시간쯤 이리저리 뒤척이다 다시 일어 나 앉은뱅이책상 앞에 앉는다. 노트북 전원을 켜고 포털 사이트에 접속한다. 포털은 혁명의 급변기에도 꿋꿋이 살아남아 알맹이 없 는 그렇고 그런 뉴스를 되풀이하고 있다. 나는 잠시 망설이다 내가 가입되어 있는 카페에 들어가 자유게시판에 '룸메이트 구함'이란 글을 등록한다.

등록한 지 채 10분도 지나지 않아 한 녀석이 자신의 얼짱 각도 셀카와 함께 짧은 답글을 올린다. 영혼 없는 사진에 영혼 없는 글 이지만 그럭저럭 반갑다.

'난 위로생물체. 방이 필요함.'

첫사랑 위원회

초판 1쇄 발행 2017년 8월 25일

펴낸이 박종암 ┃ 펴낸곳 도서출판 르네상스 ┃ 출판등록 제410-30000002006-2호

주소 경기도 고양시 일산서구 중앙로 1455 대우시티프라자 715호

전화 031-916-2751 ┃ 팩스 031-629-5347

전자우편 rene411@naver.com

표지 디자인 transfuchsian ⓒ 123RF.com

ISBN 978-89-90828-76-7 43810

이 책은 한국출판문화산업진흥원 출판콘텐츠 창작자금을 지원받아 제작되었습니다.